恋に焦がれる獣達 5

棄てられた王子と忠誠の騎士

The beasts who yearn for love

茶柱一号《ちゃばしらいちごう》
Illustrator むにお

この物語はフィクションであり、
実際の人物・団体・事件等とは、一切関係ありません。

恋に焦がれる獣達

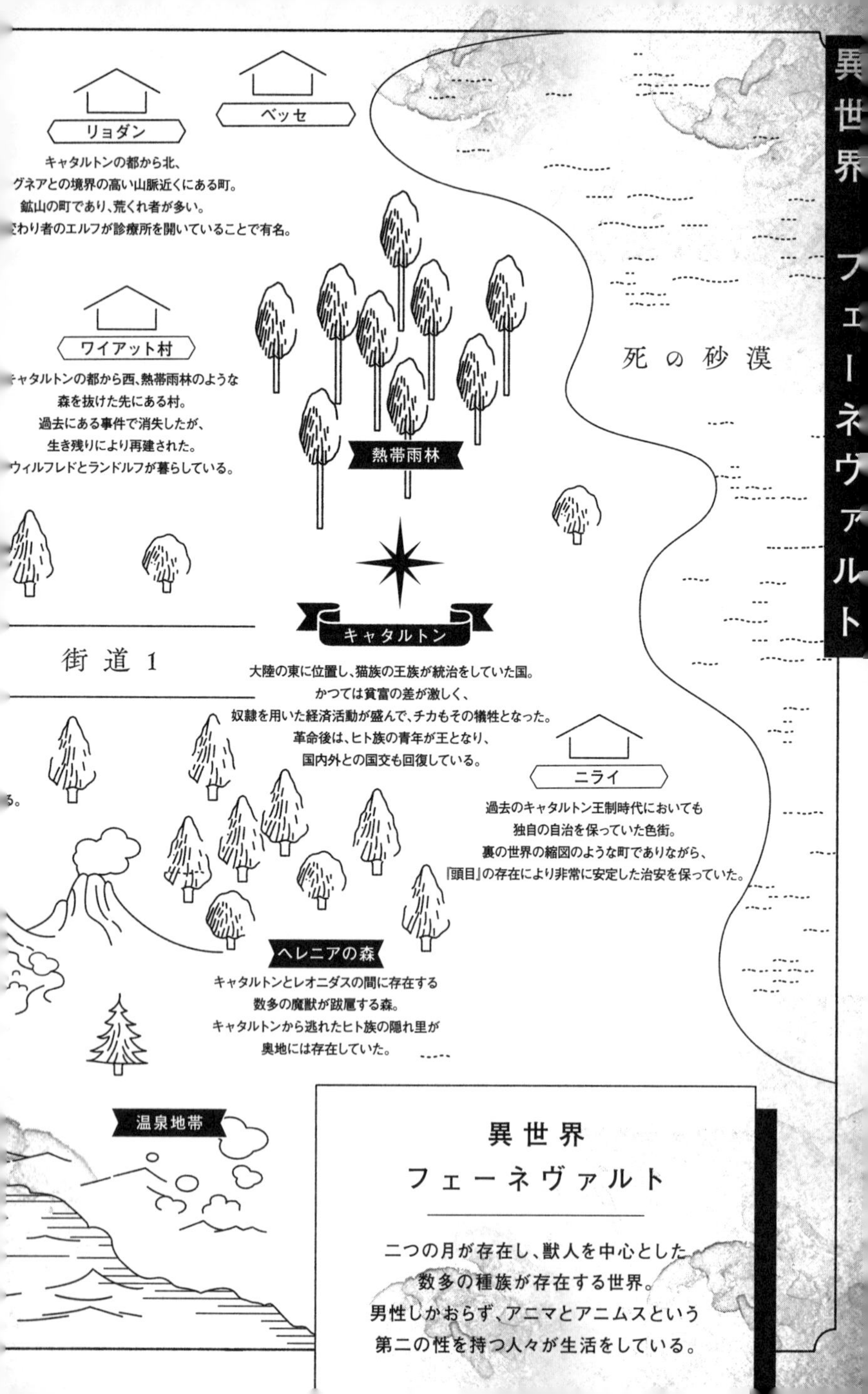

異世界 フェーネヴァルト
リョダン
ベッセ
キャタルトンの都から北、
グネアとの境界の高い山脈近くにある町。
鉱山の町であり、荒くれ者が多い。
わり者のエルフが診療所を開いていることで有名。
ワイアット村
キャタルトンの都から西、熱帯雨林のような
森を抜けた先にある村。
過去にある事件で消失したが、
生き残りにより再建された。
ウィルフレドとランドルフが暮らしている。
熱帯雨林
死の砂漠
街道 1
る。
キャタルトン
大陸の東に位置し、猫族の王族が統治をしていた国。
かつては貧富の差が激しく、
奴隷を用いた経済活動が盛んで、チカもその犠牲となった。
革命後は、ヒト族の青年が王となり、
国内外との国交も回復している。
ニライ
過去のキャタルトン王制時代においても
独自の自治を保っていた色街。
裏の世界の縮図のような町でありながら、
『頭目』の存在により非常に安定した治安を保っていた。
ヘレニアの森
キャタルトンとレオニダスの間に存在する
数多の魔獣が跋扈する森。
キャタルトンから逃れたヒト族の隠れ里が
奥地には存在していた。
温泉地帯
異世界
フェーネヴァルト
二つの月が存在し、獣人を中心とした
数多の種族が存在する世界。
男性しかおらず、アニマとアニムスという
第二の性を持つ人々が生活をしている。

大陸の北、高い山脈の更にその先にある竜族が住まうとされる地。
かつては多種族との関わりあいを持つことのない、
閉ざされた国だったが近年大きな変化がおとずれている。
ドラグネア
ベスティエル
ウルフェアの大森林より東の国では
伝説とされていた獣頭人の国。
互いにその存在は一部の人間しか認知していなかった。
日本人であるスバルが、狼の獣頭人である
ヴォルフと共に暮らしている。
高山地帯
ドーネイ
森林地帯
丘陵地帯
街道3
ウルフェア
大陸の西に位置する。大森林が広がっており、
エルフ族や狼の獣人が多く暮らしている。
国と言うよりは群れや都市といった
ある程度の区切りで
代表を立てた議会制である。
ヴォルフの隠れ家
エルフの隠れ里
ウルフェアの大森林の奥地に存在する多くの
エルフが暮らす村。子供のようなみための
年齢不詳の長が一族をまとめている。
この地以外で暮らすエルフは
変わり者扱いをされる。
樹海
大河
レオニダス
大陸の中央に位置する最も発
獅子族による王制を敷い
有能な王により安定した統治が
獣人が最も多いが、様々な種族が豊
街道2
火山地帯
フィシュリー
大陸の南に位置し、唯一海に面している
他の国とは違う独特で多様な文化を持
チカが作る日本食の素材の主な原産
水に関係のある種族が多く住んでい
フィシュリードで絶滅したと思われていた
種族が隠れ住んでいた村。定期的に
その位置を移動するため所在地は一定しない。
イリス達の事件により、レオニダスと
フィシュリードの庇護下の元
ようやく安住の地をみつけることになる。
新マミナード村
SEA

家系図

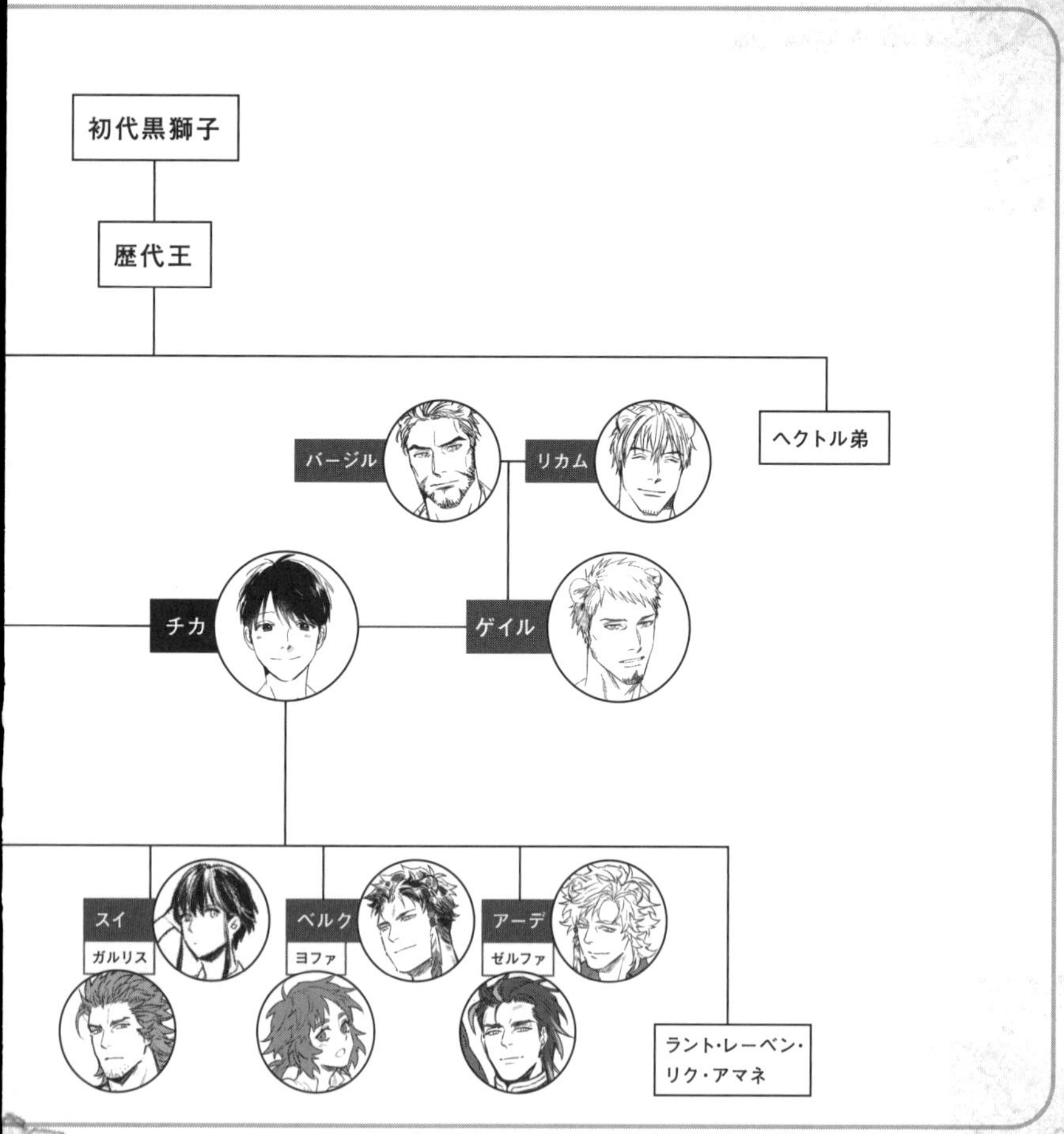

キャラクターイラスト：むにお／松基　羊

レオニダス

初代黒獅子

レオニダスの初代国王、始祖と呼ばれる。
黒髪のヒト族と運命的な出会いの末に結ばれ、親友の熊族も
同じヒト族と愛を紡ぎ、三人は手をとりあって共に
レオニダスという国の基盤を作り上げた。

BEASTS GIVING LOVE CHARACTERS

主要人物紹介

森羅　親之（チカ）

現代日本では熟練の外科医。黒い髪、黒の瞳。この世界ではアニムスとされる。精神はそのままに、少年の姿で召喚されてダグラス、ゲイルと愛し合うようになり、今では幸せな家庭を築いている。確かな医療の知識と技術、それを元にした奇跡のような治癒術と、医療だけにとどまらない幅広い知識の持ち主。

名前：シンラ　チカユキ
年齢：18（身体年齢）
種族：ヒト族（アニムス体）
伴侶：ゲイル・ヴァン・フォレスター、ダグラス・フォン・レオニダス
居住地：レオニダス
RANK：F
生命力：F
魔力：ＳＳＳ
筋力：F
耐久力：F
敏捷性：F

知性：ＳＳＳ
所持スキル：治癒術
強化魔術　医学知識
医師免許　調理　家事
動物マッサージ
称号：異世界からの迷い子
至上の癒し手
知識の伝導者
モフモフを愛し愛される者
地上に降臨せし麗しき天使
深き森の加護を受けし者
蒼き海の加護を受けし者
状態：魂の誓約

ダグラス

チカの伴侶で獅子族のアニマ。くすんだ金髪に茶色の瞳。レオニダスの王族であるが継承権は放棄し、レオニダスのギルドで支部長を務めている。飄々とした雰囲気の人たらしだが全て計算の上の行動が多い。チカと出会う前は来る者拒まず去る者追わずでアニマ、アニムス関係なく自由な恋愛を楽しんでいた。素早さを活かした戦い方を好み、双剣を扱う。ゲイルよりも更に攻めに特化した武人。

名前：ダグラス・フォン・レオニダス
年齢：40
種族：獅子族（アニマ体）
居住地：レオニダス
RANK：S
生命力：A
魔力：B
筋力：S
耐久力：B
敏捷性：SS
知性：B

所持スキル：
格闘術　双剣術　短剣術
弓術　投擲術
サバイバル術　騎乗術
精霊術（地、水、光）
交渉術　帝王学
王族の心得
称号：獅子の王族
凄烈なる戦い手
狂乱の戦鬼
状態：魂の誓約

ゲイル

チカの伴侶で熊族のアニマ。焦げ茶の髪、翡翠色の瞳。ギルドではダグラスの補佐官を務めており、ダグラスの護衛騎士でもある。本来なら主従の関係だがその実体は、互いを尊重し合い深い絆で結ばれた親友。寡黙で無骨、強面だがその本質は紳士的で穏やか。大剣を武器に扱うが、剣技と精霊術を組み合わせた独特な戦闘スタイルを持つ優れた武人。

名前：ゲイル・ヴァン・フォレスター
年齢：38
種族：熊族（アニマ体）
居住地：レオニダス
RANK：S
生命力：S
魔力：C
筋力：SS
耐久力：A
敏捷性：A
知性：B

所持スキル：
格闘術　大剣術　剣術
槍術　弓術　鞭術
サバイバル術　騎乗術
精霊術（風、火）
騎士の心得　尋問術
称号：護衛騎士
堅固なる護り手
狂乱の戦鬼
状態：魂の誓約

エルネスト

豹族のアニマ。色素の薄い金髪に碧い瞳。
キャタルトン騎士団に所属する貴族の騎士。
正直で心優しい性格の持ち主。
特権階級のみ利益を得る国の在り方に疑念を抱き、ある目的のために忠誠を誓い、カナンの騎士となる。

カナン

ヒト族のアニムス。

淡い藍色の髪と瞳、浅黒い肌。

貧困街、通称『掃き溜め地区』出身の孤児。

疑い深く皮肉屋で柄が悪いが、聡明で努力家。

貧富の差を生む国の制度や、奴隷・娼夫を『物』扱いする上流階級の人々を恨んでいた。

ランドルフ　ガルリス　スイ

ランドルフ

虎族のアニマ。ウィルフレドの『番』。金と黒が混じる髪、金色の瞳。元キャタルトン第二騎士団団長。自分がウィルフレドの村を襲った騎士達を率いていたことをずっと後悔し、懺悔し続けていたが紆余曲折を経て結ばれる。

ガルリス

竜族のアニマ。赤銅色の髪、朱色の瞳。スイの誕生時に関わりを持ち、彼を自分の『半身』とした。実年齢は100歳を超える。考えるより先に体が動く。ただ、決して頭が悪いわけではなく、物事の本質などを鋭く見抜く。スイを自覚を持って溺愛中。

スイ

ヒト族のアニムス。黒い髪、翡翠色の瞳。ガルリスの『半身』。ゲイルとチカの子。チカの奇跡的な治癒術と容姿、天才的な知性を受け継いだ自由人。成長後は医師となるが、臨床の場ではなく研究活動に力を入れる。

ロムルス

虎族のアニマ。エンジュの『番』。濃い茶の髪、赤茶色の瞳。ランドルフの部隊に所属していた元キャタルトンの騎士。己の犯した罪の贖罪のためにエンジュの復讐に力を貸していた。スイ達との助力によって、長年の呪縛から解き放たれ、エンジュと向き合うことがようやくできた。

エンジュ

ヒト族のアニムス。赤い髪と紅玉の瞳。ウィルフレドと同郷で兄弟のようにして育った。ウィルフレドの弟のマルクスとは親友。故郷や大切な人をすべて奪われ、獣人への復讐のために生きてきた。今はロムルスと共に自らが犯した罪の贖罪の旅を行っている。

ガレス

豹族のアニマ。ユアンの『番』。灰赤色の髪、暗緑色の瞳。複雑な過去を持つキャタルトンの自称不良騎士。スイとは深い因縁があり、キャタルトンでおきた革命でも大きな役割を果たした。ランドルフ、エルネストとは旧知の仲。

introduction

ここは獣人達の世界『フェーネヴァルト』。
獅子族を王とし、繁栄を続けるレオニダス。
過去を断ち切り、未来へと歩み始めたキャタルトン。
希少種である竜族が住むといわれるドラグネア。
広大な樹海と自然を愛する者たちが住むウルフェア。
海の種族が多く住む南のフィシュリード。
雄しかいないこの世界では第二の性である
『アニマ』と『アニムス』が恋をし、子を得る。

そんな世界で、
現代日本からやってきたチカユキを母に、
最強の熊族の騎士、獅子族の王弟を父に持つ子ら。
これは、そんな彼ら、子ども達が紡ぐ恋物語――…。

棄てられた王子と忠誠の騎士

艶やかに磨き上げられた重厚な扉。開放感がありすぎて不安になるほど高い天井。歩くと軽く足が沈むような毛足の長い絨毯《じゅうたん》。高級な織物を贅沢に使用したカーテンに覆われた、透明度の高い硝子《ガラス》窓。

扉と同じ材質で作られた巨大なクローゼットの中には、呆《あき》れるほど上等な衣服がこれでもかと収納されている。


「『裏町』の薄汚れた子供一人に、ご大層だよな……」


俺は寝心地がよすぎて落ち着かない寝台の上に身体を投げ出したまま、小さな銀の鐘を手の中で弄《もてあそ》ぶ。初老の栗鼠《りす》族から『ご用の際には、いつでもこれを鳴らしてお呼びつけください』と渡されたが、俺はまだ一度も使ったことがない。

これまで生きてきた十二年と二ヶ月。人に指図して何かさせた記憶はない。あるのは指図され命令された記憶ばかりだ。そもそもここでの暮らしは至れり尽くせりで、自分から何かを欲する必要すらない。

今だって寝台の横に置かれた小さなテーブルには、いつでもどうぞとばかりに薬草水を満たした水差しと、食べ頃に熟《う》れた果実に木の実、俺の好物である焼き菓子まで用意されている。

何もかもが満たされて贅沢で、俺のこれまでの暮らしとは真逆なモノばかり。

きっと世間の連中は、俺みたいな人間を『幸運な奴』と呼ぶんだろう。俺もこれが他人事ならば、きっと大いに羨《うらや》んだに違いない。

なのに実際、それが我が身に起きてみれば――。


「はぁ……」


大好きな焼き菓子を手にしても、頬張りたいとも思えない。好物の菓子ひとつ満足に食えない暮らしと、好きなだけ食えるのにその気になれない暮らし。ないものだらけの頃は欲してばかりいたというのに、一体どっちが幸せなんだろうか。今の俺にはわからない。

いや、わからないことだらけでまだ混乱しているというのが正直なところだ。


「全く慣れないなぁ……」

寝台から起き上がって立派な縁飾りに彩られた鏡の前に立てば、わかりやすく不機嫌な顔をした俺が睨《にら》み返してくる。

淡い藍色の髪と瞳を持つ、いくらか浅黒い肌をした十二歳のヒト族。服に覆われた部分も飛び出した手足も、これ以上なくヒト族……つまり、貧弱で無力だ。

そんな俺はつい先日まで、娼館ひしめく貧民街——通称『裏町』の片隅で暮らす、小汚い子供の一人だった。それが今やこんな所で優雅に寛いでいるのは、全て大人達の都合に他ならない。

「王族も貴族も騎士も大嫌いだ。気取った顔したあいつだって……」

あの日——俺は十二年間暮らした掃き溜めの中から、嫌味なほどキラキラした貴族の騎士サマによって『保護』された。そんなこと頼んでもいないのに。

もともと俺は、娼館その他怪しげな店が立ち並ぶ貧民街『裏町』の、さらにうらぶれた『掃き溜め地区』で暮らしていた。そこは貧富の差が大きいキャタルトンの中でも最下層であり、単に『貧乏人の集まり』であるにとどまらず、住民の過半数が脛《すね》に傷の十や二十は持っている……そんな町だった。

俺の家は隙間風が入る古い娼館のひとつで、物心ついた時には母と一緒にそこにいた。つまり俺の母親は『裏町掃き溜め地区』で身体を売って日銭を稼ぐ『掃き溜め娼夫』で、俺はその息子ってわけだ。

母さんは無口な人で、あまり愛想のいい方じゃなかった。だけど娼館の誰よりも真面目で誠実な働き者で、娼夫の仕事がない時も炊事・洗濯・掃除と休むことなく立ち働いていた。今にして思えば、娼館で子育てをさせてもらっている負い目があったのだろう。

あんなにまっとうな人が、どうしてよりにもよって『掃き溜め地区』で娼夫をしていたのか？　俺は長年疑問だった。

だけどやっぱり、そんな生活はヒト族である母さんの身体を酷く蝕《むしば》んだ。ある寒い冬の明け方、客の相手を終えた母さんは血を吐いて倒れた。そして半年ほど不調をおして働き……最後は立ち上がることもできなくなって息を引き取ったんだ。

硬い寝台の上で、全身を震わせて死んでいった母さん。今よりもっと子供だった俺には、酷く骨の浮いた母さんの手を握ることしかできなかった。

もしもあの時、ここにある調度品のひとつ——いや、服の一枚でもあったなら、俺は迷わず母さんのために薬師《くすし》を呼んでいただろう。そうすれば母さんは、今も控えめな笑みを浮かべながら生きていたかもしれない。あるいはもう少し楽に死ねただろう。

貧しさが憎い。王族と貴族だけが富を独占する世界が憎い。そして母さんのか細い身体を、殊更暴力的に犯したこの国の騎士どもが憎い。

母さんが死んだあの日、俺の心は悲しさ以上に憎しみで黒く塗り潰されていた。母さんがそれを知ったら、きっと悲しい顔をするだろう。

だけど……俺の母さんはもういない。土の下で眠る母さんは、悲しまないし喜ばない。俺の頭を撫でながら褒めてくれることもなければ、厳しい顔で叱ってくれることもない。

人が『死ぬ』ってのは、そういうことだ。働いて働いて搾《しぼ》り滓《かす》みたいになって死んだ母さんは、町外れの合同墓地『ゴミ捨て場』に埋葬された。形ばかりの弔《とむら》いの間、俺はずっと怒りと悲しみに包まれていた。

母さん亡き後、俺は娼館から追い出されることを覚悟していた。『裏町掃き溜め地区』は、子供が『子供だから』という理由だけで守ってもらえるほど優しい場所じゃない。『飯が食いたけりゃ働くか盗め』、あそこはそういう町なんだ。

だけど不思議なことに、簡素な弔いから数日が過ぎても、俺は娼館で寝起きして飯を食わせてもらっていた。生前母さんによくしてもらった娼夫達が、揃《そろ》って娼館の主に嘆願してくれたからだ。

「坊主、あちこちに貸しを作ったままおっ死んだ母ちゃんに感謝しろよ?」

やたらと肥《こ》えた穴熊族の主にそう言われた時、俺は自分の不甲斐なさに涙が止まらなかった。

母さんが寝る間も惜しんで働いていた理由。それは『自分にもしものコト』があっても、俺が周りの大人に助けてもらえるように——ただそれだけを願っての頑張りだったんだ。

「馬鹿だ……母さんは馬鹿だよ……ッ」

そんなふうに生命を削るくらいなら、無理せず長生きして俺の隣で笑っていて欲しかった。俺だって、大好きな母さんに親孝行のひとつもしたかったのに。こんなに早く死なれたら、何もしてやれないじゃないか。俺は無力な子供である自分を呪った。

そうして俺は、娼館でアニムスの娼夫達に育てられた。彼らはあざとくしたたかで、一筋縄ではいかないクセ者揃いだった。

ちなみに父親に関しては、『面白半分で娼夫に核《かく》を仕込んで抱く迷惑客』と聞かされていて、特に疑いも抱かずにいた。時々いるんだよ……そういうわけのわからない客が。

「おいカナン！　ボサっとしてんな！　三番の部屋が空いたから掃除してこい！」

「はい、旦那様」

俺が少しボンヤリしていると、すぐさま楼主《ろうしゅ》の声が飛んでくる。

娼館の主である穴熊族のドムは、いつも金のことでイライラしていた。町のならず者に納める上納金に、国から取り立てられる多額の税金。娼館の主といえども、その生活は決して楽じゃない。

苛立ちを暴力でぶつけてこないだけ、ドムは『掃き溜め地区』の住人としては、見た目に反してかなり上等な部類の人間だ。

「失礼します」

「はい、どーぞ」

客の不在を確認するために声をかければ、すぐさま返ってくる気怠い声音。

「出ていってよ、ライール。これから掃除するんだから」

「別に僕がいたっていいじゃないか。気にせずやりなよ」

俺が部屋に入っても、金糸雀《カナリア》族のライールは汗と精で斑《まだら》に汚れた身体を堂々と寝台に横たえ、啄《ついば》むように煙管を咥《くわ》えてはゆるりと紫煙を吐く。

どことなく鳥の羽根を思わせる、先端を桃色に染めた金髪を肩のラインで切り揃えた彼は、ヒト族の娼夫と並ぶ売れっ子だ。


「……邪魔なんだけどな」

「生意気言うんじゃないよ、雑用係」

「はいはい、わかったから大人しくしててよ」


成人前の俺は、この娼館で掃除や客の使いっ走りをしている。生々しい交接が行われた直後の部屋も含めて……だ。

『お使い』だって、単純に酒や煙草を買いに行くだけじゃない。客と娼夫に口移しで媚薬を飲ませろだとか、椅子に座って行為の一部始終を見ていろだとか、悪趣味なものが後を絶たない。

おかげ様で俺は、十歳になる頃にはアニマとアニムスの営みを、特殊なものも含めて必要以上に理解していた。


「カナン、身体拭いて」

「そのくらい自分でやりなよ」

「ちょっと、僕はここの売れっ子だよ？」

「五人しか娼夫がいない宿のね」

「カナンが加わりゃ六人だ」


血と精液のこびりついたライールの身体を拭《ふ》きながら溜息を吐く。俺は今十二歳。成人するまであと三年。十五になった俺は、一人前の娼夫として当たり前に客を取っているだろう。


「ふふ……そんなに娼夫は嫌かい？」

「やりたくてやってる人なんているの？」

「他人様のことはわかんないよ。なんせ僕は字もロクに読めない馬鹿なんだからねぇ。でも……そういう生き方しかできない奴はボチボチいるんじゃないかい？この僕も含めてさ」

「ライール……」


俺は娼夫を蔑《さげす》んでいるわけじゃない。世の中には何をどう足掻《あが》いてもまっとうに生きられない人間がいる。この『裏町掃き溜め地区』で暮らしていれば、いやでもそれを理解するしかない。

だけど……それでも、『自分が娼夫になる未来』に対して、嫌悪感を抱かずにいられなかった。

日に日に痩せ細って、最期は枯れ枝のようになって死んでいった母さん。その姿を間近で見てきたからわかる。娼夫なんてロクなもんじゃない。望まぬ相手に貪られ、身も心もあっという間にボロボロになってしまう。

それは母さんに限ったことじゃない。俺はそんなアニムスを嫌というほど見てきたんだ。病気になっても『使える』うちは客を取らされ、いよいよ無理となれば『厄介者』と呼ばれ、物置部屋か納屋に放り込まれる。そして死ねばゴミのように共同墓地に『廃棄』されるだけ。

特にヒト族の扱いは悲惨だ。キャタルトンにおいて、ヒト族であることはそれだけで不幸を意味する。常に拐《さら》われる危険に身を晒《さら》し、一度拐われたが最後……奴隷として死ぬまで搾取《さくしゅ》されるしかない。

娼館でもヒト族は絶大な人気を誇り、それ故に性奴隷として酷使される。そしてヒト族との行為がもたらす圧倒的な快楽は、獣性の強い獣人どもを狂わせ無茶な行為を誘発しやすい。

その結果、小型の草食獣人と比べても身体的に弱いヒト族は、次々と使い捨てられていく。


「ッ……！」

「ごめんライール、痛かった？」


血と精液のこびりついた箇所を拭くと、ライールの白い身体がビクリと跳ねた。

「……今日も酷くされたね」

「このくらい、大したことないさ。僕はひ弱なヒト族とは違うんだ」

「でも……こんなふうにされたら、誰だって痛いよ」

強がって笑うライールの局部は、痛々しく裂けていた。確かに彼はヒト族ではない。だけど、金糸雀族は行為の際に発する声の悦《よ》さから、肉食獣人の加虐性を殊更刺激する。

「また、騎士にやられたんだね……」
「うん、そうだよ。騎士でどっかのお貴族サマ」
「……王族も貴族も騎士も、皆いなくなればいい」

娼館で度を超えて乱暴するのは、大抵この国の王族や貴族、騎士といった上流階級だ。裕福なあいつらは、高価なヒト族の娼夫や、ライールみたいに希少価値のある娼夫を買い漁り、気まぐれに傷つけ笑いながら帰ってゆく。俺の母さんも、何度騎士に痛めつけられ床に伏したかわかりゃしない。

「あいつら、金さえ払えば何をしてもいいと思ってるんだ。娼夫だって人間なのに……！」

どんな行為も金と権力さえあれば思いのまま。この国では奴隷や娼夫は『物』であり、いくらでも壊せる金持ちの玩具なのだ。

「駄目駄目。そいつらがいなくなったら、僕らどうやって稼ぐのさ？　人間的にはゴミカスだけど、あいつら金蔓《かねづる》としては優秀なんだ。大事にしなきゃ商売上がったりさ。カナンだって、あいつらに媚びて小遣いもらってるんだろ？」
「それは……そうだけど………」

痛いところを突かれて、俺は唇を噛んだ。楼主のドムが与えてくれるのは、あくまで最低限の衣食住だけ。だから俺は大嫌いな連中におもねって、小遣いを稼ぐより他なかった。

それは俺にとって吐き気がするほど不快な行為だったが、客を取らされる前に娼館から逃げ出すには、何がなんでも金が必要なのだ。そのために俺は、楽器の演奏やちょっとした手品まで身につけた。

大嫌いな連中から逃げるために、大嫌いな連中に全力で媚びて小銭をたかる。本当にこの世界は、不快な矛盾で満ちている。

「そういやカナン、王様が死んだのは知ってるかい？」
「うん、派手な葬式をやってたからね。王様ともなると、生きてる時も死んだ時もご立派だね。本人がご立派な人かどうかは別として」

「なかなか言うじゃないか。まぁ確かに、この国の状況を見れば誰でもわかることか……。先の王様はボーっとしたお人で、『暗愚王』だの『愚鈍の君』だのと呼ばれていたからねぇ。で、そのボンヤリ王サマなんだけど、どうやら暗殺されたんじゃないかって話さ」

ライールの黄緑色の瞳に、愉快そうな光が踊る。

「ふーん……王様も楽じゃないね」

だけど俺は適当な相槌《あいづち》を打った。貧乏人から取り上げた金の上でふんぞり返っている連中の生死なんて、俺には何ひとつ関係ない——そう思っていた。

「で、次の王様には第一王子のザマルカンドが即位したんだけど、こいつがまたロクな奴じゃないらしくてね」

「この国の王族に、ロクな奴がいるの？」

「はは！　確かにそんな奴はいないねぇ」

ライールは金色の髪を揺らしてケラケラと笑う。金糸雀族が立てる笑声は、皮肉と侮蔑《ぶべつ》で彩られてなお美しい。

「でもねぇ、ザマルカンドって奴は恐ろしく強欲で、奴隷制を今まで以上に推進するって話さね」

「……最悪だ」

奴隷制の推進ってことは、それだけ誘拐や人身売買が増えるってことだ。一体この先どれだけのヒト族が、母さんと同じように獣人どもの精に塗《まみ》れて血と涙の底に沈むのか……。

「ザマルカンドは第二王子アムゼルや第三王子メルキドと不仲らしいけど、アムゼルとメルキドにしたって、奴隷制推進には賛成だろうしね」

「つまり、俺達はますます生きにくくなるってことだね？」

「さっそく増税のお知らせが来たって、ドムが嘆いてたよ」

全く、この国はロクなものじゃない。そして俺は、ロクデナシの国の最下層で地べたを這いずって生きている。王様が誰になろうと、何も変わらない。

小さく溜息を吐いて、俺は自分の雑用を黙々と片付けた。いつか小銭を貯めて、この掃き溜めから出ていってやる——そんな儚《はかな》い夢を見ながらな。

＊＊＊

「カナン！　カナンはいるか!?」

「はいはい、ここにいますよ」

新王ザマルカンドの治世が始まって一ヶ月と少しが経った頃。いつも通り娼館の雑用をしていた俺を、ドムが慌ただしく呼びに来た。

「おまえにお客様だ！　すぐに——いや！　なるべく身なりを整えてから客間に来い！　しっかり石鹸で身体と髪を洗って、一番上等な服を着るんだぞ！　いいな!?」

「なんだよ、そんなに改まって。俺に客って、誰なのさ？」

自信を持って断言できる。俺には身なりを正してご対面するような、やんごとなき身分のお友達は一人もいない。

「いいから言われた通りにしろ！　グズグズしてると裸にひん剝《む》いて尻を叩くぞ！」

「……わかったよ」

どうせ行けばわかるかと、俺はその場での問答を切り上げ、泥つき野菜を洗い流す程度の身支度を整えた。

「失礼します」

「君がカナンか？」

「え……あ、はい……？」

客間に入るやいなや、一際立派な身なりの騎士が立ち上がって俺の手を取った。

「こらカナン！　騎士様にきちんとご挨拶《あいさつ》しねぇか！　すいませんねぇ、お客様ぁ。まだ客も取らせてねぇガキなもんで、どうにも躾《しつけ》がなってなくて、へい」

俺を怒鳴りつけたドムは、嫌味なくらいキラキラした騎士サマに、残像が出るほどの高速で揉み手をしながら頭を下げる。きっとどこぞの金持ち貴族に違いない。つまり、俺が大嫌いな人種ってわけだ。

「カナン・バーツ……ヒト族で歳は十二です」

それでも俺は、最低限の自己紹介をして頭を垂れた。鞭《むち》で叩かれるのが嫌なら、そうするより他にないのだ。

「そうか……十二歳なのだな」

「はい……まだ、十二です」

この時俺は、かなり意識的に『まだ』と強調した。『自分はまだ成人すらしていない子供である』、全身でそう主張した。

けれども――。

「しばらく彼と二人きりになりたい。かまわないか？」

「へい、かまいませんよ。でもねぇ、そいつはいわゆる初物でして……」

「もちろんただでとは言わん」

騎士は懐《ふところ》から革袋を取り出し、物腰柔らかくドムに手渡した。

「中身は全て金貨だが、それでは足りないだろうか？」

「いえいえいえ！　滅相《めっそう》もございませんです、はい！　何時間でもごゆるりとお過ごしくださいまし！　もちろん宿泊も大歓迎！　追加の娼夫がご所望とあらば、すぐさまご用意いたしますですよ！」

「それでは主よ、私がよいと言うまで部屋の周りに人を近寄らせないでもらえるか？」

「――ッ！」

その言葉に、俺は全身から血の気が引いた。

見るからにお上品そうなこの男は、子供を相手に人払いが必要なほどの行為をしようとしている！

人が見かけによらないことくらい、俺は嫌というほど知っていた。ニコニコと優しそうな人間が、笑顔のまま友人を裏切る姿なんて、この街じゃそこかしこに溢《あふ》れてる。

だけど……わかってはいても、その矛先《ほこさき》が自分へと向けば恐ろしい。


「カナン、お客様を特別室にご案内しろ」

「ドム、俺は――」

「わかってるたぁ思うが、くれぐれも粗相《そそう》のないようにな。何事も、お客様のご要望に従うんだぞ？」

欲にギラついたドムの目に見据えられ、俺は全てを諦めた。あと三年、成人するまで猶予があると思い込んでいた自分が憎い。この街では金が全て、提示額によっては赤ん坊でも売っ払うのが『裏町掃き溜め地区』の売春宿だ。


「こちらです……」


俺はこれから、何度も掃除してきたこの部屋で、この男に抱かれる――否、犯される。

平静を装いながら、ドアノブを握る手が隠しようもなく震えた。


「カナン……」

「ッ――！」


騎士の大きな手が俺の肩にそっと触れる。その触れ方は意外にも優しかったけれど、鍛《きた》えられた掌《てのひら》は厚みがあって固く、ひ弱なヒト族の子供を片手で縊《くび》り殺せる力を秘めていた。

緩く波打つ色素の薄い金髪に、透き通るように碧《あお》い瞳。肌の色も抜けるように白く、その顔立ちは素晴らしく整っている。身につけているものも身のこなしも、何もかもが上品で上等で、下品で下等な街から酷く浮いている。

きっとこういう人間を、世間じゃ『眉目秀麗な貴公子』なんて呼ぶんだろう。だけど、この男は紛れもなく獣人の騎士だ。それも猫化大型の豹《ひょう》族だ。獅子族に比べていくらか尖った耳と、尻尾の斑点からして間違いない。

もう逃げられない。抗《あらが》う術はない。絶望的な現実にぶん殴られ、俺の目には意思とは無関係に涙が滲《にじ》んだ。

いつか『その日』を迎えても、決して泣いたりするものか。そう心に決めていたのに、俺は泣いて赦《ゆる》しを乞いたいと思った。

「そんなに怯えないで欲しい。私は君と話をするために、ここまで来たんだ」

「……」

俺は警戒心から沈黙を選んだ。だっておかしいじゃないか。『掃き溜め地区』の娼館で暮らすヒト族の孤児と、ご立派な貴族の騎士サマが何を話すというのか？

「これからする話は、君の人生とこの国の未来を左右する、とても大事な話なんだ」

「え……？　国って、キャタルトンの……？」

目の前の騎士が真面目くさった顔で発した規模の大きな話に、俺は自分の耳を疑った。泥酔しているわけでも、ヤバイ煙を吸っているわけでもなさそうなのが……逆に怖い。

「なんでそんな話を、俺みたいな子供に？」

俺は可能な限り、豹族の騎士から距離を取った。

「そうだな、話せば長くなる。とりあえず、そこに座ろう」

「う、うん……」

促されるままに、俺は特別室だけに設《しつら》えられたモウ革の長椅子に、騎士と並んで腰掛けた。……怖いし落ち着かない。できることなら逃げ出したい。

「申し遅れたが、私の名はエルネスト・フォン・レンフィールド。キャタルトン騎士団に所属している騎士だ」

「そのお名前は……貴族の方ですよね……。そんな人が、どうしてこんな場末の安宿に来たんですか？　もっと高級な娼館がいくらでもあるのに。なんなら俺、案内できますけど？」

もしかして目の前の騎士は、あまりにボンボンすぎて悪所遊びの仕方を知らないのかもしれない。なんと言っても、物語に出てくるような『キラキラ王子様』なのだ。

どうかただの世間知らずであってくれ！　俺はそこに一縷《いちる》の望みを見出したのだが――。

「私は娼夫と遊ぶために来たのではない。私の目的は、あくまでも君だけだ」

「うわぁ……」

これはもう、完全に逃げられないやつだ。いつどこで見初《みそ》められたのか、まるで身に覚えがないだけに恐ろしい。

「あの、エルネスト様……」

「様は必要ない」

「えっと、じゃあ……エルネストさん？　あなたはどうして俺にこだわるんですか？　確かにヒト族は少ないですし、この街でもヒト族の娼夫は人気があります。けど、だからってあなたみたいな人が、わざわざ金貨一袋払ってまで俺を買う理由ってなんですか？　それも抱くためじゃなくて話をするためだけに……」

俺は腹をくくって気になることをありのままにぶつけてみた。

俺の言葉に目の前の騎士は、僅《わず》かな逡巡を見せてそしてとんでもないことを口走る。

「カナン……いや、カナン様。あなたはこの国の……キャタルトン王族の血を引くお方なのです」

「……はぁ？」

返ってきた答えは予想の斜め上――どころか雲を突き抜けるような代物《しろもの》で、俺の口はポカンと半開きになってしまう。

「王族って、あれ……城に住んでる王様の身内ってこと……？　え？　何？　俺が……？」

ようやく絞り出した言葉は、自分でも嫌になるほど間抜けだった。

「驚かれるのも無理はありません。ですが、間違いなくカナン様は正真正銘キャタルトン王家の第五王子であらせられます」

「お、王子ぃ……ッ!?」

続く言葉に、俺はさらに度肝を抜かれる。

「それって、末端王族とかじゃなくて、その、限りなく直系……的な？　もしかして、王位継承権とかそういう……？」

「その通りです。カナン様のお父上は、先頃崩御《ほうぎょ》された先代国王ゼノルディ様です」

「う、嘘だ……そんな、だって、俺はずっと母さんと二人で……父さんなんて、顔も見たことがないのに……ッ！」

もしこの俺が本当にそんな身分であるならば、どうして『王子様』を産んだ母さんは娼夫にまで身を落とし、命を削り尽くしてゴミのように死んでいったんだ？

「……なんだよ今更……っ！　ふざけんな！」

自然と全身の血が怒りで燃えるように熱くなり、目の奥で火花が散った
「カナン様の心中、お怒りはお察しします。しかし、まずは私の話を最後まで聞いて頂きたく」

「……っ！　母さんのことを、全部話してくれるなら……」

「もちろんです。私が知る限りの事実を、嘘偽りなく全て話すと誓います」

そう言って、エルネストは俺の母さんが先代国王ゼノルディの子——つまりこの俺を身籠《みご》るに至った経緯を話し始めた。

「かつてカナン様の母君ナラヤ様は、王宮で働くたくさんの奴隷達のうちの一人でした。奴隷達には様々な役割があり、ナラヤ様は先王の身の回りのお世話をしておられたのです」

「……それで、先王が母さんに目をつけたと？　けど、それならどうして子供なんか作ったんです？　ヒト族を気まぐれに犯すだけなら、『核』を仕込む必要なんかないのに」

権力者が使用人や奴隷を犯すことは、この国じゃ珍しくもなんともない。彼らにしてみれば、下々の人間など自らの『所有物』だから。

「先王も当初は、一夜の慰みのつもりだったのでしょう。しかし、アニマとアニムスの関係は当事者にしかわからぬもの。先王はナラヤ様をいたくお気に召され、誰よりも側近く置くことを望まれました」

「アニマとアニムスの関係？　そこに母さんの意思はあったのかよ……」

俺は思わずそう吐き捨てていた。

「残念ながら、奴隷であった母君に選択権はありません。先王からの求愛を拒めず、否応なく身体を差し出されたことでしょう。おそらくナラヤ様ご自身も、先王がすぐに飽きると、一度きりのことだと思われていたはず……これは推測になってしまいますが」

「だけど、そうはならなかった……？」

「はい……。騎士である私にとっては主君でもあった故人……ですが、先王は聡明とは言いがたい性質のお方でした。故にご自身の立場も年齢も忘れ果て、ナラヤ様との『初恋』に溺《おぼ》れてゆかれました」

「え……？　いや、初恋って……？　先王には『伴侶』も子供もいたんですよね？」

世間一般の常識には疎《うと》い俺だけど、初恋なんてものは、普通は十代、遅くも二十代前半くらいには済ませるよな……？　俺は思い切り首を傾げてしまった。

「先王の婚姻は完全なる政略結婚であり、そこに色恋の介在する余地はなかったのです」

「それにしたって、王様なんだから愛人とか恋人とか作り放題なんじゃ……」

「確かに望めばいくらでも作れました。愚鈍な王を操《あやつ》ろうと望むアニムスは、掃いて捨てるほどいましたからね」

「ああ……」

　先王が母さんを望んだ理由が、なんとなくわかった気がする。

「先王は王としての資質を著《いちじる》しく欠いていただけで、好んで悪政を敷くほどの才もありませんでした。けれども……いかんせん暗愚であったため、権力と富を追い求める周囲の者や、ご自身の子を含む周囲の人間の傀儡《かいらい》と化しておりました。そんな先王が初めて自らの意思で『愛しい』と思われたのが、カナン様の母君――ナラヤ様だったのです」

「それで無理やり、母さんに迫り続けたと？」

「身も蓋もない言い方をしてしまえば、そうなるでしょう。先王はナラヤ様への執着を日々強め、ついには子を成すことを望まれました」

　つまり、その時の子供が俺ってわけか。けど、それってどこまで行っても王サマの希望だよな？

「母さんは……俺の母さんはどうだったんですか？　母さんも先王との子を……俺を産むことを望んだんですか？」

「……望む望まないというよりは、酷く恐れておられていたそうです」

「恐れて？　王の子を産めばいい暮らしができるのに？」

「残念ですが、カナン様。キャタルトン王宮とは、いわば権力闘争の魔窟。すでに成人して久しい王子が四人もおられるその場所で、何の後ろ盾もないヒト族の奴隷が王の寵愛《ちょうあい》を受け、あまつさえ子を産む。その行為の危険性を理解していたからこそ、ナラヤ様はご自身と生まれてくるお子の身を案じ、最後まで子を成すことを拒んだそうです」

　理由はどうあれ、俺は母に望まれぬ子供だった。その事実に、目の前が暗くなるほどの絶望感と罪悪感が押し寄せてきた。母さんは望みもしない子を孕《はら》まされ、その子供のために枯れるように死んでいったんだ。

「しかしナラヤ様は一度きりの試みで身籠られ、歓喜した先王はナラヤ様と僅かな奴隷のみを連れて北の離宮に引きこもってしまわれた」

「え……？　王様なのに？」

「先王は愚鈍なお方でしたが、ご自身が『そう』であることを自覚できる程度には賢かったのです」

　それってつまり、『もともと完全な操り人形だったから、いなくなっても誰も何も困りませんでした』ってことだよな……？　そんなのが少し前まで王様をやっていたこの国は、いろんな意味で大丈夫なのか？

「先王は身籠ったナラヤ様が人目に触れぬよう軟禁し、そこでカナン様はお生まれになりました」

「ちょっと待って！　軟禁って……、奴隷だったらしようがないのかもしれないけど……」

「周囲から見れば軟禁でしたが、ゼノルディ様の主観ではあくまで『保護』でした」

　俺の血縁上の父親は、馬鹿な上にヤバイのか？　さっきとはまた違った意味で、目の前が暗くなった気がする。

「それでも先王は、ナラヤ様とカナン様を深く愛しておられました」

「歪んでるよ、そんなの……」

　籠《かご》の中に閉じ込めた鳥を愛《め》でるようなそのやり方に、俺は嫌悪しか感じない。奴隷だとしても、母さんは自分の意思を持つ人間だったのに。

「そうですね……確かに酷く歪んでいます。故に、そんな暮らしは長くは続きませんでした。実質的に先王の跡を継いでおられた第一王子ザマルカンド様と、第二王子アムゼル様、そして第三王子メルキド様の対立が深まったりと、王宮内がキナくさくなっていたこともありましたからね。ナラヤ様とカナン様の噂は広まり、兄上達……特にアムゼル様が強い嫌悪を示されたそうです」

「そりゃそうなるよ……」

　子供が親に隠れて屋根裏で魔獣の仔を飼うんじゃあるまいし、問題にならない方がどうかしている。

「そんな状況で、『隠居同然の国王が、本気で愛したヒト族の奴隷との間に第五王子をもうけた』ことが広く公《おおやけ》に知れ渡れば、厄介なことになるのは火を見るよりも明らか。そこで先王はナラヤ様とカナン様を手放す覚悟を決め、お二人を密かに逃がされたのです」
「……逃がしてくれたのはありがたいけど、王様が本当に母さんと俺を愛していたなら、なんだって逃亡先にこんな掃き溜めを選んだんですか？　何も持たない母さんが、俺みたいな赤ん坊を抱えてこんな場所でまともに暮らせるとでも？　もし本気でそう思っていたなら、王様はどうしようもない馬鹿野郎だ！」

このキラキラとした騎士に罪がないことはわかっている。むしろこの人は、亡くなった王様に振り回されているという意味では、被害者寄りなのかもしれない。だけど、俺は腹の底から湧き上がる怒りを吐き出さずにいられなかった。

「そちらに関しては、先王にとっては想定外の事態が起こってしまったのです。そのせいで、カナン様を見つけるのにすらこれほどに手間取ってしまいました……」
「想定外……？」
「先王は、ナラヤ様とカナン様をフィシュリードに亡命させるおつもりでした。しかし、あろうことか手引きを頼んだ相手が金だけ持ってその役目を果たさなかった。その結果、赤子を抱えて放り出されることになったナラヤ様は、『裏町』に逃げ込むより他ありませんでした」

その説明は、不本意ながら納得のいくものだった。先王に母さんと俺を託された人間にしてみれば、俺達を抱えて遠方まで行くよりも、金だけ奪って姿をくらます方がずっと簡単だ。きっと『愚鈍王』には人望などなく、忠誠を誓ってくれる部下もいなかったに違いない。

そして逃亡先に母さんが『裏町』を選んだのも、追手の目をくらますという意味では大正解だ。俗に木を隠すなら森というが、この街には基本的にマトモな人間がいない。誰も彼もが日々の小銭を漁ることに夢中で、他人の素性など限りなくどうでもよいのだ。

「それでも俺には……先王が母さんに子を産ませた理由がわからない。だって、長く一緒に暮らせないことくらいわかり切っていたのに……！」

「わかっていてなお、先王は望まずにいられなかったのでしょう。真に愛した方とのお子を。そして先王はその子に、ご自分が犯してきた罪の贖《あがな》いを期待されたのです」

「わからない。全くわからない！　罪の贖いってなんですか!?　よくわからないそんな身勝手な理由で、俺の母さんを無理やり孕ませたんですか？　冗談じゃない！　俺の母さんがどれだけ苦しんだか、キレイな服を着て美味しいものを食べているあなた方にわかりますか!?」

「カナン様のお怒りは、まことにもってごもっともです。私も先王のなされたことに関して、理解はしても納得はしておりません」

しかつめらしく頷《うなず》く整った顔に、俺は唾を吐きかけたいような嫌悪を覚えた。こいつら『上の世界』の住人にとって、しょせん地べたを這いずる者達――母さんと俺の物語は他人事だ。形ばかりの共感と少しばかりの同情が、一体何の役に立つというのだろう。

「しかしながら、先王の思惑がどうあったとしてもあなた様がこの国の王族であることに間違いはありません。さしあたって、カナン様の身柄は私が保護させて頂きます」

「……は？」

目の前の騎士の申し出に俺はポカンと口を開けてしまう。今更先の王様が奴隷に産ませた子を手元に置いて、この騎士に何の得がある？　それも『掃き溜め地区』の娼館で育った、平凡で貧弱なヒト族のアニムスなんかを？

人は利のないことには動かない。これには必ず何か裏がある。

「嫌だ、断る。俺のことは放っておいてください」

俺は警戒心を引き上げ、はっきりと拒絶の言葉を口にした。

「それではここに残り、いずれ誰かに買われて娼夫になられますか？　僅かな手持ちで逃げ出して……という手もありますが、ヒト族のアニムスであらせられるカナン様にとって、それは娼夫以上に過酷な選択となるでしょう」

「く……ッ！」

だけど、こんなふうに言われてしまっては返す言葉もない。何故なら、俺はそれがどうしようもなく真実であることを知っていたから。ついさっきだって、『成人するまで待ってもらえる保証がない』ことを痛感し、血の気が引いたばかりではないか。俺がここまで無事に生きてこられたのは、むしろ奇跡に近かったのだ。

「……あなたの言っていることが全て理解できているわけではありません。それに、俺にできることはありません。何をしていいかも、何をするべきかもわからない。だけど、……あなたと一緒に行く……それでいいですか？」

「はい。目立たぬ場所に迎えの馬車を待たせていますので、そこまでご足労願います」

こうして俺はなけなしの荷物をまとめ、馴染《なじ》みの娼夫に挨拶をする時間すらなく立派な獣車に乗り込んだ。

「俺はどこに連れて行かれるんですか？」

「郊外にある私の家が所有する別宅です」

生まれて初めて乗る獣車に揺られながら、俺はこれからのことを目の前の騎士――エルネストに尋ねた。

「別宅……。それで、あなたは俺をどうするんですか？　先王が母さんにしたように軟禁でもするつもりですか？」

「まずは、カナン様の安全が第一です」

返ってきたのは想定外の言葉。だけど、あいにく俺はそんな大層な身分になりたいわけじゃない。

まっとうな職に就き、飢えず凍《こご》えず犯されずに暮らす。俺の望みは至ってささやかで、酷く平凡なものだ。

「ただし……しばらくは目立たず、過ごして頂きたいのです。突然の王子の出現はいらぬ混乱を招きかねません。ですが、別宅の者は信頼できるもの達ばかりですので、どうかご安心を」

「……やっぱり俺の存在は望まれてないんですね」

「率直に申し上げて、望む者もいれば望まぬ者もいます。ご不快でしょうが、御身《おんみ》の安全のためです。何卒ご理解ください」

「……わかりました。俺だって、暗殺されるのはごめんですから」


この金髪と碧い瞳が嫌味なほどに似合っている豹族の騎士の言うことを聞いていれば、とりあえず飢えたり凍えたりすることはないだろう。ただし、まだ信用しては駄目だ……絶対に。

ああ……それにしてもいけ好かない。

柔らかな物腰に穏やかな瞳。そのくせこちらに有無を言わせぬ話の運び方をしてくる豹族の騎士。なんていけ好かない奴なんだ。

そんな俺の気持ちを見透かしているのか目の前の騎士――エルネストは碧い瞳を細めて俺に微笑んだ。

＊＊＊

先の国王ゼノルディ様の遺児であるカナン様を保護して数日。

彼は気質的に変に歪《ゆが》んだところもなく、受け答えの様子からして愚鈍の質とも思えない。むしろ年齢を考えればかなり聡明と言って差し支えないだろう。

娼館で俺が告げた事実に泣き喚《わめ》くでもなく、ただ静かな怒りを秘めて全て飲み込む姿は、成人前の子供のそれとは思えず内心驚きを禁じ得なかった。

ただ、育った環境故に猜疑心《さいぎしん》が強く皮肉屋で、いささか柄《がら》が悪い。猜疑心の強さは、人間としてはともかく王宮で生き抜く上で必要不可欠だが、それを上品に包み隠す術を教えねばなるまい。

それにしても、まだ幼い彼にこれから自分が担《にな》わせる『役目』のことを考えると自嘲するより他にない。

「それにしても……えらく嫌われたものだ」

モウの乳をたっぷり注いだ渋めの茶に口をつけ、俺は溜息と苦笑を漏らす。

これがキャタルトン以外の国であれば、程度の差こそあれ『騎士』は国民から憧れと尊敬の眼差《まなざ》しを向けられる。有事の際には粉骨砕身《ふんこつさいしん》、鍛え上げたその身を挺《てい》して国民を守ってくれる。騎士とは本来そういった存在なのだ。

けれども、我が母国キャタルトンでは事情が違う。そもそも騎士として出世できるのは原則貴族のみであり、猫科の大型獣人があからさまに優遇されているのが現状である。平民出の騎士もいるにはいるが、彼らは使い捨ての駒《こま》であり出世はまず望めない。そして貴族出身である騎士の多くが嘆かわしいことに内心――あるいは露骨に平民を見下しているのだ。

これではナラヤ様ともども『搾取《さくしゅ》される側』に長く身を置いていたカナン様が、騎士に悪感情を持つのは当然だろう。

全くもって、この国は腐り切っている。全体の民度がどうのという以前に、まず上に立つ者が本来の役割を放棄している。彼らの大半は既得権を守り私腹を肥やすことのみに執着し、一部の特権階級だけが甘い汁を吸い続ける傍《かたわ》らで、平民はそのおこぼれにあずかろうと群がるしかない。

そして平民以下の奴隷ともなれば……もはや『人に非《あら》ず』だ。俺はその現実を、まざまざと見せつけられてきた。

俺自身もその搾取する側に身をおいている立場だということには、今更自嘲すらこぼれてこない。

まだ記憶にも新しい『ワイアット事変』を、俺は忘れることはないだろう。

あのおぞましい事件は、当時すでに政《まつりごと》の実権を握っていた第一王子ザマルカンドの発した勅令から始まった。

曰《いわ》く――。

『山あいにあるワイアット村は盗賊の巣窟《そうくつ》である。村人は全員凶悪な犯罪者がなりすました者であり、街道をゆく善良な人々が多大な被害を受けている。よって、第二騎士団隊長ランドルフ・ディア・ヴァレンシュタインに命じる。

ただちに騎士団を率いてワイアット村に赴き、村人全員を捕獲。村は跡も残らぬよう焼却すべし。

なお、村人の移送先は追って知らせるものとする』

今にして思えば、ランドルフはともかく俺は初めから違和感を持っていたのだ。

第一王子ザマルカンドは、とかく嗜虐性の強い人間である。そんな男が『皆殺し』ではなく『捕獲』を命じるなど、常ならばあり得なかった。

しかし、王命とあらば従うしかないのが騎士であり、宮仕えの哀しさだ。ランドルフはその命を受け実直に、部下達を引き連れワイアット村に進軍。ものの一時間とかからずに村人全員を捕縛してのけた。

だが、真の問題はここからだった。『凶悪な犯罪者』の根城《ねじろ》であるはずの村にいたのは、ヒト族や小型草食獣人がほとんどで、まともに剣を取って戦える者すらいなかったのだ。

その不自然さにランドルフは当然酷く戸惑ったが、国元から届いた『ヒト族はベンディの港へ。それ以外はガザリの自警団に引き渡せ』との命に逆らうことはできなかった。

そして『盗賊討伐』から数ヶ月後、俺達は衝撃の事実を知ることになる。

ワイアット村は『盗賊の巣窟』に非ず。略奪者から逃れ、慎ましく暮らすヒト族の隠れ里。

つまりザマルカンドは『盗賊討伐』を大義名分に掲げ、『国』として『騎士団』を用いて大規模なヒト族狩りを行ったのだ。

一度捕らえられたヒト族の末路は悲惨である。首輪をつけられ死ぬまで性奴隷として搾取されるか、産めなくなるその日まで孕み袋にされるか。

いずれにせよ、ヒト族の弱さを理解していない獣人の手に渡れば、数年と保たずに死んでしまう者がほとんどだ。

故に真実を知ったランドルフの慚愧《ざんき》は、筆舌に尽くしがたいものがあった。

俺の親友であり幼馴染みでもある、虎族のランドルフ。キャタルトンという国の貴族に生まれながらも、子供の頃から真面目で誠実で弱い者虐《いじ》めが大嫌いで……俺はあんなにも裏表なく性根のいい奴を他に知らない。

だからこそ、キャタルトンという国の在《あ》り方に疑問を持ちつつも、その忠誠心は間違いないものだった。

しかし、そんな親友が誓った忠誠心は最悪の形で欺《あざむ》かれ、利用され、奴隷狩りという唾棄《だき》すべき行為の実行犯に仕立て上げられたのだ。それは俺が以前から抱いていたキャタルトン王族に対する嫌悪を、より一層募らせるには十分すぎるものだった。

むろん、強《し》いられた奴隷狩りに心を痛めたのは、ランドルフだけではない。事件当時第二騎士団に所属していた騎士の八割近くが辞任。罪の意識に耐えかね自害した者が二人。

第二騎士団はランドルフの意向もあり、貴族以外の団員も多かった。それ故に、ヒト族や弱き者に対して同情的かつ正義感の強い者も多く、国の対応方針と衝突し、不満を持つ者が多数を占めていた。

少々穿《うが》った見方をすれば、ザマルカンドはヒト族の奴隷で一儲けするついでに、ランドルフという求心力がある隊長を持ち、優秀だが生真面目すぎる第二騎士団を、体よく瓦解《がかい》させようとしたのではないか？

そんな考えが俺の脳裏をよぎった。

病気療養を理由に半月ほど職務を離れたランドルフは、周囲の予想に反して騎士団に復帰すると、以前にも増して精力的に働いた。

『この国の非道を止めるには、もっと大きな力が必要だ。だから俺は、これからそれを手に入れる。今更何をしたところで、俺が犯した罪は生涯許されない。それでも……俺はこの命ある限り贖いたい。ワイアット村の生き残りも、可能な限り探すつもりだ』

そう口にした親友の横顔を、俺は終生忘れることはないだろう。否――忘れられない。そして親友にそんな顔をさせた連中を、絶対に許さないと心に決め、俺の騎士としての在り方もここで大きな転機を迎えた。


「ラトゥール家の事件も酷いものだったな……」


俺はほどよく冷めた茶を飲み干し、新たな一杯を注《つ》ぎ足す。

『ラトゥール家の悲劇』が起きたのは、俺がまだ成人して間もない頃だった。

当時副宰相ルバイの右腕を務めていたイワン・ラト

ゥールは、この国の政治の中枢にいるにしては珍しく清廉な人物であり、国の行く末を真に案じていた人物であった。しかし、そのすべてが利己的で野心溢れるルバイの癇《かん》に障《さわ》ったのか、彼は横領の罪を着せられ獄中で拷問され凄惨な死を遂げてしまう。

王都の誰もが知っているが、決して蒸し返さず話題にもしない……この国が抱える負の歴史のひとつである。

聞いた話によればラトゥールの『伴侶』はすぐにイワンの後を追い、一人残された幼い息子はルバイに引き取られたという。名前は忘れてしまったが、一度だけパーティーで会った山猫族の子供は大層可愛らしかった。

両親を死に追いやった張本人に、罪人の子として引き取られた美しいアニムス。あの子は今、どんな扱いを受けているのだろう……。

今の立場にあったとしても、あの子を助けることなどできはしない。無力で愚かな自分の手を握りしめては、さらに気が滅入《めい》る。

とにもかくにもこの国は最低最悪だ。自分が生まれ育った国、そして貴族として、騎士として仕えている国だというのに、何ひとつ誇れるものがない。なんなら『キャタルトンの貴族であること』が、浅ましく恥ずべきことにすら思える。

だが、この国でそんな考えを持つ富裕層は反国家的な異端者だ。ほとんどの者は使い捨てられる労働力——奴隷のいる快適な暮らしを享受《きょうじゅ》し、手放すことを望まない。

それでも真に国を憂う者は、少数ながら確かに存在する。俺達父子とランドルフは、そういった者達に粘り強く慎重に声をかけ、今の政権を打倒すべく革命への賛同者・協力者を募った。

ちなみに俺達の集めた賛同者・協力者とは、必ずしも直接国と戦う人間を指すものではない。陰ながらの金銭的援助や情報操作、見て見ぬふり、聞いて聞かぬふりまで、その範囲はかなり広い。古くから続く豪商でありながら、奴隷を一切扱わないバッソ家などは、典型的な金銭的支援者だ。

こうした地道な活動を続けること実に五年。俺達は先頃レオニダスと密約を交わすことにも成功した。

とはいえ、革命派が少数派であることは変わらず、圧倒的『決め手』不足は否めなかった。

そもそも革命はあくまでも国をよくするための手段であって、目的ではない。故に革命そのものが成功しても、その後に続く政治で失敗しては何の意味もないのだ。

保守的なキャタルトンの民が求めているのは新しい統治体制ではなく、現王に代わるより良き王である。

だが心底遺憾なことに……現在いる王子達は、誰も彼もロクなものではない。

第一王子ザマルカンド。ゼノルディ王亡き後玉座についた彼は、幼い頃から残虐な振る舞いが目立つ嗜虐性の塊《かたまり》だ。疲れ切った奴隷が犯した些細な過ちを見つけては、わざわざ同郷の奴隷を呼びつけ鞭を振るわせ、それを眺めて愉悦に耽《ふけ》る。一事が万事、そんな男だ。

第二王子アムゼル。彼は三ヶ月早く生まれた異母兄ザマルカンドに対し、病的なまでの嫉妬心を持っている。

かつて第一王子が父王より賜《たまわ》った見事なアーヴィスが、突然血を吐いて悶死する事件が起きた。調べたところ、何故かアーヴィスは大量の硝子粉を食べていたことがわかり、アムゼルの関与がまことしやかに囁かれたものだ。

第三王子メルキド。彼は第二王子アムゼルと同腹の兄弟であり、ザマルカンドとは犬猿の仲だ。常に同母兄アムゼルと共謀し、異母兄ザマルカンドの失脚を画策している。

しかし、だからといって第二王子と第三王子を革命派に引き込めるわけではない。彼らもまた民を愛する人間ではなく、自分達兄弟のことしか考えていないのだ。その残虐性は第一王子と大差ない。

第四王子ヴィルヘルム。第一王子と母を同じくする末の王子だが、生まれつき身体が弱く南の離宮から出てこない。

彼は世俗の全てに背を向け、詩と音楽と書画の世界を漂う世捨て人であり、四兄弟の中ではもっとも穏健派といってもいい無害な人物だ。

しかし、間違っても革命の旗頭に据えるべき人物ではない。おそらく革命の話を持ちかけても、『好きにすればいい。私を煩《わずら》わせるな』と、絵筆を片手に気怠く返されるだけだろう。

誰を担ぎ上げても上手くいかない。王位につけるための『錦《にしき》の御旗《みはた》』が見つからない。

俺達革命派は、もはや努力ではどうにもならない壁にぶつかり行き詰まっていたのだが……。

✴✴✴

「エルネスト、ゼノルディ陛下がお呼びだ」

「こんな時間に？　……非公式、ですか？」

「秘密裏に……だ」

　俺と父は先王が亡くなる一週間前の深夜、なんの前触れもなく急遽呼び出しを受けた。

「……応じるのですか？」

「そう不服そうな顔をするな。どんなお方でも、一応はこの国の国王陛下だ。末期《まつご》の言葉くらい、聞いて差し上げても罰は当たるまい。……あの方とて、好きで王族に生まれたわけでもなければ、好んで愚鈍なわけでもなかろうに」

「確かにそうですが……」

　どこか憐れむようや口調で諭《さと》す父に、俺は仕方なく頷いた。俺よりも長い時間をゼノルディ様と過ごしてきた父には、何かしら感じるところがあるのだろう。

　だが率直に言って、俺はゼノルディ陛下に対して思うところは多い。

　確かにゼノルディ様は、善良とは言わぬまでも邪悪な人間ではない——否、正しくは邪悪たるべき頭脳を持ち合わせていない。そう、彼《か》の王はただひたすら……いっそ気の毒に思えるほど愚鈍なのだ。

　誰かの頭が激しく悪かったとして、それ自体が罪に問われることはないだろう。だが、人の上に立つならば話が違う。

　ゼノルディ様は暗愚であるが故に傀儡と成り果て、傀儡の操者どもが邪悪であるが故に、この国はどうしようもなく腐敗した。

　王にとって無能とは最大の罪に他ならないというのが俺の考えだからだ。


「参上いたしました、ゼノルディ陛下」

「よう……来て……くれた、な……エリオット……息子も一緒……か……？」

病床の王は苦しげに、命を削るようにして言葉を紡いだ。

鈍色《にびいろ》の硬い髪と淡い藍色の瞳を持つ、痩せて年老いた豹族の王。そんな王の横で俺と父は臣下の礼を取り、ともに膝をつく。


「はい、ともに参りました」

「エルネストでございます、陛下」


二年前の春先に吐血して倒れて以来、王は日に日に弱っていき、この半年は完全に寝たきりでほとんど目も見えていないはずだ。


「エリオット、エルネスト……余《よ》はもう、長くは……保たん。毎日……少しずつ、毒を盛られて……きた、でな……」

「それは……!? 一体どなたの仕業《しわざ》ですか!? すぐに侍医を——」

「必要……ない。いかに……余が阿呆《あほう》……でも、己の死期ぐらい……さすがに……わかるわ……どうせ、アムゼルあたりの……差し金……じゃろう……あれは……陰湿じゃて……な。誰にも……止めることなどできは……せぬよ。その分、死人が……増えるだけ……に違いないからな……。余に……そのような価値もない……」


もしかしてこの方は、俺が思うほど愚鈍ではないのだろうか？

自ら毒を盛られていることを語り、力なく笑う王を見て、そんな考えが一瞬頭をよぎった。


「じゃが……今となっては……そんなことは、どうでもよい。代わりといっては……なんじゃが……どうか……余の最期の頼みを……聞いては……くれぬか？」

「お話をお聞かせ頂けますか……？」


俺の代わりに父が王へと問いかける。


「…………余が、唯一愛した者……ナラヤと、我が子カナンのこと……じゃ」

「それはっ!?」

「な——ッ!?」

あまりに想定外な言葉に、俺と父は思わず臣下の礼も忘れて王の顔をまじまじと凝視していた。

「我が子とおっしゃいますと……それは、第五王子である……と解釈しても？」

「父上……」

ふと隣を見れば、父が引き攣《つ》った顔をして強張った唇を懸命に動かしていた。

「そう……じゃ……カナンは、余と……愛するナラヤの……子……じゃ」

「愛する……子？」

やはり馬鹿だ。この方は徹頭徹尾《てっとうてつび》、疑いの余地なく阿呆なのだ。人が人を好きになるのは原則自由である。成人した者同士であれば、互いの合意の上で愛し合うことに制約もない。

だがしかし、この方は一国の王なのだ。どれほど愚鈍な傀儡であろうとも、形式上はまごうかたなき『キャタルトン国王』なのだ。

本来であればアニムスにのみ認められている一妻多夫であるが、この国では例外的に、アニマである王にも愛人や妾を持つことは認められている。いや、王でなくても実際キャタルトンの王侯貴族は正式な『伴侶』の他に、数人のアニムスを囲っている者が大半だ。

ただし、子作りとなれば話は違う。名門であればあるほど、資産家であればあるほど、腹違いの子供の存在は跡目争いの激化を招くのだ。

そもそも、王にはすでに第一夫人が産んだ第二王子アムゼル様と第三王子メルキド様、第二夫人が産んだ第一王子ザマルカンド様と第四王子ヴィルヘルム様がいる。そして彼らの仲は母親同士の関係をそのまま反映し、世捨て人のヴィルヘルム様を除いて常に命を狙い合っているといってもいいほどに険悪なのだ。

王は周囲に流されるままに名門貴族出身の第一夫人を『伴侶』に迎えたものの、どうしたわけか十年以上経っても一向に子ができずにいた。そこで周囲は王に第二夫人を迎えることを勧め、王はまたもや流されるがままに二人目の『伴侶』を受け入れた。

王族にとって直系の血を繋ぐことは政と並ぶ責務故、

俺はそれについて批判する気は毛頭ない。

ただ、運命のいたずらのようにそれはこの国にとってさらなる争いの種をまく結果となった。ふたつの月の神は、まるで王が第二夫人を迎えるのを待っていたかのように、突如として第一夫人にも子を授けたのだ。それも底意地の悪いことに、身分の高い第一夫人とやや劣る第二夫人が絶妙に揉めるような時間差をつけて。

長子継承を伝統としている我が国にとって、それは災厄以外のなにものでもなかった。

結果、この国はさらなる混沌を迎え現状に至っているというのに……この御方は……！


「何故……何故……ッ！」


無意識のうちに発していた俺の声が室内に響き渡る。

年老いた傀儡の王が人生最後の色恋に耽り、愛人を何人囲おうがかまわない。倫理的な問題はさておき、それによって困る人間はいないのだ。

しかし、何故愛人に子を孕ませた？　ただでさえ混沌とした状況の中に、何故新たな火種を投げ込んだ？


「余は……ナラヤを、愛して……おった……今も、じゃ。故に、子が……欲しいと……思った。それは……おかしな……ことか？」

「そういった問題ではございませぬ！」

俺は思わず、病床の王を相手に語気を荒らげてしまった。

人を愛し愛される。それはこの世でもっとも美しく尊い営みだ。しかし、そこにはそれぞれの置かれた立場に応じた責任が伴う。時と場合によっては、私的な愛を公のために抑える必要もあるだろう。なのにこの方は――！


「やめんかエルネスト。陛下に対して無礼だぞ」

「……父上、お言葉ですが――」

「今更『何故』『どうして』を追求しても仕方あるまい？　すでにそれは過去のことなのだ」

「それは……」

年の功とでも言うべきか、一瞬の放心から回復した父は、俺よりもずっと冷静だった。

「陛下、お二人は……ナラヤ様とカナン様は今いずこに？」

王を責めることもなく、事実を淡々と問う。

「ナラヤは……もう、いない。病で……死んでしまった……」

「それでは、カナン様は？」

「カドモアの……娼館で暮らしている……」

「なんと!?」

だが、これには父もさすがに目を剝いた。もちろん俺も驚いた。

「陛下……大切な方々を、何故そのような悪所に？」

カドモアとは、城下でもっとも治安の悪い『裏町』と呼ばれる貧民街である。

「余……とて……ナラヤとカナンを、かような場所に……置きとうなかった……いや、そのような場所にいるとは今でも信じられぬ……のじゃ」

「なんらかの手違いが生じた……と？」

「そう……じゃ……」

王は力なく頷くと、愛する者達を亡命させる際に生じた『深刻な手違い』について、訥々《とつとつ》と語り始めた。

「なんてことだ……」

王の告白を聞き終えた俺と父は、王の御前《ごぜん》であることも忘れ頭を抱えてしまう。

愛する二人の命を守るために、永遠の別離を覚悟してフィシュリードに亡命させる。

ここまでは悪くない。愚鈍なゼノルディ王としては、奇跡的に辿り着いた最適解と言えよう。

だがしかし、どうしようもなく詰めが甘い。そんな重要な仕事を、どうして心から信頼できない者に託してしまったのか？

そういう話こそ、俺や父にしてくれればどうにかできたものを……全く、果てしなく残念な御方だ……。

そして、その後の対応もあまりに酷い。送っていた生活費まで着服され続け、偽の報告書でその所在を確認したところ見つからず、二人が娼館にいるという事実に行き着いたのがつい先日のことだというのだから……。

十年近く会おうともしなかったのか——否、お二方の身の安全を考えれば会えなかったのか。しかし、そうだとしてもあまりにも……。

「エリオット、エルネスト……余は、愛するナラヤを……苦界に突き落とし、殺して……しまった。病と聞いているが……余が殺したも……同然じゃ……」

「左様《さよう》でございますな……陛下」

父は王の懺悔《ざんげ》を否定しなかった。『何故』『どうして』と責めるより、こっちの方がよほど厳しい。

「だから……の、せめて……せめてカナンだけは……救ってやりたい……。あの子はナラヤと同じヒト族のアニムス……まだ十二歳じゃが、これ以上悪所におれば……ナラヤと同じ道を辿って……しまう……」

「承知いたしました。お子様……いえ、カナン様のことは私どもにお任せください。必ずや悪所より連れ出し、私どもの庇護の下で心穏やかに暮らして頂けるよう尽力いたします」

父は躊躇《ためら》う素振りすら見せず、王の願いを聞き入れる。我が家の人脈と財力をもってすれば、実際それはさほど難しい話ではない。

——ところが、王はゆっくりと首を横に振ったのだ。

「否……あの子……カナンは、余の贖罪であり……希望。カナン……は、この国を変える……鍵となる」

「——ッ!」

その言葉に、俺の背筋がゾワリと震えた。

「頼む……カナンを使って、この国を……キャタルトンを壊して……くれ」

「陛下、それは本気でおっしゃっているのですか?」

押し殺した声で確認する父の顔にも、隠し切れぬ困惑の色が浮かんでいる。それもそのはず、元来ゼノルディ・シュトラール・フォン・キャタルトン十四世は、『君臨すれども統治せず』

ただ玉座に座り、流されるがままに生きてきた王なのだ。それが死を目前にして、こんなにも明確に己の無謀とも言える意思を表明するなど、にわかには信じられない。

「本気……じゃ……これまで生きてきて……ナラヤを愛した次に……余は本気で……言っておる。余は……この国が、嫌いだ……。強欲な『伴侶』どもも……あやつらにそっくりな息子どもも……馬鹿だ愚かだと……私を陰で罵《ののし》る連中……も」

『馬鹿だ愚かだ』と、今現在思っている身として少しだけ胸が痛む。

「そうだ……レオニダスの……ヘクトルを巻き込んでやれ。あれは余を……キャタルトンを……心底嫌っている。あいつならば……嬉々《きき》として、この腐った国を……崩壊させてくれるだろう」

「陛下らしくもないお言葉ですが……民のことはお考えでいらっしゃいますか？　レオニダスと戦になれば、必ずや戦火にまかれ多くの民が犠牲になりますぞ」

「……あやつは余と違って賢《さか》しい……憎らしいくらいにな……。あの『賢王』は……全てを上手く……己の掌の上で踊らせ、操るだろう……。いっそレオニダスが我が国を喰らってしまってもいいのだ……。……なくなればよいのだ、こんな国は。何もかもが……なく……な……れ……」

最後にそう言い残すと、疲労と感情の昂りからか王は気絶するように眠ってしまった。

すぐに侍医を呼び、私と父は足早にその場を去った。

「しかし……こうなってみるとあの方もある意味この国の犠牲者の一人なのかもしれぬな……」

「ゼノルディ陛下が……？」

自宅に帰ると、父は防音処置を施した密談用の部屋に俺を呼んだ。家人を信用せぬわけではないが、知ることそのものが危険な話故、父の判断はすこぶる正しい。

「キャタルトン王家の嫡子《ちゃくし》として生まれ、否応なく玉座に据えられるも、重責に耐え得る能力がない。己ではどうしようもない立場と能力の不釣り合いを自覚しつつ、己の意思で玉座から降りることも許されない。周囲から嘲《あざけ》りの視線を受けながら、ただ傀儡として淡々と無為に日々を送る。私なら耐えられん。陛下が愛したと申されたナラヤ様とのかりそめの日々に逃げ込んだ気持ちも……わからんではない」

「父上はお優しいですね」

「甘いと思うか？」

「はい……少しだけ」


俺は王の甘ったれた懺悔を聞いて、憐れみや同情よりも怒りが先んじた。

人にはそれぞれ、生まれ持った使命や宿命がある。誰もが与えられた能力に磨きをかけながら、それらと対峙し日々戦っているのだ。

ゼノルディ王は邪悪ではなかった。しかし、どうしようもなく怠惰であった。

俺は王に対する己の感情を、そんな形で割り切った。

王の口から出た二人の名前。ナラヤ様とカナン様。彼らこそまごうかたなき犠牲者だ。挙げ句の果てに、十二年間も悪所に放置していた我が子を使い、仮にも己が治めていた国を『なくなればよい』とは何ごとか。

革命派を率いる俺が憤《いきどお》るのもおかしな話だが、俺は——俺達革命派は、決して生まれ育った故郷を忌み嫌っているわけではない。むしろ本気で愛しているからこそ、長きに渡る悪政を正しまっとうな国へと改めたいのだ。

誰に恥じることなく、堂々と胸を張り顔を上げて祖国を誇れるように。


「さて……感傷に浸っている場合ではないな。現実の問題を片付けねばなるまい。それも迅速かつ内密に……陛下の話だが、率直に言っておまえは第五王子の存在をどう考える？」

「気の毒としか言いようがありません。後先を考えられぬ愚かな父親によって生み出され、最悪の場所に捨て置かれ、挙げ句の果てに国を灰にするための道具として望まれる。会ったこともない第五王子ですが、どのような方でもすぐにお助けせねば……」

「なるほど……おまえらしい真っ直ぐな意見だ」

「父上は違うと申されるのですか？」

「確かに、陛下がなさったことも望まれていることも、人としては最低のことだ。他力本願で無責任な上に、自己陶酔が酷すぎる。伊達《だて》に『暗愚王』と呼ばれる御方ではないと、改めて痛感した」

「いや……俺はそこまでは……」


　あまりにも容赦のない父の言い様であった。しかし、王が持つ生来の愚鈍さと地位の不釣り合いに一定の理解と同情を示しつつも、現実になされた愚行に対しては客観的な評価を下す。我が家が王家におもねずともやってこられたのは、こうした父の才あってこそだ。


「だが、それはそれとして。ヒト族の第五王子は、我々革命派にとって十分な切り札となり得るのではないか？　まさに陛下のお言葉の通りに、国を壊すことが可能なほどに」

「それは……」


　俺は父の言葉にギクリとした。何故なら俺も同じことを考え、無理やりそこから目を逸《そ》らしていたからだ。

「やはりおまえもそう思うのだな？」

「はい……。第五王子となるカナン様には、我らにとって都合のいい条件が揃っています。第一に、由緒正しきキャタルトン王族であること。第二に、市井《しせい》で育ちキャタルトン王族の歪んだ価値観に染まっていないこと、むしろ皮肉なことですがナラヤ様が亡くなられていることでこの国を憎んでおられる可能性が強い。そして第三に、これまで猫科大型獣人のアニマに限定されてきた王位を、ヒト族のアニムスであるカナン様が継承すれば、もっともわかりやすい革命による『変化』となるでしょう」

「そう、その通りだ。我々の革命に欠けていた決定打が、まさかこんな形で現れるとは思わなかった。これも天の恵み、利用せぬ手はない」


　父から悪意なく発せられた『利用』というありふれた言葉が酷く重い。

「しかし……」

「ああ、おまえの言いたいことはわかっている。もちろん、カナン様のご意思は最大限尊重する必要があるだろう。御身を危険に晒すことにはなってしまうが、我々が命に代えてもお守りする。革命後即位された暁《あかつき》には、我々が後ろ盾となり傀儡などではないこの国の真の王になって頂く……はは、我ながら都合のいい理想論だな。結局のところカナン様を最大限『利用』する点では先代を操っていた有象無象《うぞうむぞう》と我らも同じか……」


俺達が行うのは革命だ。流れる血は可能な限り少なくしたいが、『誰も何も犠牲にせず』は夢物語である。そんなことははじめからわかっていた。

しかし……それでもやはり、何も知らずに『裏町』で生きてきた十二歳の子供を巻き込むことに、迷う自分もいる。

だが……。

「我らにも覚悟が必要ですね」

「そうだな……」

「母を亡くし、悪所で生きてきた子を――いくら王族といえど未だ幼い少年を血なまぐさい革命の先頭に立たせるという罪を犯す我らも罪人だという……」

「ああ……」

「それでも……、民のためなどという綺麗事は言いません。己の理想のために、俺はこの手を汚し、革命の犠牲となるその子を……我らの『王』を身命をとして守り抜くと誓いましょう」

「おまえだけに背負わせるつもりはない。これは革命を起こす我ら皆の罪だ。それを忘れずに己を戒《いまし》めるしかあるまいな……。しかし、そうなると急ぎカナン様を保護した上で、王族として相応《ふさわ》しい教養を身につけて頂く必要があるが……」


そこで言葉を切り、父は俺をじっと見た。


「その役目はおまえに任せたい」

「そう来ると思いました。『裏町』カドモアには、俺が出向きます。そして第五王子を保護したら、我が家の別宅に匿《かくま》い、時期が来るまで必要なことを学んで頂く。俺と父上は相変わらず不仲であり、俺は家には寄りつかない。レンフィールド家は弟のエルヴィンが継ぐ。そんな噂も引き続き流しておいてください」

そう、我が家では革命を画策し始めた頃から、意図的に父子不仲説を流してきた。代々王族警護を務める保守的な名門貴族の父親と、その意に沿わぬ青くさく革新的な思想を持つ長男。家督は父に従順で変革など望まぬ次男のエルヴィンが継ぐ線が濃厚。そんな具合にだ。

「了解した。それならばついでに、騎士団の役職も自由に身動きが取れるものにしておいた方がよいだろう。その後、カナン様の成人とともに王族警護部隊への配属……その後は、また考えればよいか……。反抗的なレンフィールド家の長男が、『伴侶』も娶《めと》らず別宅にヒト族の愛人を囲い足繁く通っている……。それ故に騎士の中の閑職へと回された。そんな噂を流しておけば、特に怪しまれることもないだろう」

「……なかなかに不名誉な噂ですね」

「それぐらいは必要だろう？」

「ええ、その通りで」

我が父にしてレンフィールド家現当主エリオットは、心から国の安定を願い民を思う優しさと同時に辛辣な策略家としての側面を時折覗かせる。

そして俺は、『裏町』の娼館でゼノルディ陛下と同じ瞳を持つ少年と出会うことになる。

それはゼノルディ陛下が亡くなり、新王が即位してすぐのことだった。

❖❖❖

「カナン様、今日は地政学のお勉強をいたしましょう」

エルネストの別宅で暮らし始めて三ヶ月。俺には学問と礼儀作法の家庭教師がつけられ、毎日これでもかと知識と所作を叩き込まれている。

だけど不思議なことに、それは全く苦痛じゃない。むしろ新しい知識を得ることが楽しくて仕方ない。どんなことでも、知らないよりは知っていた方がいい。何かあった時に、開ける引き出しが多ければ心強い。

知識を身につけるってことは、『力』を手に入れるのと同じだと思えるからだ。

世の中の子供は勉強を嫌がるらしいが、俺にはその感覚がわからない。生きるための武器を大人がタダで与えてくれる。こんな美味しい話は滅多にない。特に薬学と科学は最高だ。ほんの初歩を学ぶだけで、すぐにでも実用できそうな気がする。

きっと生まれながらにたくさん持ってる連中は、『タダで教えてもらえること』のありがたみなんて、考えたこともないんだろう。羨ましいというより勿体ない。もっとも、『掃き溜め地区』で暮らしながら、母さんや娼夫達に読み書き計算を教えてもらえた俺は、かなり恵まれていたのだろう。

「先生、地政学ってなんですか？」

今日も初めて聞く名前の学問に、俺の好奇心はむくむくと膨らんでゆく。

「地政学とは……そうですね、平たく言えば地理と政治の関係を知るための学問です」

「地理と政治？　たくさん作物の実るいい土地を持ってる大きな国は、戦争も強いとか……そういうことですか？」

「なかなか本質をついていますね、素晴らしい。国の地理的な条件をもとに、政治的・社会的・軍事的な影響を研究する学問なので、間違ってはいませんよ」

俺は家庭教師の講義を聞きながら、ノートにペンを走らせる。俺にいろいろなことを教えてくれるこの初老の白鷺《しらさぎ》族はラムダ先生。

毛先の縮れた真っ白な髪と、いかにも賢そうな灰色の瞳を持つこの人は、かつてエルネストの家庭教師をしていたという。先生はいつも優しく穏やかな口調で、何も知らない俺にわかりやすく物事を説明してくれる。

「おや、もうこんな時間ですね。少し休憩にいたしましょう」

朝食から昼食の間にはお茶とお菓子で小休憩。これもまた贅沢なことだと思う。

だけど、ここから昼食まで続く『宮廷作法』の授業は最悪だ。

「カナン様！　違います！　そこで一度止まって、まずは右を向いてから一礼、それから正面に向き直って――」

「ああ！　もう！　ややっこしい！」

もともと俺は、そんなに物覚えが悪い方じゃないと自負していた。むしろ早いと、母さんも娼夫達も褒めてくれた。なのに、この『宮廷作法』ってやつだけは、どうしても頭に入ってこない。

「どうして宮廷の作法って、こうも無駄なことだらけなんですか？　これに意味があるとは思えません……」

宮廷特有の作法には、どう考えても無意味で不必要な動きが多すぎるのだ。

「どうしてだと思われますか？」

「とりあえず勿体をつけて、なんとなく偉そうに見せるため？」

「なるほど！　それは面白い答えですね」

クスクスと愉快そうに笑いながら、ラムダ先生は違う違うと否定する。

「実際、宮廷でよしとされている所作には、現代という時代にそぐわぬ無駄なものがたくさんあります」

「どうして誰も変えないんですか？」

「それはもちろん、面倒だからです」

「面倒？　面倒な作法を続ける方が面倒なのに？」

王族や貴族の考えは、よくわからない。なんでも奴隷にやらせて暇だから、やらなくてもいいことをするんだろうか？

「長く続いてきた習慣を変える、というのはとても大変なことなのです。考えの古い人達も多い、それがいいのだと盲目的に従う者はさらに多い。ですが、そうですね……何かとてつもなく大きな変化が起きた『ついで』なら、誰も何も言わないでしょう」

「何かとてつもなく大きな変化って、たとえばどんなことですか？」

この面倒極まりないものがなくなるなら、俺はその変化とやらを応援したい。

「王が変わり、国そのものも変わる。奴隷や貧民がいなくなって、皆が今よりも豊かに安全に暮らせるようになる……そんな未来が来たら、きっと何もかもが変わるでしょうね」

「そんな未来、本当にあり得ると思ってます？」

「さあ？　先のことは誰にもわかりませんよ」

ラムダ先生の授業はわかりやすいけれど、やっぱりこの人も大貴族の家庭教師になるような人だから、俺とは根本的に感性が違うのかもしれない。

この後も俺はラムダ先生に一挙手一投足を細かく注意され、昼食を食べに食堂となっている広間へと向かう頃には、自分でもわかるほどにげっそりとした顔つきになっていた。

「お久しぶりです、カナン様」

「あ……」

するとそこにはすでに見飽きた騎士の姿があった。

エルネストは俺を見るなり素晴らしく優雅な臣下の礼をとって見せる。くだらない宮廷作法は嫌いだけど、こいつがやると嫌味なほどキレイで様になっていて……それがますますいけ好かない。

「これから昼食だと伺いました。ご一緒してもよろしいですか？」

「よろしいも何も、ここはあなたの家でしょう？」

「それはよろしいということですね？」

「……どうぞ好きにしてください」

仮に俺が先王の子だという話が事実だとして……それを知る者はごく僅か。しかもその全員に、おそらくはエルネストの息がかかっている。つまり、俺の生殺《せいさつ》与奪《よだつ》権はこのキラキラとした貴公子様に握られているというわけだ。それなのに、こいつときたら俺に対して終始慇懃《いんぎん》な態度を崩さない。もちろん小馬鹿にされたら、それはそれで腹が立つのだが……。

「お会いするのは二日ぶりですが、何かお変わりはありませんか？　お困りのことがあればなんでもお申しつけください」

「別に……」


今日の昼食はフォレストポークのシチューに、新鮮な葉物野菜と塩気の利いたチーズのサラダ。ご丁寧に俺が好きな木の実を軽く炒《い》って砕いたものまで乗っている。それにパン籠には焼き立てのパンが三種類も入っていて、足りなくなればすぐにお代わりが補充されるのだから、まさに至れり尽くせりだ。文句のつけようなんてあるはずもない。

「ここの食事はお口に合いますか？」

「……俺がここで出されるものより美味しいものを食べていたと、本当に思ってますか？」

娼館にいた頃には考えられないようなご馳走が、ここでは毎日当たり前に並ぶ。だけど——。

「これは失言でした。申し訳ございません。ですが、何か思っておられることはありそうですね？」

「……不満というか、食事のたびに疲れるんです。テーブルマナーがどうの話術がどうので食った気がしないというか」

口の中で柔らかく溶ける付け合せのマッシュテポトをスプーンで掬いながら、俺は母さんと分け合って食べたテポトを思い出す。

「……茹でただけのでっかいテポトをふたつに割って、塩を振って齧《かじ》りつきたいと思うこともあります……」

あちこちから芽が伸びて、少しカビ臭かったテポト。なのに、俺はどんなご馳走を食べてもあの味が忘れられない。

俺の言葉にどこか困った様子でエルネストはその整った眉を少しだけ下げる。

「俺はずっと考えていたんです……どうして俺は今、『ここ』にいるんですか？」

胸につかえていた疑問を、俺はそのまま言葉にして吐き出した。

「それはカナン様が先の国王ゼノルディ様の御子であり、この国の第五王子という尊い身分の御方だからです。こちらにお連れする際にご説明した通りなのですが」

「……俺が聞きたいのはそういう建前じゃなくて、『本当の理由』です」

俺は軽くはぐらかそうとするとエルネストの目を真っ直ぐに見据え、そこに真実の欠片《かけら》を探す。嘘と虚飾に塗れた娼館育ちを舐めないでもらいたい。

相手の本心からでない言葉をそのまま信じるほど俺は素直に育っていない。

「『本当の理由』ですか……？」

するとエルネストも、俺の目を真っ直ぐに見返してくる。

「俺が本当に王様の子供だったとして、この国にはもう新しい王様と、その弟達が三人もいるんですよね？」

「はい。いずれも先王の御子であり、カナン様の兄君達であらせられます」

「だったら、俺なんかいらないでしょ？　いや、いない方がいいですよね？　……ヒト族の奴隷から生まれて、貧民街カドモアの娼館で育った王家の血を引く子供。そんな奴が今更ノコノコ現れたって、いいことなんてひとつもない。そのくらい、子供の俺にだってわかります。あなたは『この国の王子を放置するわけにはいかない』と言ったけど、放っておいた方が都合がよかったんじゃないですか？」

俺はそこまで話し、果実水をふた口飲んで気持ちを落ち着かせた。今の王様が奴隷制を推進しているというのは、ライールからも聞いている。そんな人間が奴隷から生まれた俺を、弟として認めるのか？　どう考えても、最初から存在しなかったことにした方がよかったはずだ……。

だからこそ、目の前の騎士に聞きたいことは山ほどあった。

そしてもっとも大事なこと、それはエルネストが俺の敵なのか味方なのか……。

「俺はいずれ娼夫になって……母さんと同じ運命を辿るだけだった。ヒト族の娼夫は皆長く生きられません。それぐらいは知っていますよね？　放置しておけば自然と消えたはずの俺をここに置いて教育する本当の目的はなんですか？　俺にあなたは何を求めているんですか？」

俺は必死だった。

突きつけられた言葉をそのまま受け入れられるわけがない。

自分がこの国の王族だと聞いて、よかったと喜ぶほど俺は愚かじゃない。

「俺はまだ子供で……自分が何をすればいいのか何をすべきなのかもわかっていない……。だけど、俺が本当に王族の血を引いているならば……母さんと俺が逃がされたというのが事実ならば、俺には何らかの役目があるんじゃないんですか？　そうでなければ、あなたが俺を迎えに来た理由がわからない」

喉の奥がひりついていた。だけど、聞いておかなければならないことだった。

「俺の存在を望む者も望まない者もいるとあなたは言った。なら、あなたはどっちなんです？　それを教えてください」

「驚きましたね……」

俺が抱え続けていた思いを吐き出し終えると、エルネストはスプーンを皿に置きその澄んだ瞳で俺を見つめてくる。ラムダ先生に習った宮廷作法では、『王族の顔を正面から凝視することは礼に反する』はずだったけど……。

「俺が何の疑問も持たず、喜んで今の暮らしを受け入れないことがですか？」

「いいえ、違います。カナン様の思考力と洞察力の鋭さ、そしてその聡明さにです。失礼ながら、カナン様はまだ幼くていらっしゃる。それに、権謀術数渦巻《うずま》く宮廷育ちでもないというのに、突然すぎる環境の変化とご自身のお立場をそのように分析し、しっかりと論理立てて質問される。その事実に正直驚いています」

「……あなたは俺を幼いと言うけれど、あの街では十二歳はもう大人みたいなものです。常に誰かが誰かを陥《おとし》れて、自分が得をしようと欲望に目をギラつかせている……あそこはそういう場所ですから」

下々の世界には下々の世界の汚さがあり、そこで育つ子供は年齢不相応な育ち方をするしかない。それは、俺が身をもって学んだことだ。

「なるほど……カナン様の思慮深さはそのような環境下で培《つちか》われたと……。いや、カナン様に選択肢はなかった……。そういうふうに育つしかなかったということですね……」

「そ、それで……俺の質問には答えてくれないんですか？」

俺を見つめる透き通るように碧い瞳が、一瞬——ほんの一瞬だけ母さんのように優しく見えて、俺は何故か慌てて目を逸らした。

「もちろんお答えいたします。順を追ってできる限りのことを……。しかし、これだけは信じてください」

「なんですか……？」

「私は何があろうと、あなたの味方です。私はあなたの騎士です。あなたの剣となり、盾となりましょう。そして、あなたが望めば死すことも厭《いと》いません」

突然のエルネストの言葉に、俺はごくりと息を呑んだ。

俺を見つめる瞳が先ほどよりさらに優しく、そして真剣味を帯びていて、その言葉が決して嘘ではないことを物語っていたから。それに全身から溢れ出る気配が、何故か彼を信用していいと俺の本能へと訴えかける。

「信じて頂けますか？」

「わか……った。けど、わからない……。あなたは『この国』の騎士で俺の騎士では……。俺が望めばと

「……」

「いいえ、私はあなたの騎士です」

その言葉には有無を言わせぬ力強さがあって、俺は首を縦に振ることしかできなかった。

やっぱり俺は子供で……、誰かに守られたいという欲求がどこかに潜《ひそ》んでいたのかもしれない。だけど、それだけでは説明できない何かが目の前の豹族の騎士にはあった。

「この国の貴族であり騎士である私を、すぐに受け入れて頂くことは難しいでしょう。ですが、どうか……」

「わかった！　もう、わかったから！」

席を立ち、目の前まで来たエルネストは俺の手を取り、視線の高さを合わせてくる。

よくわからない胸の高鳴りを感じて、俺は慌てて声をあげた。

「ありがとうございます。私とこの家にいる者は皆、あなたの味方です。どうかそれを忘れずにいてください。そのうえで、カナン様の疑問にもお答えいたしましょう」

自分の席へと戻ったエルネストがその手で、俺の空になったカップに茶を注いでくれる。

それをひと口含んで、少し上目遣いでエルネストを見上げると、いけ……好かない笑顔でこちらを見つめていた……。

そして、エルネストは俺の疑問に答えてくれた。

この国が置かれている現状。

エルネストが革命派という存在であること。

革命……それが現王を打ち倒し、新たな王をすえる行為であるということ。

そして、その新たな王というのが俺であること……。

「本来であればカナン様にこれらの事実を告げるのは先になるかと考えておりました。ですが、あなたはあまりに聡明で時局を的確に分析されておられる。ご自身が置かれている状況の違和感にいち早く気づかれたように、すぐに真実に行き着かれるでしょう」

「ちょ……ちょっと待ってくれ……。俺を王に……って本気で」

「ええ、本気です。あなたのご意思を伺うこともせずにこのような計画を進めていること心苦しく思っております が」

「俺の意思とか……いや、そうじゃないちょっと待ってくれ……。俺の上には四人も兄がいるはずだ。王をすげ替えるというのなら別の兄でも……」

「いいえ、それでは私達の願いは叶わないのです。この国を変革する……根本から腐り切ったこの国を変えるためには、あなたでなければならないのです」

喉の奥が焼けつきひりつく、震える手で俺はカップの茶を一気に飲んだ。

「先頃即位されたばかりのザマルカンド様は第一王子であり、もともと先王の治世下でもその実権をほぼ握っていた御方です。この国が民達にとって、特に力を持たぬ弱き人々にとって悪くなることはあれど、よくなることは決してありません」

エルネストの真剣な言葉と眼差しに、カップを持つ手が未だに小刻みに震えている。

「そして、第二王子のアムゼル様と第三王子のメルキド様……。お二人はザマルカンド様とは折り合いが悪いのですが、その性質はザマルカンド様と同じ。それがどういう意味か、カナン様であればすぐにおわかり頂けるでしょう」

第二第三王子である兄二人も、現王と同じで奴隷制推進派。奪う者が変わっただけで、奪われる者にとっては何も変わらない。エルネストはそう言いたいのだろう。

自分の血縁にある人間がそこまで愚かで醜《みにく》いのかと思うと、この身に流れる王家の血というものが本当に嫌になる。

「最後に第四王子であるヴィルヘルム様。この方は御三方とは違います。己の欲望や顕示欲を満たそうと考える方ではありません。ですが、変化を好まない……独自の世界を生きておられる方なのです。敵対者を作ってまで、強い意志で革命を成し遂げてくださるような方ではない」

そこまで俺に口を挟ませることなく一気に言い切って、エルネストの視線が急に優しいものになる。俺の強張っていた身体からそれに合わせるように自然と力が抜けていく。

「カナン様はこの国の真実の姿を知っておられる。私よりも遙かに生々しい現実として……」

知っている。

この国がどれだけ弱い者を……母さんを虐《しいた》げてきたのかを。

「私達が望む王は私達の傀儡となる王ではなく、自らの意志で民のことを思い、寄り添える王なのです」

「俺はそんな大層な――」

「いいえ、カナン様であれば……カナン様以外にはいらっしゃらないのです。正直に申し上げます。当初は幼いカナン様には何も伝えず、私達革命派がこの先の教育で自然にカナン様を誘導していく予定でした」

エルネストの眼差しが再び強い意思を持って俺に注がれる。

「ですが、カナン様にそのような小細工は通用しないと改めて気づかされました。知識や立ち居振る舞いなどは、学べば誰でも得られます。しかし、カナン様には我らが主と仰ぐに相応しい『王の資質』が備わっておられる。そして、あなたは何よりもキャタルトンの弱き民の現実をご存知だ。おわかり頂けましたか？　あなた以外にはいらっしゃらないのです」

「だけ――」

「だからと言って、私はあなた様に王になれと強要するつもりはありません。もし望まれるのであれば、このまま身分を隠しフィシュリードやレオニダスへと亡命され、静かに暮らしていかれるのもいいでしょう。むしろ私達大人があなたにして差し上げるべきは、そういうことなのです」

俺の言葉を遮ってエルネストは自らへと問いかけるように言葉を紡ぎ続ける。その言葉が矛盾だらけに聞こえるのは俺だけだろうか？

「あなたに革命の象徴として、新たな王になって頂きたい。いや、そのような危険なことに巻き込まれず心穏やかに過ごして頂きたい。……どちらも私の偽らざる本心です」

いけ好かないはずの騎士の俺に向けられる端整な顔。だけど、今はそれが悲痛に歪んでいて俺の心を酷く揺さぶる。

どうして目の前の碧い瞳の豹族から目が離せないのだろう……。

「申し訳ありません。私達……いえ、私はカナン様を最初から利用するつもりでした。信じて欲しいと言いながら、私はこの有り様です。幻滅されましたか……？　ただ、あなたの味方であることだけは本当です。もし、あなたが何かを望まれるのであれば、私はそれを叶えたいと思っています」

「待って！　ちょっと待ってくれ！　俺にも考える時間を……！　あんた……あまりに一方的だよ……」

「っ……本当に申し訳ございません」

俺の制止でようやくエルネストは我を取り戻したかのように、その表情がいつもの貴公子然としたものになっていく。

こんなふうに決めていいのかわからない。正直何が正解かもわからない。

俺は俺が思っていたほど大人でも賢くもなかったのだろう。

だけど、時間が欲しいと言いながら俺の心はもう決まっていた。

「俺のそばにいるのはあなたが……いい……です。それと、俺はこの国がこのままでいいとは思いません。だけど、俺の知る世界はあまりに狭くて小さい……。兄達のことなんてほとんど何も知らない。だから、王になるとか革命のこととかも今約束できることは……俺にはないです」

「当然のことです」

「それでも、母さんがどうしてあんな辛い思いをして死ななきゃいけなかったのかってずっと思ってた……。母さんだけじゃない、他にも何人も……。そりゃ悪人だっていたけど、優しくていい人達の方が多かった。けど、皆死んでしまう……。俺がこうしている間にも俺が知っている誰かが死んでいく……」

ゆっくりと言葉を選んで紡ぎながら、俺の中からいろいろなものが溢れてくる。それは、今まで誰にも見せることのできなかった弱さなのかもしれない。

「だから、俺に教えてください。俺も自分で考えて、自分の意思で選びます……。もし、その先に王となる未来が見えたら……、あなたが俺を導いてくれます……か？」

気がつけば俺は、心地のいい香りのする鍛えられた胸板に顔を押しつけられていた。エルネストがいつの間にか俺を抱きしめていたのだ。

エルネストの温もり、エルネストの鼓動がどこか懐かしくて、溢れる涙を止められなかった。

その日俺は、泣き続けた。母さんが死んだ時と同じくらい……いやそれ以上に。

泣き疲れた俺はそのまま眠ってしまったのだろう。次に目が覚めた時、俺は巨大な豹の温かい毛皮に包まれていた。

＊＊＊

「皆、今日の収穫だ。たくさん獲《と》れたから、皆の分もあるぞ」

敷地内の森でエルネストと小型の魔獣を狩ってきた俺は、丸々と太ったラビルを厨房係に渡す。

「いつもありがとうございます。カナン様」
「それでは今夜の夕食は、香草を詰めたラビルの丸焼きにいたしましょう。カナン様のお好きな果実のソースを添えて」
「それは夕飯が待ち遠しいな。よければ皆も食べてくれ」
「はい、ありがたくちょうだいいたします」

エルネストの別宅で学びながら暮らすこと一年。俺

は自分でも驚くほど、ここでの暮らしに馴染んでいた。

あの一夜から、大きく変わったこと……それは俺の気持ちとエルネストとの関係性。

ラムダ先生は学問と礼儀作法を変わらず教えてくれているが、それに加えてエルネストから剣術や弓術、護身術に騎乗術など武芸を教わることになった。

信じられないことに今の俺はアーヴィスを乗りこなし、騎乗しながら弓で獲物を仕留められるほどになっている。

エルネストは筋がいいと褒めてくれるが、正直エルネストの教え方がいいのだと思う。

まだ、俺の中での正解は導き出せてないが今はこのままでいたいと願う。

何故ならここの人達は、家庭教師のラムダ先生も使用人の皆も、とにかく温かい人達ばかりだ。誰一人として俺の出自を理由に蔑むことなく、逆に王族だからと媚びへつらいもしない。

こうしてアーヴィスへの騎乗と弓の鍛錬がてらに狩りをすれば、ひとつ屋根の下に住まう家族のように獲物を分け合う。時には広い食堂で、皆揃って食事をすることだってある。


エルネストのこの別宅は、いつしか俺にとってこの上もなく居心地のいい場所になっていた。そして、今隣に立つこの騎士とも——。


「カナン様はアーヴィスの扱いと弓がずいぶんとお上手になられましたな」

「まだまだエルネストには敵《かな》わない。今日だって俺が一匹仕留める間に、おまえは五匹も仕留めたじゃないか。それも一本の外れ矢もなく、正確に一撃で急所を貫いて」

「カナン様、これでも私は武門の生まれの獣人です。歩いて喋る頃には玩具の剣と弓で遊んでいた身ですよ？　そんな俺が一年前に初めて弓を握ったカナン様と同じでは、あまりに可哀想だと思いませんか？」

「それは確かに、いろんな意味で怖いな」

気がつけば自然と軽口を交わし、笑い合える関係になっていた。

ちなみにエルネストやラムダ先生、この家の者に敬語を使うことは早々に禁止されてしまった。目上の人達に偉そうな口をきくのは今でも気が引けるけど、

『癖になって宮廷や社交界でやらかしたらマズイ』と言われれば、従うしかなかった。だから俺は、日々『王族らしく』話し、『王族らしい』振る舞いをする努力をしている。

ここにとどまる選択をした以上、『王』にはならなくとも『王族』である必要があるからだ。

「でも……獲物の数はともかくとして、俺も急所を一撃で射貫《いぬ》く力と技は身につけたい」

「ほう……獲物の数よりも、仕留める精度を求められますか。それは何故です？」

「生きるために命を奪う行為、自分の食料となってくれる獲物を狩って食うことに罪悪感はない。でも、だからといって無駄に苦しめるのは嫌だ。俺の射た矢に当たったせいで、長く苦しませるようなことはしたくない」

「カナン様は本当にお優しい。とてもご立派な心がけです」

そう言ったエルネストの目から感情を読み取ることができなくて、俺は酷く戸惑った。こんな考え方もまた、『王族らしくない』のだろうか？

他者の痛みと生命に無関心であることが王族としての適性ならば、『裏町』で娼夫が擦り切れて死ぬたびに苦しい気持ちになっていた俺は、どう考えても向いてない。

「夕飯までいささか時間があります。軽く湯を使われてはいかがですか？」

「そうだな……そうさせてもらうよ」

俺は『王族らしさ』について考えることをやめ、風呂場に向かった。

そもそも俺は、今はまだ王様になりたいわけじゃない。王族としてより高い地位を手に入れ、より強い権力を握りたいわけでもない。もし許されるなら、逃げ出してしまいたいと思うことがないわけではない……。

こんな本音をさらけ出せば、きっとエルネストは失望するのだろう。

「なんで俺はあの時、あんなふうに答えてしまったんだろう……」

汗を洗い流した身体はスッキリしたが、学問・武芸を身につければつけるほど、俺の中で燻《くすぶ》り続ける疑問はその色を濃くしてゆく。

ただ、あの時はそれが正解のように思えた。俺に全てを打ち明けるエルネストが酷く苦しそうに見えて、エルネストとともにありたいと思ってしまった。

いけ好かない騎士だったはずのエルネストが少しずつ俺の中を占めていくのがわかる。照れくさくて言えやしないが、あいつがここに来る週末が楽しみでならない。


「別に……惚れたはれたじゃないけどな……」


髪を拭きながら呟いた自分の声が、妙に言い訳くさくて癪《しゃく》に障る。

俺はエルネストを『そういう目』で見ているわけじゃない。ただ、一週間学んで身につけた成果を見せるのが、無性に面白いだけなんだ。

特に剣の手合わせが楽しい。エルネストは俺が上達すると必ず褒めてくれるし、どこが駄目なのかもわかりやすく教えてくれる。そして授業の最後には、次の一週間に取り組むべき課題を、過不足なく具体的に提示するのだ。

もちろん、エルネストが評価するのは武芸だけじゃない。学問でも礼法でも、少しでも進歩が見られればすぐにその場で……気恥ずかしいくらい褒めてくれる。

そうして俺は、いつしかエルネストに褒められたくて頑張っている自分に気づいてしまった。我ながらずいぶんと単純で子供じみていると思う。だけど、俺にとっては何もかもが新鮮なんだ。

信頼できる指導者がいること。きちんと体系的に教育を受けられること。授業が毎日行われること。わからないことがあれば、いつでも質問できること。それに対して素晴らしく丁寧でわかりやすい答えが返ってくること。何かを知りたいと望めば、読み切れないほどの専門書が本棚にギッチリ詰まっていること。

どれも『掃き溜め地区』の娼館では考えられない贅沢だった。

そして何より、エルネストは学習の成果だけでなく、学ぶ意欲そのものを褒めてくれるのだ。

「待たせてすまない」

「いえいえ、私も今来たところですよ」

食堂に入ると、俺と同じように湯を使い小ざっぱりと身嗜みを整えたエルネストが先にいた。洗い髪を無造作に束ね、簡素な部屋着を身につけてなお貴公子然としているのは、一年前と少しも変わらない。変わったのは、『いけ好かない』と思わなくなった俺の方だ。

「今夜も『外の世界』の話を聞かせてくれるか？」

「ええ、もちろんです。カナン様が『選択』をされるためにはこの国のこと、ひいては他国のことを知って頂かなければなりませんから」

「……そうだな」

どのような『選択』をしたとしても俺はここを出ていく身――最初からわかっていたはずなのに、その言葉がナイフのように突き刺って胸が痛い。あぁ……クソ、こんなはずじゃなかったのに。

「カナン様？　どうかなされましたか？」

「いや、なんでもない」

俺は動揺をごまかすように、運ばれてきた前菜を口に運ぶ。甘酸っぱく漬け込んで香味油で和《あ》えた野菜と川魚の燻製《くんせい》は、俺の好物のひとつだ。こんなに上等じゃなかったけれど、時々母さんが作ってくれたのを思い出す。

俺はパンを千切《ちぎ》りながら、エルネストに『外の話』を促した。彼と卓を挟んで会話するのは、剣を交えアーヴィスを駆り弓を放つのと同じくらい楽しい。

エルネストは俺が知らない世界のことを、実にたくさん知っている。『裏町』の娼館で育ち、世間の裏も表も知っていたつもりの俺は、己の世界がいかに狭かったかを痛感するばかりだ。

「……食事中の話題としていかがなものかと思われますが――」

「いいから話してくれ。俺の神経はそんなに細くない……知ってるだろ？」

「それであれば」

俺が獲った小振りのラビルの丸焼きをぺろりと平らげたエルネストは、口元を軽くナプキンで拭《ぬぐ》うと、先頃起きたという奇妙な事件について語り始めた。

「カナン様は、この国の副宰相ルバイという人物を覚えておられますか？」

「革命派から見れば私腹を肥やすためなら手段を選ばない、家柄だけが取り柄の俗物副宰相？」

「そう、そのルバイです」

そのルバイの所業を以前教えられて、そんな奴が副宰相とか……この国は本当に大丈夫なんだろうかと感じたことを改めて思い出す。

「で、そのルバイがどうしたんだ。また何か……とんでもないことをやらかしたのか？」

エルネストから聞いたラトゥール家の悲劇を思い出し、つい口調が荒くなってしまう。

「自害しました」

「は？」

俺は耳を疑った。話に聞いていたルバイのような人間は、間違っても自殺などしない。最後の最後まで、我が身が何より可愛いはずだ。

「正しく申しますと、自害したことになりました」

「ん？」

エルネストの言葉に思わず呆けた声が漏れてしまう。

「公にされている話をそのままお伝えするならば、『副宰相ルバイの別宅に複数の押し込み強盗が侵入。手練《てだ》れの護衛達を目の前で殺害されたルバイは、恐怖のあまり精神に異常を来し、屋敷の窓から飛び降りた』と」

「真実は違うってことだな？」

「はい、副宰相の別宅に賊が侵入し、手練れの護衛二人が殺害された……これは事実です。しかし、副宰相の遺体は見つかっておりません。どこか別の場所へ連れ去られたのか、あるいは遺体が見つかっていないだけで別の場所で殺されたのか……」

「なるほど、それでおまえはルバイがどうなったのかを実は知っていると」


俺の問いかけにエルネストは、模範的な笑みを返してくる。

その意味が、肯定であることぐらいはさすがに俺にだってわかる。

もしかしたら、革命派と呼ばれるエルネスト達が何かしたのかもしれない。だけど、ただそれだけならこんな回りくどい伝え方はしてこないはずだ。俺にその裏にあるものを考えろということだろう。


「愚物が一人消えたところで、その後釜に収まるのは同じような者ばかり。真実は捻《ね》じ曲げられ、権力者にとってもっとも都合のいい事実へと書き換えられる。それがこの国の置かれている現状です」

「知っている」

俺の端的な答えに満足したのか、エルネストはさらに笑みを深める。


「『外の世界』についてお話しするつもりが、つまらないお話になってしまいました。そうですね、それでは王都より遥か北に連なる山脈の向こうにあるドラグネアに――」


そうして別の話題を口にするエルネストの目は、碧い炎が揺らめくように燃えて見えた。

そして、俺は彼の身体からえも言われぬいい香りが漂っていることに気づく。俺が一番好きな果実、水気をたっぷり含んだウォメロの香り。そこに混ざり込む、刺激的でどことなく官能的な香料の薫香《くんこう》。

ずっと嗅《か》いでいたくなる匂いに目眩《めまい》がするような何かを感じ、俺は慌てて息を止めた。

エルネストは大貴族レンフィールド家の長男だ。きっとお抱えの調香師に命じて、特別な香水を作らせたに違いない。

その香りをもっと嗅ぎたくてしょうがない……。

エルネストが話していることが全く耳に入ってこない。

ああ、何故だろう。……久しぶりにこいつがいけ好かなく感じられる……。

◆◆◆

暖かな日差しが注ぐ簡素な広間で、俺は年老いた白鷺族の家庭教師が奏《かな》でる楽の音に合わせ、ステップを踏む。今日のダンスの相手は、ヒト族の少年。

サラサラと揺れる淡く短い藍色の髪。軽く汗ばんだ少し浅黒い肌。ヒト族らしい細い首筋と、しなやかに伸びたほどよく筋肉がついた手足。一直線に上がった意思の強そうな眉の下にある瞳は、淡い藍色。目尻がいくらか垂れていて……先の王とよく似ている。

もっともそこに宿る理知の光は雲泥の差であり、俺が相手に向ける感情の種類もまるで違う。俺は先の王に対して、敬愛を含め『愛』と名のつく感情を一切持ち合わせてはいなかった。

「カナン様、今日はここまでといたしましょう」

名残惜しい気持ちを抑え込み、俺は終わりを告げる。その頼りないほどに細い指をずっと握っていたい、叶うことならば細い腰を抱き寄せ離したくない。そんな浅ましい欲は、決して知られてはいけない。

「……もう終わりなのか？」

「おや、物足りませんか？　最初は三十分と保たずに音《ね》をあげておられたのに、これだけ踊ることができれば、どこの社交界に出ても恥ずかしくはありませんよ」

ごく近い将来、この方は数多《あまた》の貴族達と手を取り合って踊る。王侯貴族ならば当たり前の話だというのに、俺はそれを想像すると不快感を禁じ得ない。

彼を俺だけのものにしたい。

ともすれば仄暗い支配欲に囚われそうになる。

この子はまだ成人も迎えていない子供だというのに、自分が欲深い獣人だということを常々自覚させられる……。

「教師がいいからだろう」

「そう言って頂けるとは、光栄ですね」

カナン様は、はにかんだような笑顔を見せられるが、俺はお世辞を言ったわけじゃない。我が家の別宅にお迎えしてから二年、カナン様は駆け足で詰め込まれる『王族教育』に、こちらの期待を遥かに上回る順応速度で応《こた》えてくださる。

運動神経もよく、頭の回転が速い上に好奇心旺盛な勉強家。その聡明さと勤勉さは、まだ成人前とは思えないほどだ。全く何をどうすれば、あの先王からこうも優秀な御子ができるのか。

これは母君であるナラヤ様の血と、カナン様が育った環境によるものなのだろうか……。もしくは先王も……、いやそんなことは考えても仕方あるまい。


「ですが、本当にカナン様は優秀でいらっしゃいます。もう私が教えることは、ほとんどありませんよ」

「……」

「カナン様？」

「嫌だ……もっと教えてくれ」

「――っ！」

真っ直ぐに見つめてくる瞳に、俺は思わず息を呑む。

この二年で、カナン様は内面だけでなく身体的にも著しく成長した。もはやあの娼館で見た、小柄で痩せた子供はどこにもいない。俺の鳩尾《みぞおち》までしかなかった背丈は胸まで伸び、小枝のように細く貧弱だった手足はしなやかな若木のそれとなった。

おそらく栄養状態の改善と日々の鍛錬が、遅れていた身体の成長を一気に促したのだろう。カナン様が置かれていた環境を思えば、それは不幸中の幸いであったと俺は思う。もしカナン様の発育がよかったら……おぞましい想像に肌が粟立《あわだ》った。

「なんだ、俺に教えるのは嫌なのか？」

「いえ、決してそのようなことは」

軽く眉根を寄せたカナン様に、俺は慌てて笑顔を作る。自分で言うのもなんだが、爽やかで華があると評される表情《かお》だ。


「……おまえ、最近俺を避けてないか？」

「滅相もございません」

俺は内心の動揺を笑顔で隠す。

カナン様は頭の回転の速さに加えて、人の心の機微《きび》を正確に読み当ててしまう。それが時に恐ろしい。

「前はもっと、距離が近かった」

「それは……以前が近すぎたのです。カナン様はこの国の第五王子。私は貴族とはいえ一介の騎士。それを考えれば、今もって不敬なほど近しいかと」

誰が聞いても反論の余地なき正論を、俺は笑顔で並べ立てる。

「カナン様は王族として名乗り出る時を間近に控えた大事な御身です。いらぬ勘繰りを受けぬためにも、そろそろ家臣との正しい距離感を習慣づける必要があります」

だがこの正論は、果たして誰を納得させるためなのか。

「家臣……か」

「……私はカナン様の、忠実なる家臣です」

寂し気に呟いたカナン様から漂う、涼やかなウォメロと官能的な刺激に満ちた香料の香り。

昨年の今頃気づいてしまったその香りの意味を、獣人のアニマである俺は痛いほど知っている。カナン様こそが、俺の運命の『番《つがい》』だったのだ。気づくのに時間がかかったのは、娼夫になることを忌避《きひ》していたカナン様が、無意識に身体的成熟を拒んでいた故か……。

否——匂いの意味を知るよりも早く、俺は親子ほども歳の離れた目の前の若木に、アニマとして惹《ひ》かれてしまっていたのだ。己の立場上のみならず、それが許されぬ感情であることはわかっていた。けれども、わかっていたところでどうにもならぬのが人を好きになるということだ。

いっそ愛する者をこの手に抱いて、全ての現実から逃げ出したい。革命指導者の一人としてあるまじきことながら、俺はそうした衝動に駆られ続けている。

しかし、それは絶対にしてはならないことだ。カナン様の『選択』を尊重すると約束した以上、それをすれば彼への裏切りとなってしまう。

俺にできることは、『番』の王子に生涯家臣として仕えることだけである。無垢な子供を革命という大人の都合に巻き込もうとしている俺に与えられた、きっとそれが天罰なのだ。

　今更何を悔やもうと、俺はカナン様の『選択』に従うことを決めた。カナン様は、まだ革命や王になるという部分について決定的な言葉を口にされてはいない。だが、今のところ王族として生きるという道を選んでおられることに間違いはない。

　未だ少年の身でありながら大変な覚悟を決めたカナン様に対して、大人である俺が恋だの愛だの『番』だのと浮ついていては申し訳が立たぬ。

　それでも俺の心奥深くに潜む野蛮な獣が無垢な魂を欲することをやめてはくれない……。


「ところでカナン様、今年のお誕生日についてご相談があるのですがよろしいでしょうか？」

「誕生日……？　ああ、もうそんな時期か」

「ご自身のお誕生日をお忘れでしたか？」

「母さんが生きているうちはささやかながらも祝ってくれてはいたが、亡くなってからはな……。ここに来てからは皆が祝ってくれるが、正直自分では忘れていることの方が多いかもしれないな」

　苦笑するカナン様の表情は成人前とは思えぬほどに大人びていて、それすらも俺の目には、えも言われぬ色香を纏《まと》った魅力に映ってしまう。ともすれば物欲しげに伸びそうになる己の手が恨めしい。


「で、相談ってなんだ？」

「今年のお誕生日は、この別宅に客人を招いてパーティーを開こうかと思っております」

「パーティー？　客人？　……大丈夫なのか、それは？」


　長く身を隠してきたカナン様の顔に、警戒の色が濃く浮かぶ。そういえばこの方は、一度たりとも『外に出たい』と駄々をこねたことがない。自らの立場を正しく理解し、自制の利いた行動が取れる。

　学問・教養の有無とは別に、俺がカナン様の聡明さに感じ入るのはこういった部分だ。王宮で多くの大人達にかしずかれ、我儘三昧《わがままざんまい》に育ってきた兄君達には決して真似できまい。


「パーティーといっても、ごく小規模で簡素なものです。参加者は私とこの家の者、招待客も私の親友ただ一人。気心の知れた信用に足る者なので、ご安心頂ければと。もちろん、カナン様がどういう御方なのかについてもすでに伝えてあります」

「わかった。エルネストがそう言うなら、俺はかまわない。もうじき宮廷に出るなら、パーティーにも慣れなければ……だろ？　それに、その親友とやらはエルネストと同じなんだな？」

「もう、カナン様に隠し事はできませんね。ええ、親友は私と同じ革命派です。それでも、よろしいですか？」

「かまわないさ。革命派と呼ばれるエルネスト達が、どういう存在なのかも俺なりに理解しているつもりだからな。だが……」

「それだけで十分です。カナン様にまだ『選択』のための時間が必要であることは存じております。ですがありがとうございます」


　俺はカナン様に心から臣下の礼を取りながら思う。

この方はただのお飾りでなく、真にこの国の王となるに相応しい器を持っている。少なくとも俺は、現国王や他の兄弟に仕える気はない。

　これから忙しくなるなと考えながらも、つい王となったカナン様へと仕える自分を夢見てしまう。俺の夢とカナン様の夢がいつか交わることを願わずにはいられないのだ。この身を交えることが叶わぬならば、せめて志《こころざし》だけでも重ね合いたい。

　虫のいい話だが、せめて密かに希《こいねが》うことだけは赦されたい。


「なぁ……エルネスト、パーティーは『ごく小規模で簡素なもの』だと言ったよな？」

「ええ、そのように申し上げましたね」

「これのどこが!?」

「どこがとおっしゃられても、王族の方のご誕生を祝う宴《うたげ》としては、あり得ないほど質素ですが？」

　カナン様の十四回目の誕生日を祝う宴は、実際のところ専門の職人を入れるわけにもいかず、手作り感満載の素朴なものだった。この屋敷にカナン様を匿ってからというもの、お誕生日はいつもより少し豪華な晩餐で祝っていたのだが、俺としてはそれと大差なく思える。しかしそれでも、カナン様は居心地悪そうにきょろきょろとあたりを見回していた。やはりこの手のことには、『教育』だけでなく『経験』が必要なのだ。

「カナン様、今宵の主役はカナン様ですが、緊張する必要はございません。いるのは皆顔見知りばかりです」
「……でも、エルネストの親友が来るんだろ？　つまり……立派な家の貴族だよな？」
「貴族で騎士ですが、気のいい男ですよ。まぁ……少し堅物《かたぶつ》で生真面目すぎるのが玉に瑕《きず》ですが。ほら、噂をすればやってきましたよ」

俺はやってきた親友――ランドルフをさっそくカナン様に紹介する。ランドルフは革命の主軸となる存在だ。それに加えて、宮廷に入られるカナン様にとっては数少ない心から信頼できる味方の一人である。なるべく早いうちにカナン様と引き合わせ、信頼関係を築いて頂く必要があった。

「カナン様、彼が俺の親友にして幼馴染みのランドルフ・ディア・ヴァレンシュタインです」
「ッ――!?」

ランドルフという名を聞いた瞬間、カナン様の顔が強張った。予想通りの反応に、俺はあえて目をつぶる。

「お初にお目にかかります、カナン様。ただ今、御前でご紹介にあずかる栄誉を賜りました、ランドルフと申します。本日十四歳のお誕生日をお迎えになられましたこと、心よりお祝い申し上げます。このような晴れの席にお招き頂き、感謝の念にたえません。僭越《せんえつ》ながら、カナン様の今後ますますのご清栄を――」
「おい……ちょっと待て」

床に片膝をついて長々と祝辞を述べ始めたランドルフを、俺は途中で制止した。

「なんだ？　何か問題があったか？」
「いや、問題はない。問題はないが……俺は堅苦しいのはなしと言ったはずだぞ？」
「む……そうは言っても、カナン様はこの国の第五王子であらせられる。王国騎士である私が、臣下の礼を取るのは当然だ」

でかい図体で憮然《ぶぜん》とするランドルフに、俺はやれやれと溜息を吐く。

「カナン様、ランドルフというのはこういう奴なんです」

「あなたがランドルフさんでしたか……」

ランドルフを見るカナン様の瞳が激しく揺れる。俺にはカナン様が今何を考えているのか、手に取るように理解できてしまう。

「どうか立ってください、ランドルフさん。俺はキャタルトンの第五王子らしいけど……そんな実感、まるでないんです。正直、未だに悪い冗談なんじゃないかと思います。それに、俺が知る限りこの国の王族はロクなことをしていない。あなただって……今の国王に騙《だま》されて、とんでもないことをやらされた被害者です。俺にも同じ王族の血が流れている……本当は俺のことも、殺したいくらい憎いんじゃないですか？」

「おまえ……！　ワイアット村のことをカナン様にお伝えしたのか!?」

「ああ、それがこの国の真実だからな」

真の信頼は事実を直視した上でしか成り立たない。だから俺はこの国の負の歴史を、一切包み隠すことなくカナン様に伝えている。全ての真実を知り、カナン様には自らの道を決めて頂きたい。

「カナン様、率直に申し上げまして……私はこの国の在り方や王族の方々に対し、多分に思うところのある人間です。しかしながら、それをもって貴方様を憎む気持ちは一片たりともございません。私はカナン様とお母君もまた、この国の歪みに人生を翻弄された犠牲者だと思っております」

「ランドルフさん……」

ランドルフの愚直な物言いに、カナン様の瞳が潤む。時にランドルフの誠実な不器用さは、百の美辞麗句よりも強く人の心を揺さぶる。

「カナン様、今宵はカナン様のご誕生を祝うめでたき席です。主役のカナン様が笑ってくださらないと、皆困ってしまいますよ？」

「ああ、そうだった……皆にお礼を言わないと」

カナン様は目元を一度ハンカチで押さえると笑顔を作り、誕生会に集まった者達に堂々と、それでいて驕《おご》ったところのない本心だとわかる挨拶をする。

静かにカナン様とランドルフのやり取りを見守っていた家の者から笑顔と拍手が送られた。この家の者は皆、カナン様が大好きだ。最初は我が家の使用人として、その役割をこなすためにここにいた者達だが、今は皆カナン様の人柄に惹かれていることが一目瞭然である。

「エルネスト……俺、ちゃんとできてたか？」

「はい、ご立派でしたよ」

戻ってきて小声で尋ねるカナン様は歳相応に可愛らしく、俺の中で育ってはいけない愛しさが大きくなってしまう。この方の全てを独占したい。俺の中の獣が今宵も叫ぶ。

「カナン様、ランドルフをどう思われますか？」

「……とても誠実で、優しい人だと思う。それに、あまり貴族らしさを感じない」

「くく……それは最高の褒め言葉ですね」

『貴族らしくない』が褒め言葉になってしまう。その事実がこの国の現実を端的に表していた。

俺はかねてからの打ち合わせ通り、ランドルフに合図を送る。

「カナン様、もしよろしければ私と一曲踊って頂けませんか？」

「え……俺があなたと？」

「カナン様、宮廷では王族が功績のあった貴族や騎士と踊るものです。そのためにも、経験は積んでおくべきでしょう。特にあなたはアニムスでいらっしゃる」

宮廷社交界において、王族からのお声がかりで踊ることは大変な名誉とされている——と言えば聞こえはいいのだが、実際には『誰が一番に声をかけられた』『誰が一番長く踊っていた』と、くだらないことで競い合っているのが実情だ。

そんなくだらないことにカナン様が消費されるのはすこぶる不本意だが、それも王族の務めとあっては仕方がない。公の場でカナン様が恥をかかされたり、それを口実に難癖《なんくせ》をつけられるなどあってはならないのだ。

「……わかった。お相手お願いします、ランドルフさん」

緊張した面持ちでランドルフの手を取るカナン様を、俺は少し複雑な思いで見守る。

「お誘いを受けて頂き、光栄ですカナン様。しかし、私に対してそのような言葉遣いをしてはなりません。どうかランドルフと呼び捨てにし、エルネストと話すようにお話しください」

「……相手を頼む……ランドルフ」

「はい、謹んで」

そんな言葉を小声で交わすと、俺の親友は恭《うやうや》しくカナン様の手を取り、巧みなリードでステップを踏み始めた。その動きは彼の無骨な外見と不器用な性格に反し、実に滑らかで美しい。ランドルフもまた名門貴族の嫡子として、幼少期より文武ともに宮廷作法もみっちりと仕込まれてきたのだから当然だ。

「おお……カナン様！　なんと見事な！」

「カナン様とランドルフ様……。あの体格差でステップが乱れないとは……お二人とも素晴らしい技量をお持ちのようだ」

「不敬な物言いかもしれませんがお二人共とてもお似合いでいらっしゃいますね」

だが……周囲から漏れる称賛の声に、俺はカナン様の姿を誇らしく思う以上に胸がざわついてしまう。カナン様が誰とでもそつなく踊れるようにと、そう望んだのは俺自身だ。なのにその姿をいざ目の前にすれば、こんなにも面白くない気持ちになってしまう。こんな感情を親友に対して向けるとは……俺は自覚していた以上に重症なようだ……。

「今宵はお疲れ様でした。とてもご立派なお姿と立ち居振る舞いでしたよ」

心のこもった温かさと賑《にぎ》やかさに包まれた宴が終わり、館が常の静けさを取り戻した頃。俺は自室で休んでおられるカナン様のもとを訪ねた。本来ならば王族――しかもアニムスの部屋に、夜半も過ぎた時間に獣人のアニマである俺が足を踏み入れるべきではない。だが、俺にはどうしても伝えておきたいことがある。

「ありがとう、エルネスト。こんなに楽しい誕生日は、母さんが生きていた頃以来だ。だからこそ、来年の今頃、俺はもうここにいない……そう思うと少し寂しいけどな」

「カナン様……」

来年の誕生日を、この方は市井から見つかった先王の落し胤《だね》という立場で、成人の儀として王宮で迎えることになる。そこで向けられる視線は、決して好意的なものばかりではない。否、好意的なものはほぼ存在しないであろうことは容易に想像がつく。この先カナン様は、幾多の不快な出来事に笑顔で対処するよう求められるのだ。

そんな場所へとこの方を……いや、目の前の愛しい子を送り出さねばならないという事実に胸が締めつけられるように痛む。

もう幾度夢見たかもわからない。いっそ遠縁の家の子を引き取ったとして、ずっとここに置いておければ――そんなあり得ない夢が脳裏をよぎる。なんなら閉じ込めてしまいたいとすら思うのだから、先王のことをとやかく言えたものではない。

「今日来てくれたランドルフさ……ランドルフも、すごくいい人だった」

「……伝えておきます。さぞ、喜ぶことでしょう」

カナン様とランドルフを引き合わせたのは俺なのに。親友が褒められて嬉しいはずなのに。カナン様の口からランドルフの名が出た瞬間、俺の胸にさざ波が立った。

しかし今は、そんなことに頓着している場合ではない。

「カナン様、どうしても今宵のうちに話しておきたいことがありまして……少しお時間を頂けますか？」

「時間はもちろんかまわないが、そんなに改まって何の話だ？」

「カナン様にひとつの選択をして頂く時が参りました」

その言葉だけでカナン様は俺の告げるべきことを察したのだろう。

やはりこの方は、どこまでも聡い。

「王族としてのお披露目と宮廷入りについてか……？

ずいぶんと早いな、成人と同時なのだと思っていたが」

「本当にあなたはどこまで……。その通りです。革命派としても情報収集と根回しを続けて参りましたが、三ヶ月後がもっとも最良な時期であると判断されました」

「三ヶ月後か……」

「ですが、カナン様には選んで頂きたいのです。宮廷や社交界は、華やかである一方恐ろしい場所です。高貴なはずの人間が香水の下から腐臭を漂わせ、十重二十重に重ねた仮面の下から他人の腹を探り、ひとつでも多く弱みを握らんと目を光らせている。ある意味、この世でもっとも浅ましい場所に他なりません」

「貴族である人間の物言いとは思えんな」

俺の言葉にカナン様は小さく笑う。

「その通りの場所ですので、嘘は申しておりません。それを承知の上で、カナン様はこのまま王族であり続けられますか？」

「それは……」

俺の問いかけにカナン様は困ったように眉を寄せる。その表情から何を考えているのかうかがい知ることができない自分が情けない。

ここまで、王族として暮らせるように武芸も知識も作法もあらゆるものを学ばせておいて、今更自分は何を言っているのだと思う。

それでも心の奥底では、カナン様が『宮廷になんか行きたくない！』とおっしゃることを願っている自分がいる。もしそうおっしゃってくださるのであれば、俺は全てを投げうってでもこの方を亡命させるだろう。

　キャタルトン随一の豪商バッソ家が、レオニダスに一族揃って亡命したのは記憶に新しい。奴隷制を嫌悪するバッソ家当主ダリウスは、穏健なれど革命派の一人であり、安心してカナン様を託せる人格者だ。

　どうか一言『嫌だ』と言ってくれ。俺に愛しい『番』を逃がす言い訳をくれ。そうすれば、俺はこの方の手を取ってどこまでも逃げてみせる。


　だが、わかっているのだ……。きっとこの方は……。


「俺は、王族になるよ。エルネストの言うように、宮廷はきっと危険なところなんだってわかってる。命の危険があることも、それでも俺は知ると決めた。この国のことも兄達のことも……。そうして……、そうして自分の意思で『選択』をすると」

「そうおっしゃると思っていました……」

　こういうお方だからこそ、俺はカナン様に惹かれてやまぬのだ。運命の『番』と出会うことは獣人にとって最高の幸福に違いないが、俺はカナン様が『番』でなくとも愛していたと言い切れる。


「やっとひとつ、『選択』できた俺だけど……。まだ、エルネストが望む『選択』を……答えを返せない俺だけど、それでも……それでも……」

「それでも？」

「エルネスト。俺を導いて、守ってくれるか？」


　その言葉に、俺の胸に熱いものがこみ上げてくる。もっとも望み、同時に恐れていた言葉。そんな大きな矛盾を俺は抱え続けている。それでも、目の前の少年は……いや、俺の『番』は、俺とともにあることを望んでくれている。そして、俺達の思いに、願いに寄り添いたいと言ってくれている。

　これは歓喜なのだろうか？　かつて感じたことがないほどに強い感情が全身を駆け巡る。


「お守りします……！　何があっても、カナン様の御身は私がお守りいたします！　そして、あなたが『選択』をされるその時まで、あなたの導き手となることをお許しください」

「……ありがとう、エルネスト。エルネストがそばにいてくれるなら何よりも心強いよ。あとふたつ、お願いがあるんだが聞いてもらえるか？」

「私にできることであればなんなりと」

「ふぅーん、そっか。それならひとつ目なんだが、今日ランドルフに自分のことを俺って言ってたよな？」

なんのことだと頭に疑問符が浮かぶ。

「言ってたんだって、『俺は堅苦しいのはなしと言ったはずだぞ？』って」

「ああ、そうでした。相手がランドルフなので気を抜いてしまって、申し訳ありません。普段は気をつけているのですが……」

「ということは、素のエルネストは私じゃなく、俺を使ってるってことだよな？」

「そうですね。ランドルフもですが、騎士は使い分けている者が多いかと。親しいものには俺を使うことが多いもので」

「なら……、俺と二人の時は……その……俺を使って欲しいんだが……」

「カナン様、今なんと？」

カナン様のお願いの意味がよくわからず、思っていたことがそのまま口から出てしまった。

「しっ……親しい間柄なら俺を使うんだろ……！　俺も宮廷では、使い分けるつもりだ……。だから、エルネストも俺の前では……その……」

俺の理性が強くてよかったとこの時ほど思ったことはない。

本当に、なんて可愛らしいお願いなのだろうか。

大人びた微笑を浮かべることにすっかり慣れたカナン様が今、俺の目の前で顔を真っ赤に染めて俺から必死に視線を逸らしながら、お願いを口にしている。

こんな顔を見るのは俺だけでいい。他の誰にも……ランドルフにすら見せたくない。このままどこかに閉じ込めておきたいと本心から思うほどに、俺の心は浮かれていた。

「承知いたしました。カナン様からのお願いをこのエルネスト謹んで拝命いたします」

「いっ、いいのか？」

「カナン様のお願いですから、ですがどうか二人きりの時だけに」

「ああ、もちろんだ。もちろん約束する」


そう言いながらカナン様は破顔する。

そのせいで、獣性が溢れて獣化してしまうかと思った。

あなたの笑顔は凶器なのですから自重してください。

「それでは、もうひとつのお願いとは？」

「それは……、エルネスト・フォン・レンフィールド」

「はい」

先ほどまでの様子から一転して真剣な表情のカナン様に俺は自然と息を呑む。

「あなたに、『俺の騎士』になって欲しい」


だが、その言葉の意味が正直よくわからなかった。

「わた……いや、俺はカナン様の騎士ですよ？」

「わかってる。俺がここに来てすぐにおまえの真意を問い詰めた時から、おまえが俺の騎士になってくれたってことは、だけどそれは俺の意思じゃない」


俺は黙ってカナン様の言葉の続きを待った。

俺の鼓動はまるで早鐘のように速い。

この国で騎士になった時には感じることのなかった高揚感を俺は強く感じていた。

「俺は……俺の意思でエルネストに『俺の騎士』になって欲しい。これも、この先に繋がる俺の選択なんだ……。だから……」

俺の右手を両手で握り、真剣な眼差しを向けてくるカナン様。俺は言葉を失い、ただその足元に跪《ひざまず》いて頭を垂れた。


「……嫌か？」

「いいえ……！　このエルネスト・フォン・レンフィールド、終生カナン様の騎士としてお仕えすると、剣と我が牙にかけて誓います」

この夜、俺は二人きりの叙勲式を経て『カナン様の騎士』になった。

『番』特有の激しい情愛。人としての親愛。そして騎士と主《あるじ》の間に結ばれる敬愛。この年若き第五王子に、持てる愛情の全てを掌握される歓びに俺は震えた。

❖❖❖

俺がひとつの選択をしたあの日から三ヶ月と少し。

俺はエルネスト達革命派が用意した筋書きに沿って宮廷に上り、王宮内本殿にあてがわれた自分の部屋で数週間を過ごした後、先の王が引きこもっていた北の離宮に移された。

どうやら俺の異母兄達は、厄介者の第五王子を本殿から遠く離れた小さく粗末な離宮に放り込んだことで、大層な嫌がらせをしたつもりらしい。俺としては無駄に絡まれるよりずっと快適で、感謝しかないのだが……。

そもそも狭くて古い粗末な離宮というが、雨漏りするわけでもなければ、隙間風が入るわけでもない。扉だってちゃんと閉まるし、風呂に入ればたっぷりの湯が勢いよく贅沢に溢れ出す。強がりでもなんでもなく、実に結構な場所なのだ。

『裏町』育ちに本気の嫌がらせをしたいなら、虫の湧いた横穴に住まわせ、黴《かび》の生えた固いパンを投げ与えるくらいはする必要がある。

「カナン様……お食事の用意ができております。お部屋でお召し上がりになられますか？」

「いや、今行く」

俺につけられた使用人は、初老の奴隷が十人ほど。俺は奴隷を所有し、使役するなんて吐き気がするほど嫌だったが、これも宮廷のしきたりだから仕方がない。何より俺が頑《かたく》なに奴隷を拒めば、彼らの立場が危うくなる。

「こちらです」

テーブルにつく俺のために椅子を引いてくれた鼠族は、かつて受けた折檻《せっかん》がもとで片足を引きずっている。

「本日の献立は、サラモスのムニエルにトメーラと豆のスープでございます」

「美味しそうだ」

料理を運んできてくれた鳩族は、常に左手が震えている。これも背中を酷く鞭打たれた後遺症だ。

彼らだけでなく、俺につけられた使用人は全員身体のどこかしらが不自由だった。これも異母兄達による嫌がらせというわけだ。

出来損ないの弟には彼らには失礼だが不良品の奴隷がお似合い——いかにもこの国の王族といった発想にうんざりする。

「お……お味は……い、いかが、で、ござい……ます、か？」

「どれも美味しいが、このトメーラのスープは特に好みだ。子供の頃に食べた懐かしい味がする」

掠《かす》れた声を懸命に絞り出す料理人は、喉に酷い傷跡を残す兎族だ。ちなみに彼は仲間内でまかないを作っていただけで料理人としての訓練を受けているわけではない。それなのに、俺への嫌がらせのためだけに俺の料理人に抜擢された。もはや気の毒以外の言葉が見つからない。

「あまり気負わずに皆も十分な休養と栄養をとってくれ。足りないものなどがあれば遠慮なく私に伝えて欲しい」

基本的に俺は、自分のことは全て自分でできる。なんなら人の世話だってできる。本音を言えば、身体に不自由のある目上の人達をこき使うなんて、気が引けるを通り越して罪悪感しかない。

俺の言葉に使用人達は、皆困惑した表情を浮かべている。

そう、俺はあの兄弟と同じ血を引く王族だ。彼らにとってはヒト族といえど恐怖の対象なのだろう……。それが少し寂しいと思うのは我儘かもしれない。

「私は赤ん坊でも病人でも老人でもない。全てを自分でできるとは言わないが、私の世話は最低限でかまわない。できないことは頼むが一から十まで世話を焼かれたら、身体がなまって駄目になる。私を適度に放置しろ。それが王子としての私の命令だ」

奴隷に命令するなんて、本当は嫌で嫌で仕方がない。それでも彼らを休ませるためには、他に方法がないのだ。

「はっ……発言をお許し頂けますでしょうか?」

「そういう不敬に対する気遣いも必要ない。私に何かするのも話しかけるのも、いちいち許可は取らなくともよい」

「ですがカナン様……奴隷というのは常になんらかの仕事をするものなのです。他の方々に見られたら、どんな罰を受けるか……」

かつて体調の悪さからほんの数分座り込んだだけで、腰骨が折れるほど棒で打たれた鼠族の顔が曇る。

「ならば調理場を暖かくして、銀食器をなるべく丁寧に時間をかけて磨け。もし誰かに何か言われたら、『カナン様は極度の潔癖症で、使用する食器が常にピカピカでないと気が済まない。少しでも曇っていると酷く機嫌を損ね、癇癪《かんしゃく》を起こすのです』と答えればいい」

「そ、そんな……!」

「だ、駄目……で、す! カ、カナン様を、自らの主を貶《おとし》める嘘なんて……」

「かまわない、気にするな。第五王子は変わり者の変人。そう思われていた方が、私としても何かと都合がいい」

理不尽な暴力に怯え、日々息を殺し生きることだけで精一杯、たったこれだけのことで涙を流しながら手を合わせる年老いた奴隷達。そんな悲しい存在を量産し続けるこの国の在り方に、俺は『裏町』にいた頃以上に腹が立った。

確かにあの街の人間は、誰も彼もが貧しく抜け目なく小狡かった。暴力を振るうことに一欠片の躊躇もない人間だって、少なからず住んでいた。

だけど今にして思えば、あの街には奇妙な活気があった。俺がそうだったように、誰も彼もが諦めた目つきの奥に、ギラつく何かを秘めていたから。

『金を貯めて娼館からも街からも逃げてやる』『上客を摑んで搾り取れるだけ取ってやる』『上玉の娼夫で一発当てて、いつか街一番の娼館の主になってやる』

事の良し悪しはともかくとして、こんな具合に誰もが夢と野望を持っていた。

それに比べてここはどうだ？　生まれながらに桁違いの富と権力を持つ者と、人としての尊厳すらも奪われた者しかいない。

前者はさらなる富と権力を貪欲に求めるくせに、そうして得たもので何がしたいってわけじゃない。後者はどれだけ惨《むご》い扱いを受けても、抗う気力すら持っていない。

我が故郷は、ロクデナシなれど腐りきってはいない——ひたすら逃げ出すことだけを欲していたあの街の美点に、まさか王族達が暮らす王宮で気づくとは思わなかった。

だからといって、あの街の状況を放置していいとは思えないが……。

それでも、それほどに王宮で生きる……いや、生かされている奴隷達の姿は俺の目には憐れに映った。

何より母さんも王宮の奴隷だったことを考えると余計に怒りが湧いてくる。

この国の『王族』となってまだ日も浅いが、すでに俺の心は決まりかけていた。


「あの……カナン様、私の記憶違いでしたらまことに申し訳ないのですが……」

「なんだ？　発言を咎めはしないと言っただろう。なんでも言ってみてくれ」

「今宵は王宮の本殿にて晩餐会が催されるのでは？」

「ああ、そうだったな。今宵も、だ」

初老の鼠族の指摘に、俺は溜息をつきながら肩を竦《すく》めた。この国の王侯貴族は己の富と権力・人脈をひけらかすために、やたらと晩餐会だの舞踏会だのを開きたがる。もはやそれが一番の仕事だと言わんばかりにだ。

「カ、カナン様は……、晩餐会が……お、お嫌い、ですか……？」

「そうだな……、正直言って好きではない。あれが意味のあることであればそれでもいいのだが……。あまりに無駄が多すぎる」

次々と新調されては、クローゼットの肥やしになってゆく華美な衣装。大量に食べ残されては、捨てられてゆくご馳走。俺の目に映るそれらは贅沢ですらなくただの悪行であり、生理的とも言える嫌悪を抱く。

「一度の晩餐会で無駄に捨てられる食料、それがあればどれだけ多くの民が飢えを凌げることか……。皆も知っての通り、私の育ちはよくないからな。あの、馬鹿げた宴を見るたびにそんなことを考えてしまうんだ」

「……ッ！」

少ない配給をやりくりして仲間のためにまかないを作ってきた料理人も思うところがあるのだろう。潰れた喉から嗚咽《おえつ》を漏らした。

「それでは、今宵はご欠席で……？」

「そうしたいのは山々だが、そんなわけにもいかないな」

恐る恐る俺の顔色をうかがってくる使用人に、俺は苦笑して首を横に振る。今夜の主催者は、狡猾《こうかつ》と名高い第二王子アムゼルだ。これを大した理由もなく欠席などした日には、後々どんな言いがかりをつけられるかわかったものじゃない。

「立派な招待状も頂いたしな」

離宮とはいえ同じ敷地内に住む異母弟に、わざわざ長ったらしい嫌味混じりの招待状を送りつけて圧をかけるのだから、底意地が悪い上に暇人だ。

「お支度はいかがいたしましょう？」

「シンに手伝ってもらうから、心配しなくていい」

シンはもっとも若いヒト族のアニムスで、耳がほとんど聞こえない。気性の荒い山猫族の貴族に殴られたのが原因だ。

　正直なところ、俺は晩餐会の身支度に他人の手助けを必要としない。けれども、ここで働く奴隷達は過重労働以上に『仕事がない』ことに怯えてしまう。何故ならそれは、この王宮内では奴隷としての価値の喪失――廃棄処分を意味するからだ。

　だから、もし使用人の中に間諜《かんちょう》が紛れ込んでいたとしても、大きなボロが出ない程度には、奴隷に働いてもらう必要がある。

　まぁ、それと矛盾するような発言をさっきしてしまったばかりではあるのだが……。


「俺は夕刻まで庭で弓の稽古をする。一人で集中したい。今日は草木の手入れはしなくていいと皆に伝えてくれ」


　俺はその場の三人に言伝を残し、弓と矢筒を手に美しく手入れされた庭に出た。こうして弓の稽古ができるのだから、広さだって十分以上だ。

　弓はいい。的《まと》を前にして正しい射形で構え、つがえた矢をゆっくりと引き絞り、息すらも止めて精神を集中させる。


「ッ！」


　あとは的への射線を違《たが》わぬように、短い呼気と同時に放つだけ。

　一度放たれた矢は、もはや人の力ではどうにもならない。その潔《いさぎよ》さが心地好いのだ。

　俺も弓矢のごとくありたい。ひとつひとつの過程を丁寧に慎重に積み上げたならば、あとは悔いなくやり遂げるのみ。

　放ってはつがえ、つがえては放つ。その動きを何十回も繰り返し、全身に汗の玉が浮き出した頃――。


「カナン様、そろそろお支度を……」

「そうだな、よろしく頼む」


　遠慮がちに呼びに来たシンに、俺は軽く頷いた。

　ひとつひとつを丁寧に。それはこの晩餐会だって例外じゃない。何より俺が粗相《そそう》をすれば、エルネストや俺の後見人となっている彼の父親、そして俺に仕えてくれている者達にも類が及ぶのだ。それだけは、絶対に避けたい。

彼らこそが、この国の現状を救うために必要な人間であり……俺にとっても大切な者なのだ。

……そのことに俺はもう気づいてしまっていた。


「これはこれは、よくぞ参られたな弟君」

「アムゼル兄上にはご機嫌も麗しく、晩餐会へのご丁寧なお招きに感謝しております」


王宮本殿の広間に入ると、俺はさっそく第二王子の前で恭しく膝を折る。

赤みを帯び、軽く内に巻いた金髪に、どこか硝子玉めいた薄紫色と橙色の入り交じった瞳。本来ならば美しいはずの瞳なのに、彼のそれからは酷薄《こくはく》な印象のみを受ける。

猟豹《チーター》族であり、あまり武芸を好まないという彼は、背丈の割に筋肉量は少ないようだ。

それにしても、相変わらず『弟君』と親しげに呼びかけながら、彼が俺を見る目は完全に卑しいものを見るそれだ。彼が兄弟として認めているのは、隣に立つ同腹の弟メルキドだけなのだ。


「ところで弟君は、従者も連れずに参られたのか？　下の者からも蔑ろにされるとは、憐れなことよ」

「メルキド兄上にもお変わりなく。今宵は敬愛するアムゼル兄上が開かれる宴、末弟たる私ごときが仰々しく従者を引き連れて参るのは、いささか非礼かと思いまして」


第三王子メルキド。アムゼルよりもいくらか暗い色の髪を短く刈り込み、橙色の瞳を常に爛々《らんらん》と燃やしている野心家だ。

兄のアムゼルと同じく猟豹族だが、こちらは幼少期より学問嫌いの武芸好きであり、エルネストと並べても遜色のない体格の持ち主だ。

兄同様、性根の捻じ曲がったこの男は、何かと不自由な俺つきの奴隷を公の場で嬲《なぶ》りたいのだ。そんなことをさせてたまるか。

「ふん、口だけは達者な奴だ。可愛げのない」

「まぁそう言うな。奴隷の腹から生まれた卑しき子が、懸命に媚を売っていると思えばいじらしいではないか。のうカナン、この宮廷において真に媚びるべき相手が誰か？　小賢しいそなたにはもうわかっておるであろう？」

「媚びるなど……この愚弟は、陛下を筆頭に兄上方を敬愛するばかりでございます。かように意地の悪い質問はご容赦くださりませ」

いやらしく目を細めて笑う異母兄の前で、俺は殊更《ことさら》しおらしく頭を垂れた。自慢できる話ではないが、嫌いな奴に媚びへつらって頭を下げることには慣れている。

「のらりくらりとかわしおって、まことに小賢しい奴よ」

なんと罵られようがかまわない。危うい均衡《きんこう》の上に成り立っているザマルカンドの治世下で、兄達の誰かに与《くみ》する発言は絶対にすべきではないのだ。

「それが『裏町』仕込みの処世術か？　全く卑しい奴だ！」

「そのようにおっしゃらないでくださいませ。……生きるために必死だったのでございます」

異母兄達は隙あらば俺に嘲りを向けてくるが、あいにくその程度の言葉で傷つく繊細さなど、『裏町』育ちは持ち合わせていない。右から左へと聞き流すだけだ。

けれども――。

「ふむ、さすがは父上をたぶらかした奴隷の血を引く者よな。そなた、よもや陛下をたらし込むつもりではあるまいな？」

「……私と陛下は、恐れ多くも半分血の繋がった兄弟でございます。お戯れにもほどがございましょう」

「いやいや！　おまえは穢《けが》れた淫売奴隷の子だ。相手がどこの誰だろうが、発情した魔獣顔負けに盛るのではないか？」

「……ッ」

さすがに母さんを悪《あ》しざまに言われると、腹が立って仕方がない。エルネストに習った肘打ちを、ニヤけた顔面に叩き込みたくなる。

「国王陛下のおなーり！」

俺が唇を噛みしめて怒りを堪《こら》えていると、長兄である国王ザマルカンドが大勢の供《とも》を引き連れて現れた。

硬そうな鈍色の髪に、俺と同じ淡い藍色の瞳を持つ豹族。先代国王にもっとも近しい容姿を持つと言われる第一王子だが、その瞳の奥には常に嗜虐的な光が不穏に揺れている。

メルキドほど武芸に傾倒するわけでもなく、王子時代から酒色に溺れがちであったためか、いくらか脂肪の目立つ身体つきだ。

「お待ちしておりましたよ、陛下。さ、玉座にどうぞ」

ザマルカンドは貼りつけたような笑みを浮かべたアムゼルを一瞥したのみで、無言で玉座へと腰を下ろす。

王位についた己と他の兄弟は格が違うと、この男は常にそれを見せつけていなければ気が済まないのだ。おかげで俺は、ほとんど視界に入ることすらなく過ごせてありがたい。

この後も何の中身もない空虚な宴は延々と続き、深夜ようやく解放された時、俺はぐったりと疲れ果てていた。

同じ宴でも、エルネストの別宅で開かれたそれとはまるで違う。早くもあの別宅が恋しい……否、俺が本当に恋しいのは……。そんなことを思う自分に、俺は盛大な溜息をついた。

エルネストや彼の配下は、陰に日向にと可能な限り俺の護衛についてくれている。それだけで十分ありがたいというのに、俺はいつからこんなにも甘ったれになってしまったのだろう……。

❖❖❖

カナン様が王宮——正しくは離宮で暮らすようになって早半年。俺は人目を忍んで実家に足を運び、陣取り盤を挟んで父上と言葉を交わしている。

「エルネストよ、カナン様は我々の想像以上の御方だったようだな。おまえが我らの本意を告げたと聞いた時には、ずいぶんと驚いたものだが……その判断は正解であった」

「ええ、今のご自身の状況、相対する者へのそつのない振る舞い。何よりも、耐えがたいであろう侮辱や屈辱に本当によく耐えてくださっています」

実際カナン様は、様々な懸念材料を撥《は》ね除け見事な順応力を見せておられる。間違いなく不快なことだらけだろうに、その忍耐強さと立ち回りの巧みさにはひたすら頭が下がる。

「我ながら、あの時あの場であの判断をした自分を褒めてやりたい。そうでなければ、あの方は決して我々を信頼しなかったでしょう」

「『裏町』育ちであることが幸いしたか……。それでもカナン様はまだ幼い。おまえがすべきことは、わかっているな？」

「もちろんです。お守りしますよ、どのような手段を用いても」

父上にはカナン様が『番』であることは告げていない。この先も告げる気はない。

それによって父上の判断を鈍らせるようなことがあってはならないのだ。

「だが、そろそろ次の一手に出てもいい頃か……」

俺の言葉に満足気に頷き、父上は言葉を続ける。

「王族としてのカナン様の立ち位置は今のままではあまりに危うい」

「ええ、俺もそう思っていたところです」

父上と盤戯に興じながら、俺は思考を巡らせる。

「あの厄介な兄君達を刺激せず、カナン様を民の中で良識のある王族だと認識させる……難儀なことです」

「違うな、エルネスト。民の中にカナン様を意識させることは難しくない。何よりも他の王子達には『民の支持を集める』という発想すらあるまい。そんなものがなくとも、生まれ持った血があの方々の立場を保証しているのだ。彼らの中にあるのは、王宮の中での傲《ごう》慢《まん》な常識だけであり、王としての資質は欠片もない。だからこそ、奴隷として育った王子が純粋な善意から民に何かをしたとして、あの方達は気にもとめまい。この国は民あっての王ではない、王のために民が存在しているのだから……」

「なるほど……それであれば嫉妬と猜疑心だけは一級品の兄君達も、カナン様の行動を愚かで意味のない行為だと嘲笑うだけで済むでしょう。もちろんやり方は考えねばなりませんが」

「ああ、もしカナン様が『王』になられるという選択をされた時、カナン様の最大の後ろ盾が民となるように我々は動いていくぞ。よいな？」

「承知いたしました」

　カナン様がこの国の新しき『王』として民の支持を得ること——それは革命後の政で頓挫しないための、必要最低条件である。

「この国の民は、結局のところ王政を望んでいる。いや、王政でなければ駄目だ。少なくとも革命直後に政治形態が大きく変わることは避けねばなるまい。そのためのカナン様だが——」

　盤面を睨みながら、父上は武骨な手の中で銅製の駒を弄ぶ。

「革命が成功したとして、突然得体の知れない五番目の王子が即位すれば、不安と反発を抱くだろう。カナン様にも王家の血が流れていることに間違いはないのだから」

「心得ております。危険を承知でカナン様を王宮に住まわせたのもそのため」

「で、どうするつもりだ？」

　父上は音もなく手駒を無難な場所に置いた。どうやら勝負を急ぐ気はないらしい。

「まずは三ヶ月後に控えたカナン様の成人式です」

「派手にお披露目をするのか？」

「いいえ、むしろ兄君達に比べて著しく質素な式を執り行います」

「ほう……？」

「ただし獣車で市街を周って顔見せをするついでに、素朴な祝い菓子をバラ撒くのです。城下街の全てで、むろん『裏町』も例外なく」

俺は父上の陣地深くに駒を置いた。

「なるほど……分《ぶ》をわきまえた質素な式で兄君達の自尊心を満たしつつ、反感を買わぬ程度に民に寄り添う第一歩としては悪くない」

「あ……」

カツンと音を立てて父上が置いた駒に、俺は思わず声をあげた。それは静かに配置された先の一手を活かす、実に鮮やかな決まり手となったのだ。俺はまだまだこの人に学ぶことばかりである。

「以上が宮廷における成人の儀の流れとなります。カナン様ならば、一、二度練習されれば問題なくこなして頂けるかと」

「うん……話を聞く限り、特別難しいことは何もないな。無駄に仰々しく面倒なだけで」

離宮のテラスにて成人の儀に関する式次第をざっと説明すると、カナン様はすぐに理解を示し頷かれた。お父上であるゼノルディ王が、準備に半年かけてなお盛大に間違えたことは、故人の名誉のために黙っておこう。

「一連の儀式が終わりましたら、速やかに開放式獣車でのお披露目に移ります」

「は⁉　獣車でのお披露目⁉」

しかし、続く言葉には大きく目を見開かれ、顔を引き攣らせた。

「はい、覆いのない獣車で城下をグルリと一周し、民にカナン様のお姿をお見せするのです」

「たかが成人するだけで、王族ってのはつくづくご大層だな……」

　他人事のように呟くカナン様に、俺は思わず苦笑する。文武を学び品格を身につけても、この方の本質は何も変わっていない。

　時に『もっと王族らしく！』と思わないでもないが、この方はそれを決して好まないだろう。そして俺は、この方のそうした部分にこそ惹かれたのだ。

　カナン様からカナン様らしさを奪い去りたくない、結ばれぬならせめて俺の愛する人のままでいて欲しい……わかっている、それは俺の身勝手なエゴだ。


「これでも兄君方に比べれば、比べ物にならないほどに簡素ですよ。比べていいものかと悩むぐらいに……」

「そうなのか？」

「兄君方におかれましては、あちらの貴族こちらの貴族の城を、十日以上かけて特注の大型獣車で回られました。その後王宮に戻ってからも、昼夜分かたずの宴を五日ほど。ヴィルヘルム様だけは、病弱なことを理由に形のみとなりましたが」

「すごいな……。全く理解できない」


「もちろんカナン様にも、城下でお披露目が終わった後は離宮にて晩餐会を開いて頂きますよ」

「……それって、兄上達や貴族連中を呼ぶんだよな？」

「人数は絞り込みますが、兄君方及び上流貴族のお歴々は外せません」

「気が重い……」

　カナン様が深く長い溜息を吐くのも無理はない。兄君方の晩餐会に呼び出されては、公衆の面前で『奴隷の子』『淫売の子』と蔑まれるのだ。嫌気がさして当然である。

　言葉の暴力からカナン様を守ることのできぬ己が歯がゆくてたまらない。

「それに、兄上達を満足させる晩餐会を俺の離宮で開くなんて、考えるまでもなく不可能だ。そんなことで、皆に負担をかけたくもない」

　離宮で働く者達は、今では誰もが皆カナン様を心より慕っている。しかしそれぞれに不具合を抱えた身でもあり、大勢の王侯貴族を満足させるなど、求めるだけ酷であった。

「なれどカナン様、足りない人員は我が家から派遣しますので、ご心配には及びません」

「おまえの？　それは助かるけど……いいのか、そんなことをして？」

「臣下の本分とは、お仕えする主に尽くすことです」

「けど、俺に肩入れすれば兄上達に睨まれるぞ？」

「承知の上です。あなたをお連れした時点で俺も父も十分目をつけられておりますよ」


そもそも王族の成人の儀は個人の慶事ではなく、国を挙げての祝賀であるはずだ。それなのにザマルカンド陛下は、カナン様の成人の儀について一切触れず、予算を割り当てようともしない。

しかし、だからといってカナン様が伝統に則《のっと》った成人の儀を済まさねば、『王家を軽んじ威信に傷をつけた』と叱責されるのは目に見えている。最悪『反抗的である』『謀反の意思あり』と勘繰られ、大いに痛い腹を探られもしよう。

もしそんなことになれば、カナン様は何も知らぬまま火刑台に送られ、ゆっくりと時間をかけて炙《あぶ》り殺される。そんなことが起こらないと言い切れないのがこの国なのだ……。それだけは絶対に避けなければならない。もしカナン様を失えば、俺はもう生きてはいけない。


「カナン様を保護し、王宮にお連れした時点で、レンフィールド家は現政権下での出世は考えておりません」

「俺がその期待に応えられればいいんだがな……。すまないな。不甲斐ない王子で」

「カナン様は十分すぎるほどよくやっておられます。不甲斐ないのはむしろこちらですよ」

「気にしないでくれ、もうある程度の気持ちは決まっているのだ。それでも、エルネスト達とともに歩みながら最後の一歩を踏み出すことができない。俺は臆病者だな」

「そんなことは決してありません。カナン様が臆病であれば、この世に臆病でない者などおりません」

「はは！　これはまた大きく出たな！」

俺の言葉を冗談として捉え、愉快そうに笑うカナン様。今の俺には、その朗らかな横顔を見守ることしかできない。

◆◆◆

「国王陛下、本日はこのカナンの成人の儀を祝う宴にご足労頂き、恐悦至極でございます。兄上様方におかれましても、貴重なお時間を割いてのご参加に心より御礼申し上げます」

三ヶ月後、様々な懸念事項を抱えながらも、カナン様の成人の儀とお披露目は滞りなく行われた。あとはこの晩餐会を乗り切るのみだが……ある意味、これが一番厄介だ。

「ふん、王族が開く晩餐会とは思えぬ粗末さよ」

「お赦しください、陛下。私といたしましても、かように至らぬ宴に陛下をお招きするのは、大層心苦しく思います。しかしながら陛下……私ごとき作法もおぼつかぬ末弟に、大仰な成人の儀や晩餐会など分不相応。恥ずかしうございますれば……どうかご容赦を」

さっそく絡んできたザマルカンド陛下に、カナン様は己を下げることで応じる。もっとも、『大袈裟すぎる式なんて恥ずかしい』というのは、演技ではなくカナン様の本心だ。

「ほう……卑しき生まれ育ちでありながら、身の丈をわきまえておるな。いや、卑しき生まれであるからか？　己が分もわきまえず兄の玉座を狙う愚弟どもより、よほど可愛げがある」

ザマルカンド陛下はカナン様の頬から首筋にかけてをねっとりとした手つきで撫でながら、アムゼル様とメルキド様を揶揄するように眺めた。ザマルカンドの首をこの場で刎《は》ね飛ばしたい強烈な衝動に駆られたが、脳内で百回捻り切ることで抑え込んだ。

『俺のモノにその汚れた手で触れるんじゃない！』

そう叫びたかったが、それをすれば全てが台無しになってしまう。

そもそも頭の悪い兄弟喧嘩に、カナン様を巻き込むのはやめて欲しい。

「おやおや、兄上……おっと失敬、陛下におかれましてはカナンがいたくお気に入りのようで。奴隷の血筋を好まれる癖は、父王譲りでございましょうか？　愛でるのはよろしうございますが、どうか子作りにはご一考のほどを」

「こっそり『核』を仕込んで抱かれるくらい、奴隷娼夫の子はやりかねませんぞ」

対するアムゼル様とメルキド様は、兄を心配する体でカナン様の出自を貶す。

「悪い冗談はやめろ。俺は父上ほど阿呆ではないぞ」

「それはようございました」

「全くだ！　あれを超えるボンクラを陛下と呼んで仕えるなんて、俺には無理だ！」

自分達の父親は、類稀なる阿呆である。

仲の悪い三兄弟が持つ、それが唯一の共通認識であった。申し訳ないが、俺もそこだけは完全に同意する。

だが、三兄弟に大きな違いがあるのだろうか？　愚鈍で傀儡だった王。自ら愚かな行いを続ける王族。そこに何の違いがあるというのか。

俺は酷く冷めた目で愚か者のやり取りを俯瞰《ふかん》していた。

そして、カナン様といえば順次兄弟への挨拶を終え、第四王子であるヴィルヘルム様のところへと向かわれていた。

「ヴィルヘルム兄上……直接お会いするのは二度目ですが、お身体のお加減はいかがですか？」

今宵も母方の曾祖父と同じ強く縮れた銀髪を、幾本もの細い三つ編みにして長く垂らしておられる。金色の瞳と褐色の肌も母君に生き写しで、驚くほど先王ゼノルディ様とは似ておられない。

ザマルカンド様と母君を同じくするヴィルヘルム様は生来病弱で、南の離宮に引きこもったきりめったにお姿を現さないのだ。そのため種族的には先王や現王と同じ豹族でありながら、まるで鳥族のように華奢な身体つきをしておられる。豹族の少し尖った耳と斑点のある尻尾がなければ、おそらく誰一人としてヴィルヘルム様を豹族とは思うまい。

　この方は俗世にも政にも一切の興味を示さず、日々絵筆を滑らせ詩を綴り、己の世界の中でのみ生きている。カナン様がいてもいなくても、革命が起きても起きなくても、彼の生涯には何の意味もないのだろう。


「……悪かったら来ない」

「これはつまらない質問を……お赦しください」

「…………別に、怒ってない」

「あの、何か召し上がりますか？」


　まことに不敬ながら、三兄弟の嫌味を器用にかわせるカナン様が、攻撃的なところは一切なく、どこか感情が欠如しているようにも見えるヴィルヘルム様を相手に困り果てている様子は、見ていてどことなく微笑ましい。


「焼き菓子……」

「……え？」

「君が馬車からばらまいたお菓子」

「あの、あれは庶民が食べる素朴なもので……ヴィルヘルム兄上のお口に合うような代物《しろもの》では……」

「食べてみたい」

「あ……はい、承知いたしました」


　弟が開いた晩餐会で、誰と会話をするでもなく、主賓席の一角で素朴な焼き菓子を上品に召し上がるヴィルヘルム様。

　思えば兄君達の中で、彼だけがカナン様に意地の悪い言葉を吐かなかった。間違いなく変人だが、悪い方ではないのだろう。もしくは、他人に意地悪を言うほどの興味や関心がないのかもしれない。


「あの……お味の方は？　お口に合わないようでしたら、どうかご無理なさらず――」

「美味い、気に入った」

「お代わり、召し上がりますか？」

「持って帰る」


　手ずから兄君のためにお茶を淹《い》れるカナン様を見ようともせず、ヴィルヘルム様は淡々とお答えになる。

「お土産、ご用意いたします」

「民はこういう菓子が好きなのか？」

「ええ……そうですね。私は年に数回口にできる、こうした菓子を楽しみにしていました」

「母君が作るのか？」

「はい……あり合わせの材料で」

「……そうか」


お二人の会話はお世辞にも弾んでいるとは言えないが、少なくともそこに敵意や蔑みはなかった。

とにもかくにも、キャタルトン王国第五王子カナン様の成人式は、これといった問題もなく無事に幕を閉じたのだ。


成人の儀を終えたカナン様は、形式的にとはいえ一人前の大人として認められ、王侯貴族が参列する御前会議や、王族のみで執り行われる王室談義への出席が許された。

そこでの議題はもっぱら自分達の既得権を維持・拡大するための算段であり、国の行く末や民の暮らしを案ずる者など皆無に等しい。それでもこの国の腐敗を肌で感じ、王侯貴族達の力関係を理解するために、カナン様は可能な限り全ての会議に参加している。

後見人であり、専属騎士である俺もその場への同行が許されていた。


「ところで、先日成人の儀を終えた第五王子殿は、今後いかなる形で王家に貢献するのやら？」

そしてある日の御前会議において、公衆の面前で揶揄されたことを根に持ったアムゼル様が、カナン様に意地の悪い質問を投げかけた。

しかし、これはカナン様にとって渡りに船であった。

「夜ごと開かれる晩餐会の残りものを活用し、貧しい民のために炊き出しを実施したく存じます。王家からの施しであるとすれば、民はさらに王家……いえ、陛下に忠誠を誓うことでしょう。適度な飴をばらまくことで、王家が謂《いわ》れのない誹謗を受けることもなくなるのではないかと……」

カナン様はかねてよりの考えを、堂々とした態度で発言する。

「炊き出しとな？」

「我らの残飯を貧民にくれてやるのか」

「いかにも『裏町』育ちの考えそうなことよ……」

周囲から聞こえよがしな囁きと嘲笑が沸き起こったが、カナン様は一向に気にしない。

「お許し頂けますでしょうか？　陛下」

「好きにするがよい」

真摯に問いかけるカナン様に、ザマルカンド様は億劫そうに答えた。彼にしてみれば、残飯をいつ誰がどう処理しようと、心底どうでもいいのだろう。

「貧民の相手は元貧民。適材適所ですな」

「頑張れよ、ごみ処理係」

アムゼル様とメルキド様も、嘲笑を隠しもせず賛同した。

このカナン様の発案と、これより行われる行為。それがどのような意味を持つものか、この場に深く考える人間がいなかったのは、まことにもって幸運であった。

「それにしても、こんなにあっさりと許可が出るとは思わなかった。本当に自分達のこと以外何も興味がないのだな」

「ええ、俺も少し驚いています。そして、心から愚かだと思っておりますよ」

離宮に設えられた執務室で炊き出しについての詳細を詰めながら、カナン様は少し呆れたように肩を竦める。

何かにつけて難癖をつけてくる兄君達のことだ、今回もどうせ絡まれるに違いない……俺もカナン様もそう覚悟を決めていた。そしてもしそうなった時に、カナン様の立場と心を守るための言葉を、俺は幾通りも用意していたのだが……。

ちなみにこの執務室が作られたのは、俺が強く進言したからに他ならない。いかに人目の少ない離宮といえど、王族でありうら若きアニムスであるカナン様の自室に、アニマである俺が頻繁に出入りしては風聞が悪いからだ。

『淫乱な奴隷の息子』――そんな心ない呼び名が未だにまかり通っているのだから頭と胸が痛い。

「エルネスト……前から気になっているんだが……。俺に対する責任とか罪悪感とか……そういうので苦しんでいるのであればもうやめろ。確かに俺は、初めておまえを見た時『いけ好かない』と思った。俺にとってエルネスト・フォン・レンフィールドは『搾取する側の人間』だったから」

「ええ……あなたは騎士と貴族を憎んでおられた。もちろん、その上に立つ王族も」

「だが今は違うということは、おまえもわかってくれているはずだ。俺の騎士であるおまえなら。まぁ、大半の騎士や王族が気に食わないというのは、今も変わらないけどな」

「これは手厳しい……」

「でも、あの頃と違うことがひとつだけある。今の俺は、貴族や騎士や王族にも、いろんな奴がいることを知っている」

カナン様はテーブルの上で湯気を立てる花茶で喉を潤し、先を続けた。

「エルネストの父上や、エルネストが俺に護衛としてつけてくれる騎士達。それにランドルフも貴族で騎士だけどいい奴だ。俺に一から学問を授けてくれたラムダ先生も貴族だけど、俺は心から感謝してる。時々宮廷で会うラズモンド伯も、優しいおじいちゃんって感じがする。それに、王族だけどヴィルヘルム兄上は嫌いじゃない」

「ほう、ヴィルヘルム様ですか？」

確かに先の宴で、カナン様とヴィルヘルム様は比較的普通に言葉を交わしておられたが、こんなふうに思っているとは少し意外だった。

「変わった人だけど、あの人からは俺に対する悪意を感じない。それに……他の王族や貴族なら見向きもしない庶民の焼き菓子を、馬鹿にするでもなく美味いと食べてくれたんだ。なんだか、母さんの味が褒められたみたいで、少し嬉しかったよ」

「俺も好きですよ。素朴ですが、とても優しい味がします」

俺は皿に盛られた菓子をひとつ手に取り、ゆっくりと噛みしめ大切に味わう。あの日配られたこの菓子は、カナン様の記憶を頼りにナラヤ様の味を再現したものだ。

華美さも贅沢さもない簡素な焼き菓子。おそらくナラヤ様は、寄せ集めの粗末な材料に工夫を凝らし、我が子のために精一杯の愛情を込めて焼き上げたのだろう。

「本音を言えば、王宮での暮らしは好きじゃない。窮屈で虚飾と虚言だらけで息が詰まる。今だって、おまえの家の別宅に帰りたい」

「……我が家の別宅に？」

カナン様が我が家を『帰る家』と認識している。それは強烈な歓びとなって、俺の全身を駆け巡った。

「だけど、ここで暮らすうちにようやくわかってきた」

そんな個人的な歓びを押し殺し、俺は努めて冷静にカナン様の言葉を待つ。この歓びは、誰にも知られてはいけない。俺はカナン様への思いを墓場まで持っていく。

「何の力もない俺だけど……俺の志《こころざし》はエルネスト達と同じだってことがよくわかった。だから、俺は『王』になりたいと願ってもいいだろうか？」

「カナン様……本当によろしいのですか？　それは俺達としては願ってもないことですが……」

「ああ、俺は決めたよ。いや、あの時にはもう決めていたのかもしれない。だから、エルネスト……俺がおまえ達の望む『王』になれるように導き、守ってくれるか？」

目の前の若き王子は、蔑みの視線と嘲笑に屈することなく静かに耐え忍び、不貞腐れもせず黙々と文武を磨き上げ、『今の自分にできること』を真摯に模索してこられたのだ。

　これほど立派な王族が、かつてキャタルトンに存在しただろうか。つくづく王の資質とは、生まれ育ちだけでは決まらないのだと痛感する。

「もちろんでございます！　カナン様。カナン様のことは俺がお守りいたします。俺は生涯あなた様から離れぬとすでに誓っております」

　騎士の誓《せい》にかこつけて、俺は浅ましくも己の願望を口にする。

　俺は狡《ずる》い人間だ。清廉なランドルフとは違う。『番』として添い遂げられぬならば、せめて一番の理解者としてカナン様の右に立っていたい。その位置だけは誰にも――いずれ現れるであろうカナン様の『伴侶』にすら譲りたくない。

「ですがカナン様……あなた様に俺の導きは、もはや必要ないかと。あなた様はご自身で考え、判断し、動けるお方です。その立ち居振る舞いも含め、俺がお教えすることはもう……」

「そんな寂しいことを言わないでくれ。俺はまだまだエルネストから学びたい。だが、決心したからには頼む。この俺を革命派のために最大限利用してくれ」

　成人したばかりのヒト族。本来であればまだ誰かに庇護されのんびりと暮らせていたはずの、何の罪もないアニムス……。

　数奇な運命の下に生まれたばかりにこんな苦労を背負い、下手をすれば命の危険に晒さねかねないというのに、この方はどこまでも……。

「カナン様、不敬ですがどうかお許しください……」

「えっ……？」

　俺はカナン様を抱きかかえそのまま膝の上に乗せ、俺の胸板へと顔を押しつけるようにして抱きしめた。

　本当ならば、こんなことはすべきではない。絶対に駄目だ。

「カナン、カナン。絶対にあなたのことは俺が守ります。俺はあなたのことを……あ……敬愛しています。一人の人間としてあなたのことを好ましく思っています。ですから、どうか俺を全力で頼ってください。どんなことでも」

「エルネスト……。うん、ありがとう」

そして俺は、その姿を己の本性である豹へと変え、そのままカナン様をベッドへ運んだ。

「エルネスト、おまえの獣体を見るのは二度目だな……。でも何で突然？」

『申し訳ありません。ちょっといろいろと我慢ができませんでした』

「いや、嬉しいぞ。キラキラエルネストのこんな可愛い姿はめったに見られないからな」

『可愛いとは、初めて言われました』

「俺にとっては可愛いんだよ。せっかくだ、今日はこのまま俺の布団代わりになってくれよ」

『な……っ!?』

「いいだろう？　これは命令だぞ」

『ご命令とあらば、致し方ありませんね……』

この日、俺は愛しい『番』を獣性漲《みなぎ》る姿で抱きしめて眠ることを強いられた。

それは、人生でもっとも理性を試される一夜となった。

こんなことを自らおっしゃるとは、もしやカナン様も……そんな考えが頭をよぎりもしたが、ヒト族の『番』への欲求が酷く薄いことを思い出し踏み止まった。

愛しい者を自らの腕で囲い込みながら、何もできぬもどかしさ。天国と地獄を同時に味わいながら、俺はカナン様の騎士として誓いを新たにすることになる。

＊＊＊

舗装の悪い道の上で、ガタガタと賑やかな音を立てる車輪。しかしその音を厭う者は『裏町』にいない。

「カナン様だ！」

「カナン様の獣車が来た！」

「エルネスト様もいるぞ！」

薄汚れた灰色の街のあちらこちらから痩せた子供達が飛び出してきて、大型の炊き出し器具を備えた獣車の周りを幾重にも囲む。

「待たせたね、皆。今日の炊き出しはご馳走だよ」

身軽に獣車から飛び降りて告げるカナン様に、子供達だけでなく大人達からも歓声があがる。

カナン様考案の『晩餐会の残りを再利用しての炊き出し』は、今のところ大成功を収めていた。

「カナン様、今日のご飯は何!?」

「ハムとソーセージのトメーラシチューに、カモウ鳥のローストをタップリ挟んだサンドイッチ。果物もたくさん持ってきたよ」

期待に頬を紅潮させて尋ねる犬族の子供の頭を撫でながら、カナン様は優しい声で答える。

その姿は雲の上の王族殿下などではなく、近所の優しいお兄ちゃんといった趣であり、より一層愛おしさが募ってしまう。カナン様が第五王子などでなく、本当に市井の一青年であったなら……。そんなあり得ない『もし』を夢想せずにいられない。

「ありがてぇ……ありがてぇなぁ……」

「三日ぶりのあったけぇ飯だ……」

「ありがてぇなぁ……儂《わし》ら貧乏人が、こんな美味ぇもんを食わせてもらえるなんて……ありがてぇなぁ……」

「ああ、本当に……腹を空かせたまま死んじまった嫁にも食わせてやりたかったなぁ」

はしゃぐ子供達の傍らでは、路上生活の年寄達が皺だらけの手を合わせ涙ぐむ。

「エルネスト様！　おいら手伝うよ！」

「俺も！」

「ありがとう。じゃあ、この鍋を運んでくれ。重いから気をつけて、二人で運ぶんだぞ？」

最初は遠巻きに様子をうかがっていた獣人の少年達も、今では率先して手伝いを申し出てくれる。

「たくさんあるから、慌てずゆっくり食べるんだよ？　ちゃんと列に並んで、前の人を押したら駄目だ」

「はい、カナン様」

「この前より顔色がいいですね」

「はい、おかげ様で」

「すっかりお腹が大きくなって……たくさん食べて、元気な子供を産んでくださいね」

「ありがとうございます……！」

カナン様は自らお玉を片手にシチューをよそい、一人一人に言葉をかける。正直、俺だってカナン様がよそったシチューを食べたい。


「美味しい」

「美味しい、美味しいねお母さん」

「うん、美味しいね……カナン様にうんと感謝しなくちゃね」

「お代わりください！」

すると夢中でシチューを啜る音に混ざって、カナン様への感謝の言葉が漏れ聞こえてくるのだ。

実際、カナン様が用意する炊き出しは、元が宮廷料理であるため味がいい。その上さらに、残りもの再利用でありながら、言わねばそれとわからぬほどに見てくれもちゃんとしている。

貧しくとも、人には人間としての矜持がある。

そんな当たり前のことを肌感覚で理解しているカナン様は、『なるべく残りものに見えないように、誰もが食べたくなる美味しそうな一皿に作って欲しい。難しいとは思うが、皆の腕を見せてくれ』そう言って深々と頭を下げ、自ら料理人達に頼み込まれたのだ。

これまでキャタルトンの王族で、こんなにも民に寄り添った者はいない。否、王族どころか貴族にすらいなかった。恥ずかしながら我がレンフィールド家も、毎年まとまった額を寄付をするだけにとどまっていた。

当然、民の間でカナン様の人気は爆発的に高まり、『突然現れたヒト族の王子は貧乏人の味方』『偉ぶらず気さくな優しいお方』『他の王族や貴族とはまるで違う』と評判になった。いやらしい言い方だが、まさに狙い通りである。

しかし、好事魔多《こうじまおお》しとはよく言ったもので、とある昼下がりにとんでもない事件が起きてしまう。

「待たせたね、皆。さぁ、準備を始めよう！　手伝ってくれるかな？」

「わーいカナン様だ！」

「はい！　はい！　俺手伝う!!」

「おいらも！」

炊き出し獣車の周りには、その日も空腹を抱えた大勢の住民が集まっていた。それでも彼らの表情は一様に明るく、そこに憐れさや惨めったらしさは存在しない。

「カナン様、お腹が空いたよぉ」

「これ、カナン様を困らせせんじゃない」

「皆で準備して、早く食べようね」

誰もが温かく美味しい食事を心待ちにしていたその時――。

「うわぁぁぁぁッッ!!」

「キャァァァッッッッ!!」

突如として群衆の一角から悲鳴があがった。

そこに現れたのは、制御を失って暴走する一頭のアーヴィス。

「く！　愚か者が!!」

見れば乗り手は貴族と思《おぼ》しき若い虎族で、その腕にはぐったりとした鳥族の青年を抱えている。身なりからして娼夫だろう。

「おい！　止まれ!!」

俺はすぐさま奔走するアーヴィスに駆け寄ったが、興奮状態のアーヴィスは急遽方向転換。

「ひぃぃぃッ！」

「祖父ちゃんッッ！」

先ほどまでカナン様と言葉を交わしていた老人と孫に向かって、その屈強な蹄《ひづめ》を振りかざす。

駄目だ、間に合わない。

確実すぎる悲劇の予感に、俺の背筋が凍りつく。

「危ないっ！」

けれども、『それ』は起こらなかった。

「逃げて！　早くっ!!」

なんとカナン様が横からアーヴィスの轡《くつわ》に飛びつき、その鼻の向きを強引に変えてのけたのだ。

『グゴォォォォッ!!』

突然の無体に激昂したアーヴィスは、野生の魔獣さながらに獰猛な咆哮《ほうこう》をあげて荒れ狂う。

「カナン様!!」

逞《たくま》しくなったとはいえ、ヒト族であるカナン様は人形のように振り回されてしまう。俺は全速力で暴れるアーヴィスに駆け寄り、カナン様を抱きしめた。こんな時ですら、『番』の匂いに反応してしまう我が身が恨めしい。

「うわぁぁッ！」

その結果、乗っていた騎士と彼が抱えていた鳥族の青年は地べたへと投げ出されてしまったが、今はそちらにかまっている余裕はない。

「鎮まれ！」

俺はカナン様を抱いたまま猛るアーヴィスに飛び乗り、手綱《たづな》と膝を用いて抑え込む。俺達騎士が学ぶ騎乗術には、本来こうした抑制術も含まれている。さもなければ、体格と力に秀でた魔獣を家畜化し、乗騎になどできはしない。

「鎮まれ！　落ち着け!!」

格闘すること数分、雄のアーヴィスは俺の下で落ち着きを取り戻した。その双眸《そうぼう》に狂乱の色はすでにない。

「カナン様……ご無事ですか？」

「俺は問題ない。でも――」

俺の腕の中で、すでにカナン様は落ち着きを取り戻し、その瞳に怯えた様子は見受けられない。見事な胆力である。

「ライール！」

ところが、カナン様はアーヴィスから飛び降りると、慌てた様子で意識を失った鳥族の青年へと駆け寄った。

「ライール？　彼はカナン様のお知り合いですか？」

「……金糸雀族のライール。『裏町』で五本の指に入る人気の娼夫で……俺と同じ娼館にいた大事な友達だ」

「なんと……いや、確かに……！」

言われてみれば、血の気の失せた顔で失神している金糸雀族の青年に、俺は『裏町』の娼館で会っていた。しかし、なんと変わり果てた姿であることか。あの日しどけなく結い上げられていた髪は目茶苦茶にもつれ、白く美しかった顔もしなやかな肢体も今やアザだらけだ。

「ですが、この様子は……」

あまりにも明らかな暴力の痕跡に、俺は顔を歪めずにはいられなかった。俺とて成人した豹族のアニマ、その欲求がわからぬわけではない。

だが、遊ぶなら遊ぶで何故最低限の規則すら守れないのか。行為の相手をここまで酷く痛めつけるなど、理性ある人間の振る舞いではない。もはや魔獣にも劣る所業である。

「そんなのあいつがやったに決まってる！　貧民街の娼夫を買って、好き勝手に弄んだ挙げ句に拐おうとしたんだ！　よくあることさ……。だけど、よくも……よくも……ッ!!」

「カナン様、どうか落ち着いて――」

「うるさい！　大事な友人にこんなことをされて、落ち着いてなんていられるか！」


カナン様は怒りに唇を震わせ、握りしめた拳を今にも振り上げんばかりの気勢を見せる。

ああそうだ……これが、この怒りこそがカナン様の本質なのだ。出会ったあの日も、カナン様は母君が受けた仕打ちに烈《はげ》しく憤っていた。私利私欲のためではない、他者のための怒り。その炎は憎悪を孕んでなお、濁ることなく美しい。

だが、相手は獣人。それも猫科最強の座を獅子族と争う虎族だ。まずはカナン様をお守りすべく、俺は両者の間に割って入ろうとした。

「違うんだ……。やめて……カナン……その人……悪く、ない……から」

しかし、意外にもカナン様を止めたのは、意識を取り戻したばかりの金糸雀族だった。

「ライール!?」

「シャマルさんは……乱暴するクソ貴族から……僕を助けてくれ……たんだ」

「え……？」

「何だと……？」

これにはカナン様だけでなく、俺も大層驚いた。貴族の放蕩息子が娼夫に溺れ、真昼間から酒を飲んで暴れる。そういう『ありがちな話』だと思っていたのだ。

「その獣人に乱暴されたんじゃないの？」

「違う……彼は、乱暴されてる僕を見かねて……クソ野郎の前から僕を拐って……逃げて、くれた……」

「そうか……そうだったんだな」

ライールから事情を聞くと、カナン様は姿勢を正して虎族の青年シャマルに向き直り、深々と頭を下げた。

「事の真偽も確かめぬまま、私は善意の人を無法者と決めつけ、公衆の面前で糾弾してしまった。本当に申し訳ない……どうか許して欲しい」

「カ、カナン様が……！」

「嘘だろ……!?　王族がそんな……あり得ねぇ……！」

それを見た群衆に、怯えにも似たざわめきが広がる。身分制度が他のどの国よりも厳格なキャタルトンにおいて、王族が人前で頭を下げるなど、あってはならぬことだからだ。

「カ、カナン様!?　お、お、おやめください！　わ、私は、お、恐れ多くも殿下の御前に騎乗したまま飛び出し……お、お、お怪我までさせてしまいぃぃ……ッッ！」

そして謝罪を受けたシャマルはといえば、紙のような顔色で軽く残像を出して震え、気の毒なほどに噛みまくっている。この国で王族の身体に傷をつければ、よくてその場で無礼討ち――もしくは極刑なのだから当然だ。

「ど、どうか！　どうか家族は！　家族だけはお許しくださいぃぃぃッ！」

「え、いや……謝ってるのは俺なんだけど……？」

泣きながら土下座するシャマルと、その姿に素で軽く引いてしまうカナン様。カナン様は聡明だが、やはりこういう部分ではあまりに素直に感情を出しすぎる。宮廷内での駆け引きとは違うということで、肩の力が抜けているのかもしれないが……。

ここは俺が助け舟を出すしかあるまい。

「カナン様、彼は王族を轢《ひ》き殺しかけた件について、自身の家族に類が及ぶことを恐れております」

「轢き殺す？　何を大袈裟な！　見ての通り、私はほんの少し膝と肘を擦り剝いただけだ」

「ひぃ――ッ!?」

『ほら』と見せられた血の滲む肘に、シャマルは小さく悲鳴をあげた。カナン様……それは全くもって逆効果なんですよ……。

「あー……そういうことか……。エルネスト、私はどこか怪我をしているだろうか？」

「いいえ、そのようにはお見受けいたしません」

「アーヴィスが暴れていたようだが、エルネストが問題なく対応したな？」

「はい、いたしました」

「よし、それならばシャマルよ。ライールは私の大切な友人だ。助けてくれたことに礼を申す。ライールの姿を見れば、料金分以上の無体を働かれていたことは明らかだ。そちらには私が責任を持って対応しよう。シャマル、私の友人を助けてくれたこと心より感謝するぞ」

カナン様はシャマルの右手を両手で包み込み、改めて礼を述べた。

「カ、カナン様……勿体ないことでございます……！お……わっ私はシャマル・フォン・ベルファイアと申します。ご恩は生涯忘れません！」

しっかりと手を握り合う二人の若者に、周囲から自然と拍手が沸き起こる。

『裏町』の老人と幼子を命懸けで助け、己をアーヴィスで撥ね飛ばした相手にすら笑顔で感謝の言葉を向ける王族。優しく慈悲深い第五王子カナン様。

皮肉にも愚かな貴族が起こしたしょうもない事故によって、カナン様は民衆からさらなる不動の人気を勝ち取ったのだ。

この事実は父の配下や同じ革命派の仲間が上手く民の中へと広げていくことだろう。

そうすることでカナン様が他の王族とは違うということが、民の意識の中へと刷り込まれていく。

災い転じて福となすとは、こういうことを言うのだろう。むろん、その『福』を呼び寄せたのはカナン様本人の人柄に他ならず、俺は優しさと勇気に満ち溢れた『番』をますます好きになってゆく。

そしてふと気になったのがシャマルだ。見たところ、シャマルはまだ二十歳そこそこ……いや、下手をすれば十代だろうか？　淡い栗色の髪に、瞳の色が判別し難いほどに細い目と、彫りの浅い薄味な顔立ちが印象的な虎族の青年だ。

俺が知る限り、ベルファイア家はさほど大きな家ではない。嫌な言い方をすれば、『中の下』といった家柄だ。

しかし、それでもキャタルトン貴族であることに変わりはない。そんな青年が、何故『裏町』の娼夫を必死になって助けたのか。

「シャマルといったな？　確かベルファイア家の嫡男は、代々王国騎兵隊に所属していたと記憶するが」

「はい……私の兄も、生前は早駆け隊で活躍しておりました」

「それにしては、貴殿の騎乗術はなんというか……」

はっきり言って、とてつもなく下手だった。

騎乗を始めて間もないカナン様の方が明らかに上手い。どこの一族にも落ちこぼれというものは存在するが、シャマルもまたそういう人間なのだろうか。

カナン様といえば、友人と数年ぶりの再会を果たし、手を取り合って喜んでいる。

そこには、王子ではない一人の青年としてのカナン様の姿が垣間見えて自然と笑みがこぼれてしまう。

「申し訳ございません。何分……アーヴィスに乗るのは今日が初めてで……」

「何!?」

しかし、続くシャマルの言葉に俺は目を剝いた。

騎兵の家のアニマが成人を過ぎてなおアーヴィスに乗ったことがない。むろんそれにも驚かされたが、それ以上に――。

「初めてであれだけ乗れたのか……？」

最初は落とされずに跨《また》がっているだけで難儀するのがアーヴィスだ。運動神経のよさにはちょっと自信のある俺やランドルフでさえ、まともに乗れるようになるまで二十回は落ちている。

そもそもアーヴィスは知能とプライドが高く、技術のない乗り手は食い殺されてしまうこともあるはずなのに彼は今、何と言った……？

「あの……何となく見様見真似で。後ろから魔弾を投げつけられてからは、制御不能になりましたが……」

「魔弾……だと？」

よくよく見れば、確かにアーヴィスの尻には微《かす》かに焼け焦げた跡がついていた。

「初めてのアーヴィスに、貴殿は気を失った人間を抱え、背後から迫撃を受けながらここまで走ってきたというのか……？　それが事実なら、それは凄まじい才能だぞ」

「そのようにおっしゃって頂けて光栄です。ですが……私は、アーヴィスが嫌いです。二度と乗りたいとは思いません」

「何故だ？　これほどの才を持ちながら、それはあまりにも勿体なかろう？」

武人の性と言うべきか、俺は初対面の相手に思わず突っ込んだ質問をしてしまう。

「私の父は、戦場で王族から無理な命令を受け……数十頭のアーヴィスを無駄死にさせたことを、今も悔いています。兄は無理な突撃命令を受け、跨っていたアーヴィスもろともに戦死しました。そして一族の中でもアーヴィスの扱いの天才と言われていた叔父は……王族に殺されました」

「何だと!?」

「叔父にしか操れない気性の荒いアーヴィスに、とある幼い王族が勝手に跨り軽い怪我をしたのです。叔父はそれを咎められ、愛し育んだアーヴィスによる八つ裂き刑に処されました。嫌がるアーヴィスを鞭打ち、最後には矢まで射掛けて興奮させて……」

「それは……すまない、悪いことを聞いてしまった」

幼い頃にそんな形で愛する肉親を奪われては、アーヴィスに対して屈折した思いを抱きもする。

何せこの国では、『王族批判 即《すなわ》ち不敬罪極刑を意味する』のだ。幼いシャマルは王族への怒りと憎しみを、身近なアーヴィスに向けるより他なかったのだろう。

「最後にひとつだけ教えてくれないか？」

「はい、なんでしょう」

「何故貴殿は、そのように苦手とするアーヴィスに跨ってまで、『裏町』の娼夫を助けた？」

「それは……彼が酷い暴力を受けていて、これ以上は本当に死んでしまうと思ったからです。金を払っているからといって、貴族だからといって、尊厳や命を奪っていいとは思えません。だからライールが酷い相手にあたっているところに遭遇したら、居ても立ってもいられなくなって……。すみません、『裏町』で娼夫を買っていた若造の分際で生意気言って」

「いや、謝る必要はない。貴殿の考えはすこぶる健全で真っ当だ」


俺はシャマル・フォン・ベルファイアを革命派に入れることにした。きっと彼ならば、カナン様の心強い味方になってくれるだろう。今の我々にもっとも必要なのは、一人でも多くの『裏切らない同志』なのだ。

この後、カナン様は宿で暴れライールに暴力を振った貴族の実家に王子として『お手紙』を書かれ、『裏町』への出入りを慎むよう約束させた。

むろんシャマルへのお咎めはなく、ライールは本人達の意思によってベルファイア家に身を寄せることになった。

◆◆◆

度重なる炊き出しとお忍びで、俺とエルネストがすっかり『裏町』に馴染んだ頃。

エルネストが久々にランドルフを連れて、俺の離宮を訪れた。

もっとも、エルネストや彼の配下は護衛任務で基本的に離宮周辺にいてくれるから、エルネストとは三日にあけずに執務室で話をしている。

「お久しぶりです、カナン様。おや、レオニダスの歴史を学んでおられたのですか？」

俺が机の上に広げていた書物に目を落とすと、ランドルフは感心したように呟いた。

獣人の騎士などもう見慣れているはずなのに、やはり彼が持つ肉体の圧力は別格だ。虎族と獅子族——この二種族は、猫科大型種の中でも最強格と言われている。

『単純な身体能力だけで、俺がランドルフに勝つことは不可能です。しかし、技と戦略を駆使すれば、勝てずとも負けることはないでしょう』。
　剣の稽古を終えた後、エルネストがそう言っていたことを思い出す。

「ああ……学べば学ぶほど、レオニダスという国は素晴らしいな。大陸一、いやフェーネヴァルトでもっとも栄えている理由がよくわかる。内政外交ともに政治的な安定感が素晴らしい。産業も日々発展を続け停滞を知らず、最近では医療や食文化が著しく発達し、誰もが平等に学べる教育制度の充実に力を入れていると聞く。これは本当にすごいことだ。教育があるとないとでは、ものの考え方や視野の広さがまるで違う。教育には、人の人生そのものを根底から変える力があるからな……」

　教育によって、俺の小さく狭かった視野は画期的に広がった。『裏町』にいた頃の俺は城下町を『世間』、キャタルトンを『世界』として認識していたのだ。
　だけど現実には、世界はこんなにも広く多様性に満ちている。

「カナン様……確かにレオニダスは素晴らしい国です。しかし、この国では大っぴらにそれを口にすべきでありません。もし陛下や兄君達の耳に入れば、非常に厄介なことになるでしょう。まことに遺憾ながら……この宮廷には告げ口にて己が地位の向上を狙う者が多いのです」
「ああ、わかっている。本殿にいると、常に監視するような視線がまとわりついてくるからな」
「ご心労、お察しいたします……」
「気にするな、もう慣れた」

　言いづらそうに伝えるランドルフに俺は肩を竦める。この生真面目すぎる虎族は、その性質故に過剰なまでの責任を背負ってしまう。いかに彼の背中が大きくとも、その様は酷く痛々しい。

「この離宮には密告に走るような者はいないが……優しく誠実な彼らにこそ、無駄な心労はかけたくない。どうだ、少し遠乗りに付き合ってくれないか？」

「それはいいですね。時には気晴らしも必要です」

「はい、謹んでお供させて頂きます」


第三者の耳目《じもく》のない場所で、使用人を巻き込むことなく本音の話がしたい。二人はすぐに俺の意図を察し、小さな厩舎《きゅうしゃ》へと足を向けた。

兄達が俺への嫌がらせであてがったこの離宮だが、文武ともに己を鍛え上げ、水面下で革命の準備を進めるには最高の場所だ。

猜疑心《さいぎしん》の塊でありながら、身分に劣る者を見下さずにはいられない。そうした王侯貴族特有の驕りこそが隙となり、俺達革命派に味方してくれる。寝首をかかれるその日まで、せいぜい絹のシーツの上で惰眠を貪ればいい。


エルネストとランドルフに挟まれて、俺は少し小柄な雌のアーヴィスを駆る。俺もずいぶん鍛錬したつもりだけど、やはり物心つく頃から騎士としての教育を受けてきた二人には敵《かな》わない。

そういえば、ヴィルヘルム兄上はアーヴィスには乗ったことがないと言っていたっけ……。


気持ちよく駆けること小一時間。俺達は森の泉の傍らでアーヴィスを止め、身軽に地面に降り立った。

「アーヴィス達に水を飲ませて休ませる間……少し俺の話を聞いてくれるか？」

「はい、何なりと」

「我々も休憩にしましょう」

俺達は各自鞍《くら》に取りつけた物入れから真鍮《しんちゅう》のカップを取り出し、冷たい泉の水を汲《く》んで喉を潤す。

最初の頃、ランドルフは俺の世話を焼こうとしたが、それは丁重に断った。立場上やむを得ないことも多いが、俺はなるべくなら自分のことは自分でしたい。

「エルネスト……今ここにいるのは俺達だけだな？」

カップの水を半分ほど飲んで一息つくと、俺は少し声を潜めてエルネストに尋ねた。豹族であり訓練を積んだエルネストは、人の気配を探ることに長《た》けている。訓練の一環として『隠れんぼ』をしても、俺はすぐに捕獲されてしまうのだ。

「はい、人の気配は感じられません」

「だったら、本音をそのまま話してもいいな？」

「どうぞご随意に。俺はここで何を聞いても、決して他言しないと誓います」

「同じく私も誓います」

「おまえ達を疑ったりするものか」


かしこまって宣誓する二人に、俺は思わず苦笑する。

周囲を敵と『告げ口屋』に囲まれた宮廷生活の中で、彼らは数少ない信頼に足る人間だ。そこまで疑い始めたら、俺の心身は革命を待たずして崩壊する。


「知っての通り、俺は奴隷の母親から生まれ娼夫の子として育った。生まれながらの王侯貴族からすれば、この上もなく卑しい存在だ」

「それは――」

「ランドルフ」


俺は口を挟みかけたランドルフを制し、エルネストが俺に先を促す。

「そんな俺が、いきなり『第五王子』を名乗って現れたんだ。兄上達をはじめとする王族や取り巻きどもが陰口を叩くのは当然だ。だから俺は、そういうことは一切気にしていない」

嘘はついていない。不愉快なだけで、気に病んでいるわけではないのだから。


「なぁ、王族とはなんだ？　民あっての国、国あっての王族じゃないのか？　一部の特権階級だけが際限なく肥え太り、民の多くが貧しさに喘いでいる。俺にはそんな国が真っ当だとは思えない。にわか王族の分際でと笑われるかもしれないが、俺はあいつらを見ているとぶん殴りたくなる。本音を言えば、俺は一日でも早くおまえ達の望む革命を起こしたい」

「……カナン様は、我が国をどのようにしたいとお考えですか？」

「理想だ。あくまで理想だが。俺はこの国を、レオニダスのようにしたい」

俺はエルネストの問に迷わず答えた。

「なるほど。カナン様にとって、レオニダスこそが完全無欠の理想郷ですか?」

「いや……もちろんレオニダスとて、完全無欠な国ではないと思う。この世に完璧、絶対、永遠はないとラムダも言っていた。俺もそう思う。真顔でそういうことを言い出したら、きっと人も国も駄目になるんだ」

「正しいお考えかと」

憧れは憧れとして手本にすれど、その全てを盲信し、崇拝すべきではない。こういった分別を持てるようになったのも、教育のおかげだ。

「だけどレオニダスは、日々よりよい国となるべく、たゆまぬ努力を続けている。そして彼の国が目指す『よい国』とは、一人でも多くの民が笑顔で暮らせる国を指す。間違っても王侯貴族だけが、人身売買や奴隷、虐《しいた》げられた民の上に胡座《あぐら》をかいて怠惰な幸福を貪る国じゃない」

『裏町』の娼館で暮らしていた頃、俺は身売り同然に引きずってこられる娼夫達を毎日のように見てきた。そして彼らの多くが辿る悲惨な末路も……。しかし、王侯貴族や富裕層にしてみれば、奴隷のいない生活など考えられない話だろう。

連中にとって奴隷とは『人』ではなく『物』である。故にどう扱おうが持ち主の自由であり、つい何となく勢いで叩き殺しても、それは『殺人』ではなく『廃棄処分』に過ぎない。なんともおぞましい、吐き気を催す価値観だ。

ちなみに革命活動をごまかすために、エルネストの実家であるレンフィールド家にも、名目上の『奴隷』は数人存在する。もちろんレンフィールド家では彼らを使用人として大切に扱い、正当な報酬もこっそり渡しているという。革命後には正式に解放して、望むならば使用人として残ってもらうそうだ。

しかし、『奴隷』『人身売買』という言葉が、人一倍敏感に突き刺さってしまう男がここにいた。

「……まことにおっしゃる通りでございます。この国の政治に長く関わってきたヴァレンシュタイン家の者として……何よりおぞましき事件の実行犯として、我が身の不明を恥じ入るばかりです」

俺の前に膝をついたランドルフの分厚い肩が、寒さに凍える幼子のように震えている。

ヒト族の村を焼き、住民を丸々売り払ってしまった罪悪感。それを『知らなかった』で済ますには、ランドルフは不器用すぎる。むしろ『知らなかった』ことこそが、彼にとっては大罪なのだ。

「顔を上げてくれランドルフ。あなたは以前、俺と母を『この国の歪みに人生を翻弄された犠牲者』だと言った。だけどそれは俺達だけじゃない。あなたもだ、ランドルフ」

俺はランドルフの震える肩に手を置いた。筆舌に尽くしがたい慚愧《ざんき》の念が、掌から流れ込んでくるような錯覚すら覚える。

「そもそもこの国で、正しいことを言うのは酷く難しい。たとえ名門貴族であろうと、一人二人がバラバラと声をあげたんじゃ駄目だ。何かと俺によくしてくれるラズモンド伯も、王太子時代のザマルカンド陛下に諫言《かんげん》したのがもとで閑職に追いやられ、半隠居の身に甘んじていると聞く。国のやり方に物申すなら、ある程度まとまった人数……陛下や王族や取り巻き連中が無視できない人数と力が必要だ。俺にその力があればいいのだが、俺はまだ無力なにわか王族……第五王子でしかない。エルネストはそんな俺を革命の旗印として選び、新たな王にと推してくれるが……正直、俺は自分にそこまでの力があるとは思えない」

「カナン様……」

「レオニダスに突如として現れ、王弟とフォレスター家嫡男の『伴侶』となった『至上の癒し手』……俺にも彼のようなカリスマ性があればよかったのにな」

ないものねだりをしても仕方がない。そんなことは百も承知だが、それでも俺は革命の象徴に相応しいカリスマ性が欲しい。皆が迷わずについてこられるような、立派な旗印になりたい。

「『至上の癒し手』の話ならば、俺も知っています。

異世界より招かれた、黒髪黒瞳のヒト族、シンラ・チカユキ。小さな身体に恐ろしいまでの魔力を宿し、いかなる病も傷も治す奇跡の存在。医学という異世界の知識と技術を惜しげもなく教え伝え、レオニダスの文化水準を飛躍的に伸ばしたと」

「『至上の癒し手』とは言わないが、俺にも何か人を惹きつける力があればな……」

「カナン様は、ご自分の城下での評判をご存知ないのですか？」

「街の皆が、俺に好意的なのは知っている。ありがたいことだ。だけどそれは、俺自身の力じゃない。王侯貴族の食べ残しをレンフィールド家の力で加工してもらい、俺はただそれを配っているだけだ。全てお膳立てしてくれたエルネストには、感謝しかない」

自分に優秀な仲間がいるからと言って、それを自分の力だと思うのはとんだ勘違いだ。この場合すごいのはエルネストであって俺じゃない。

「同じ王政国家なのに、レオニダスとキャタルトンはどうしてこんなにも違うんだろうな？　この国は……ヒト族をはじめとする弱者にとって地獄でしかない」

「カナン様は、その地獄を変えたいと本気でお考えになっていらっしゃるのですね。そのお気持ちは今や我々革命派以上かもしれません」

「変えたい。そのためにできることがあるなら、俺はどんなことでも力を尽くすと決めた」

俺は大きく一度息を吸って、己の腹をしっかりと据える。

「そのためにもエルネスト……もう隠し事はなしだ」

「っ!?　カナン様は一体どこまで……」

「もうずいぶんとおまえとも長い付き合いになった。おまえの持っている消し切れない罪悪感、俺が言葉にしてもそれはおまえの中に燻り続けている。あるんだろう？　何かが」

「本当にあなたは恐ろしい方だ。自分があなたと同じ年の頃のことを思うと、我が身が恥ずかしくなります……。ですが、そうですね。今のあなたにはお伝えすべきでしょう」

エルネストはカップの水を飲み干すと、俺に唯一隠していた『先王の遺志』を静かに語り始めた。

「先王ゼノルディ様は、言葉を選ばずに申し上げるならば……誰もが認める暗愚でした」

「ああ、知ってる」

わかってはいても、実父が国中に知れ渡った馬鹿というのは、なかなか精神に来るものがある。

「しかし、そのようなお方でも傀儡として扱われ、ご自身の『伴侶』やお子様方にすら見下される人生には、何かしら思うところがあったようで……」

「俺の母さんに手をつけた？」

「さようでございます」

思うところがあるなら、一人で思い煩《わずら》っていてくれ。人を巻き込むな迷惑だ。

「そしてカナン様という御子を得た時、ゼノルディ様は大層身勝手な天啓……いえ、願望を抱かれました。

『ナラヤが産んだヒト族の子は、この国を変える鍵である。カナンを使ってこの国を壊せ。レオニダスを巻き込んでこの国を喰らわせてしまえ』

死を目前に控えたゼノルディ様は、俺達父子を枕元に呼びつけご遺志を託された」

「な……国を壊せって、曲がりなりにも自分が治めていた国だぞ!?」

馬鹿だ間抜けだとは聞いていたが、どうしてその局面に至ってそういう考えになるのかがさっぱりわからない。

「あの方はこの国を嫌って……いえ、呪っておられました。強欲な『伴侶』、そっくりな王子達、先王を愚かな傀儡として操る全てに対して……」

「だからって何で俺を……」

「この国の中であの方が真に愛したのはナラヤ様とカナン様だけだったのでしょう。ですが、それはあの方の身勝手な理屈です。それにカナン様が縛られる必要は――」

「いや……勝手な言い草にもっと怒りが湧いてくるか

と思ったが、不思議とそんなこともない。そうか、俺は父親にこの国を滅ぼすことを望まれていたのか」

「いえ、カナン様――」

「エルネスト、ランドルフ。俺の親父は本当に愚かだな。だけど、俺のことは本当に愛してくれていたんだよな？」

「それは間違いありません。俺が、先王から直接伺いました。そのお言葉に嘘偽りは一切なかったことは、私も父も確信しております」

俺の親父は一体何なんだ？　王という立場にありながら、その国を壊したいと願う存在。そしてそれを、生まれたばかりの息子に託す父親……。

「はははは、もうわけわかんねぇ」

破綻しすぎていて笑うしかない。

「だけどいいぜ、クソ親父。あんたの願い、俺が叶えてやるよ。俺の意思でな」


ラムダ先生に見られたらお仕置き確定の言葉が自然と口から漏れてしまった。

俺の様子にエルネストもランドルフも目を見開いている。おかしくなってしまったと思われただろうか？

「カナン様、この事実を申し上げるかずっと悩んでおりました。幼いカナン様にお伝えするにはあまりに忍びなく……」

「私も同罪です。エルネストから話は聞いておりました。だが、お伝えすべきではないと伝えたのは私です」

俺の前で膝をつくエルネストの隣で、ランドルフも同じように膝をつき、頭を垂れる。

「何も謝る必要はない。幼い頃にこれを伝えられていたら、俺はどこか歪んでしまっていたかもしれない。それは、おまえ達の俺に対する思いやりだとわかっている。正直言って、俺は自身の在り方に迷いが出ていたのも事実だ。だが、俺が革命を推し進めるのは先王のお墨付きってことだ。ならば、徹底的にやってやろうじゃないか」

エルネストとランドルフに頭を上げさせ、俺は続ける。

「この国を壊す。ならば、俺はこの国の『最後』の王になろう。今の民は王を必要としている。革命が成功したとしても急激な変化はさらなる混乱を生むだけだ。ならば、民が王という存在を必要としなくなるまで、俺は最後の王族としてその役目を果たそう。エルネスト、ランドルフ。俺の選択はこれだ。こんな俺はおまえ達の主として相応しいだろうか？」

俺の問いかけに一瞬、エルネストは端整な顔を泣き出す前の子供のように歪め、唇を引き結んで目頭を押さえた。そしてその横では、ランドルフは心の奥底に溜め込んだものを吐き出すように咽《むせ》び泣いていた。

＊＊＊

遠乗りから戻った俺は、いつもと何ら変わらぬ顔で湯を使い、部屋着を纏ってフカフカの寝台にゴロリと身を横たえる。

こうして大の字になると、我ながらずいぶんと育ったものだと思う。薄汚れた小枝のようだった俺の手足はしなやかな筋肉に覆われ、胸骨と肋が浮いていた胸と腹にも、今や筋肉の隆起が見て取れる。

とはいえ、それはあくまでヒト族のわりにはという話だ。エルネストやランドルフと並べば、未だに大人と子供ほどの体格差がある。そしてそれは、さほど鍛えていない兄上達と並んでも同じこと。

エルネストと同じ豹族のザマルカンド兄上は言わずもがな、猫科の大型獣人の中では細身とされる猟豹族のアムゼル兄上とメルキド兄上でさえ、俺とは比べようもなく逞しい。唯一俺より繊弱な印象を受けるのは、病弱で床に伏しがちなヴィルヘルム兄上だが、それでも上背は俺より大きい。

「本当に……やれるのか……？」

いよいよ現実味を帯びてきた『革命』という一大事。怖くないと言えば嘘になる。しかし、それ以上に俺は嬉しい。

既得権を享受する側の貴族として生まれ、何不自由なく育ってきたはずのエルネストとランドルフ。そんな彼らが本気で革命を望み、長い期間をかけて準備してきたのだ。

　身分の高い連中は全員クソ。特に貴族の騎士は最低最悪の強姦魔……そんなふうに決めつけていた自分が、今は心底恥ずかしい。

　目指す場所がはっきりした以上、もう迷うことは何もない。俺とエルネストは一蓮托生《いちれんたくしょう》、二人三脚で走り切るのみ。俺がなすべきは、エルネストの足を引っ張らぬよう心身ともに己を鍛え上げることだ。

　なるべく多く民と関わり合いを持ち、知識を蓄え、身体を鍛え……気がつけば俺は十六歳の誕生日を迎えていた。

「我が弟カナンよ、そなたに招かれるのはこれで二度目か」

「はい……陛下におかれましては、私めの離宮にまたもやご足労頂き、恐れ多いことでございます」

　そして誕生日ともなれば、祝賀の宴を催すのが王族の慣わしである。それはにわか王族の第五王子とて例外ではなく、俺は馬鹿馬鹿しいと思いつつ慣例に従い、二度目の晩餐会を離宮で開いているところだ。

　全く、ここにいる人間の何人が、本心から俺の誕生日を祝っているのやら。むしろ呪っている人間の方が多いに違いない。

「それにしても、第五王子は相も変わらず倹約家であることよ」

「はい……身のほどをわきまえておりますれば」

　着道楽のアムゼルは、今宵も新調した華美な衣服で着飾っている。たとえそれが疎ましい第五王子の誕生祝であっても、晩餐会と名のつくものには手を抜かないのがアムゼルらしい。

　遠回し……というか露骨に『ケチくさい』と難癖をつけてくるアムゼルに、俺はあくまでへりくだった態度を取る。革命を志す以上、慎重に振る舞いすぎるということはない。

「まぁ、粗末なわりに飯は美味いけどな」

「メルキド兄上に喜んで頂けて恐縮です。どうかお好きなだけ召し上がってください」

こちらは『第五王子の誕生祝いなど知ったことか』と言わんばかりに普段着で現れたメルキドが、庶民が年に数回食べられるかどうかといった料理を無造作に頬張る。

「ヴィルヘルム兄上、ようこそおいでくださいました。今日はお加減がよさそうですね」

「普通」

「それはようございました。兄上のお好きな菓子類もたくさんご用意しました」

「そんなにいらない」

「お土産に包ませましょう」

「そうする」

一年を経てもヴィルヘルム兄上は全く変わらない。出掛ける寸前まで絵筆を振るっていたのか、袖口に赤い絵の具がついていた。できることならば、革命後もこの兄上とは今の関係のままでありたいと、どこかで願う自分がいる。

「第五王子は踊らんのか?」

楽の音に合わせて踊る客人達を眺めていると、メルキドがニヤニヤと笑いながら、揶揄するような口調で尋ねてきた。

「これ、やめぬかメルキド。貧民窟育ちの第五王子に無理を言うでない。すまぬなぁ、弟は気のきかぬ武辺《ぶへん》者《もの》故」

そこにすかさずかぶせてくるアムゼル。このあたりの息の合い様は、さすが同腹の兄弟である。

「踊りは……得手とは申しませんが、嗜む程度には心得ております」

「ほう……その嗜みとやら、誕生日の余興に見せてくれぬか?」

顔の表面に笑顔を貼りつけながら、アムゼルの目には『淫売の子に恥をかかせてやりたい』という嗜虐的な意図が、ありありと浮かんでいた。こういう時の彼は、瞳の紫部分が消えて橙色が爛々と燃え盛り、メルキドにそっくりだ。全く、兄弟の中でもっとも陰湿と称される理由がよくわかる。

「お目汚しかとは存じますが、お相手はいかがいたしましょう?」

「俺が踊ろう」

「へ、陛下!?」

　大股で歩み寄ってきたザマルカンドに、俺は思わず身構えてしまう。

　はっきり言って、俺は革命とは無関係にこの男が苦手だ。アムゼルとメルキドが俺を蔑みの目で見るのに対し、ザマルカンドは情欲に濡れた雄の目で俺を見る。

　俺は子供の頃から、そういう目つきを娼館でいやというほど見てきた。

「わ、私ごときが陛下にお相手願うなど……」

「よいよい、我らは同じ父を持つ兄弟ぞ? 何を遠慮することがある。ほれ、こっちに来い」

「あ――ッ」

　肉の厚い大きな手で、強引に腕を摑まれ抱き寄せられた途端、全身の皮膚がゾワリと粟立った。鍛えたと言っても、しょせん俺はヒト族だ。こうして摑まれてしまえば、二の腕のほとんどがザマルカンドの手の内に収まってしまう。たったそれだけのことが、嫌で嫌でたまらない。

「俺と踊るのがそんなに嫌か?」

　不必要に顔を近づけてくるザマルカンドの息は、宴が始まったばかりだというのにすでに酒臭い。ああ嫌だ、吐きそうだ。

「め、滅相もございません! ただ、その……緊張して」

「聞いたか皆の衆? 我らが第五王子は成人してなお、かように初心《うぶ》ぞ! なんとも愛らしいことよ」

　酒焼けした声で『愛い奴』と囁きながら、ザマルカンドは衣服越しに俺の身体をねっとりと撫で回し、満足気に目を細める。心の底から不愉快なことに、その鼻息は明らかに荒く熱い。

俺は必死に嫌悪と不快感に耐えながら、ザマルカンドのリードに身を任せ、機械的にステップを踏む。殊更密着してくるザマルカンドの下腹部が、半分勃ち上がっている現実からは全力で目を逸らした。


「——ッ！」


その時、参列者に紛れて護衛の任に就いているエルネストと目が合った。

嫌だ……そんな目で俺を見ないでくれ。

常ならば頼もしいはずのエルネストの存在が、今だけは酷く辛い。彼の射るような視線が突き刺さる。

公衆の面前で、半分血の繋がった兄の獣欲を浴びながら踊る俺。皆の——否、エルネストの目に俺はどう映っているのだろう。

かつては娼夫になることすら覚悟していた俺が、こんなことくらいで動揺してどうする？

俺は自分にそう言い聞かせ、下手くそな笑みを貼りつけたまま楽曲が終るのを待ち侘びた。


「なかなかよいではないか」

「お褒めにあずかり、光栄にございます陛下」

「成人してよりちょうど一年、おまえもアニムスとしての色気がずいぶんと増したものよ。俺は貧弱に過ぎるヒト族は好かぬが、おまえはほどよく筋肉がついて好ましい。うむ、よく引きしまって丈夫な子供を産めそうではないか」

「……過分なお言葉、お恥ずかしうございます」


ようやく楽曲が終わったというのに、ザマルカンドは舐めるような視線で俺を捕らえたまま、尻の肉を掌全体で揉みしだいてくる。もはや半分血の繋がった弟への劣情を隠そうともしない。キャタルトン国内において、王とは何をしても許される身なのだ。

華奢で繊細なヒト族の身体つきが、獣人の庇護欲と支配欲——そして嗜虐性を多分に含んだ情欲を煽るのは周知の事実である。実際俺は、ヒト族の娼夫が常軌を逸した行為の果てに犯し殺されるのを何度も見てきた。

だから俺は、王宮に上がってからも二重の意味で我が身を守るために身体を鍛え続けたのだ。華奢で繊細なヒト族が人気ならば、逞しく鍛えたヒト族になってしまえばよい。単純にも俺はそう考えていた。

なのにザマルカンドは、よりにもよって適度に鍛えられた身体が好きだとほざく。全く、人の性癖ほど厄介なものはない。何故こんなところで、無駄に個性を発揮するのか……。

「さすがは娼館育ちの第五王子、一曲踊る間に陛下をたらし込むとは、いやはや恐れ入った！　その技も母親自仕込みか？」

わざとらしく拍手をしながら、いやらしい賛辞を口にするアムゼル。

「……恐れながら母は日々の暮らしに追われ、私にダンスを教える余暇などありませんでした」

アムゼルなんかに母さんを侮辱されるのも、エルネストに教えてもらったダンスを馬鹿にされるのも腹が立つ。それでも俺は、控え目な笑みを絶やすことなく事実を告げた。

「だったら誰に習ったんだ？」

「王宮に上がる以前、身を寄せていたレンフィールド家で家庭教師の特訓を受けました」

意地の悪い好奇心をひらめかせて問い質すメルキドにも、俺は少しはにかんだ体で答える。

「それなら、その特訓の成果を俺にも見せてみろ」

「……ッ！」

「何だその顔は？　陛下とは踊れても、第三王子風情とは踊れんか？　言っておくが俺とアムゼル兄上の母上は先王の第一夫人。この国で最高位のアニムスだぞ」

「い、いえ……決してそのような……」

乱暴に腕を掴まれ思わず顔をしかめた俺に、メルキドがすかさず絡む。アムゼルが兄弟随一の陰湿さを誇るのに対し、こいつはダルさとウザさで随一だ。性的な意味でねっとりしていないだけザマルカンドより幾分マシだが、踊りたくないことに変わりはない。

「……カナン」

「は、はい……!?」

その時、部屋の隅で一人茶菓を愉しんでいたヴィルヘルム兄上が、不意に背後から声をかけてきた。

「いかがされましたか？　もしかしてお加減が……」

「いささか人に酔った」

「大丈夫ですか兄上？　少し庭に出て、外の空気を吸いましょう。さ、私がお供します故、お手をどうぞ」

「うむ……よろしく頼む」

俺は身体の弱い兄上の介抱を口実に、気詰まりな広間から闇夜の庭へと逃げ出した。

「どうぞこちらにおかけください」

「ん」

庭に設置したベンチにハンカチを敷いて勧めると、兄上は小さく頷きストンと座る。俺よりずっと年上のはずなのに、彼の仕草はどこか幼い。

「ご気分が優れませんか？　何か冷たいものでも――」

「いらない。あそこにいるのが嫌になっただけだ」

「それは……申し訳ありません」

そして相も変わらず、歯に衣着《きぬ》せぬ端的な物言いをする。

「何故謝る？」

「それは……今宵が私の誕生日で、この晩餐会も私が主催したので……」

「だが、空気を悪くしていたのはおまえではなく兄上達だ」

「兄上、そのようなことを口にされては――」

「かまわぬ。私は腐っても現国王陛下の同母弟だ」

「これは出過ぎたことを……失礼いたしました」

この方には、俗世への興味というものがまるでない。もはや病的なまでに欠落している。しかしその身位は、紛れもなくキャタルトン国王ザマルカンドの同母弟である。即ち、彼への非礼は国王ザマルカンドへの不敬に繋がるのだ。
果たして……俺はこの風変わりな兄上と、この先どう関わるべきか？　できることならば、俺は彼の平穏な暮らしを乱したくない。

「カナン、宮廷は嫌いか？」
「いえ……嫌いというよりは、まだまだ馴染み切れず、右往左往しております」
「そうか。私は嫌いだ」

こんなふうに、自分の気持ちを躊躇いなく口に出せる兄上が羨ましい。

「どのようなところがお嫌いなのか……聞いてもよろしいでしょうか？」
「くだらないからだ」
「くだらないとは、何がでしょう？」
「何もかも全て。長いだけで実のない会議。無駄に金と時間を浪費するだけの晩餐会。面白味のないサロンでの雑談。忖度《そんたく》混じりの賭け札遊び。寝室に送り込まれてくる、小綺麗なだけで無個性なアニムス。王侯貴族が金策に明け暮れるだけの政。何もかもがくだらない」
「……そのようにお考えでしたか」

この兄がこんなにも長く喋るのを、俺は初めて聞いた。しかもその内容たるや、革命派顔負けの体制批判ときたものだ。そういえば兄上が住まう南の離宮では、奴隷が虐待されているという話をついぞ聞かない。

「……不躾な質問ですが、兄上は奴隷の存在をどうお考えですか？　私は生まれ育ちが貧民街なもので、未だに彼らを使うことに慣れず……陛下や兄上達に笑われてしまいます」

だから俺は、少し冒険してみることにした。もしこの兄を革命派に引き入れることができたら、とりあえず俺の悩みはひとつ減る。

「いると便利だ」

しかし返ってきた答えは、期待したものではなかった。

「『どんな些細なことであれ、粗相をした奴隷には鞭を打て』。メルキドお兄様はそうおっしゃいます。でも……私にはどうしてもできません」

「鞭を使うのは指導もできない愚か者のすること。話してわかる相手ならば、その方が早いし楽だ」

なるほど……この兄にとって、奴隷とは純粋に『労働力』なのだ。故に虐待することもなければ、特別思いやることもない。そしてその思考は、芸術家でありながら極めて合理的だった。

「そろそろ戻るか」

「もうよろしいのですか?」

「さすがにもう踊りには誘ってこまい。それでもしつこくするならば、私が倒れてみれば済むことだ」

「あ……もしかして私のために？　ありがとうございます」

「美味な菓子の礼だ」

半分とはいえ血を分けた兄弟が、俺を庇ってくれた。世間じゃ珍しくもない、ありふれた話だろう。だけど母さんが逝ってから天涯孤独、宮廷に上がれば四方八方敵だらけだった俺には、言葉にならないほど沁みてしまった。

「泣くな。あそこで目を光らせている、おまえの護衛に殺される」

「……気づいておられましたか」

「これでも勘はいい方だ」

威嚇《いかく》のためにあえて気配を消していないとはいえ、闇夜に紛れて護衛しているエルネストに気づくとは……。

彼が生来の病弱を理由に若くして引きこもり生活を選んだのは、王家の誰よりも聡明だったからに違いない。賢い彼は、自分一人が声をあげても何も変わらぬことを、早い段階から知っていたのだ。

「カナン、戻る前に手洗いに寄りたい」

「はい、ご案内します。兄上」

俺は兄上の手を取って手洗いへと向かう。形ばかりの兄上が、何だか本当の兄弟になったようで妙に嬉しかった。

「こちらにどうぞ」

北の離宮には、自室や客間以外にも『主・客人用』『使用人用』『奴隷用』と、三つの手洗いがある。そのうち『奴隷用』は屋外に、残りふたつは東西に伸びた廊下それぞれの突き当たりに設置されているのだが……今宵の誕生会を主催するにあたり、俺は東の『主・客人用』を王族専用、西の『使用人用』をその他の客人用にした。

何とも馬鹿らしい話だが、キャタルトンでは王族と非王族が同じ手洗いを使うことは不敬とされている。

手洗いなど清潔でさえあればどうでもいいのに、くだらない伝統と決まりにばかりこだわっているから、この国は腐っていく一方なのだ。

そんなことをぼんやりと考えつつ兄上を手洗いに案内し、扉を閉めた刹那《せつな》――。

「はッ!!」

俺は個室から強烈な殺気を感じ、咄嗟に護身用の短剣を抜いて胸の前で構えた。

「ぐぅぅッ！」

甲高い金属音が響き、腕に重い衝撃が走る。

「く……ぅッッ！」

覆面で顔を隠した刺客の刃を、短剣で受け止めたまではいい。むしろ初太刀で秒殺されなかった自分を褒めてやりたい。

だが、問題はここからだ。このまま刃を合わせての鍔《つば》迫《ぜ》り合いを続ければ、俺は確実に押し負ける。悔しいが俺と刺客では、体格差からくる膂《りょ》力《りょく》の差が大きすぎるのだ。

『柔《じゅう》よく剛《ごう》を制す』とはよく聞く言葉だが、それを実戦で行使できるのは『柔』の達人のみである。なまはんかな『柔』など、圧倒的『剛』の前では激流に落ちた木の葉に等しい。そのやるせない現実を、俺は身をもって知っている。

どうする？　一気に脱力して相手が肩透かしを食らった瞬間、懐に飛び込んで腹を刺す？　あるいは刃を合わせたまま刺客の股間を蹴り上げ距離を取る？

前者は脱力から次の動きに入る前に、袈裟《けさ》斬りをもらう可能性が高い。後者は片足を浮かすと同時に、押し切られる可能性が極めて高い。はっきり言ってどちらも危うい。

それでもあえて選ぶなら――。

「ぐぎゃぉッ!?」

俺の頭が生きるための方程式を弾き出さんと高速回転していたその時、破砕音と苦悶の声が目の前であがった。

「――ッ！」

破砕音は見事に砕け散った花瓶から。苦悶の声は無防備な後頭部に花瓶を食らった刺客から。

瞬時に状況を理解した俺は、躊躇なく行動に移った。

相手の横を駆け抜けざま、逆手に持った短剣で頸動《けいどう》脈《みゃく》を掻き切る。膂力に劣る俺に、エルネストはこの技を念入りに仕込んでいた。

天井まで噴き上がった血飛沫を、刺客が信じられないものを見る目で凝視する。

「ひ……ヒャ……ヒッィィ……」

「カナン様！」

刺客が限界まで開いた口を歪めて最期の音を紡ぐのと同時に、血相を変えて飛び込んできたエルネスト。

ああ、何て最低最悪なタイミングなんだ。俺は人生初の人殺し現場を、よりにもよって一番見られたくない相手に見られてしまった。

騎士であるエルネストは、当然その手で人の命を絶った経験があるはずだ。そんな彼が血に染まった俺を見て、今更怯えるとは思わない。

だけど……そういうことじゃない。エルネストがどう思うかではなく、俺が嫌なんだ。

刺客とはいえ人を――自分と同じ赤い血の流れる人

間を手に掛けた俺。もう二度と昨日までの無垢な手には戻れなくなった俺。

そんな自分をエルネストが凝視していることが耐えがたい。


「カナン……」

「……兄上」


名を呼ばれて振り返れば、兄上が刺客から噴き出した血を浴びて立ち尽くしていた。

赤い。何もかもが赤い。手洗いも、刺客も、兄上も、俺も。


「兄上……ありがとうございます。助かりました」

俺はあえてエルネストから視線を外し、命の恩人たる兄上に礼を言った。

もし兄上が花瓶を投げてくれなかったら、血溜まりに倒れているのは間違いなく俺だったのだ。

「気にしなくて、いい。おまえが殺《や》られたら、次は私の番だ。あるいは、第五王子殺害の容疑を掛けられ、処断されるだろう。さしずめ私が、『ヒト族の弟相手に手洗いで欲情して返り討ちにあった』などの、不名誉この上ない憶測を添えてな」

惨劇を目の当たりにしたばかりだというのに、兄上は酷く冷静に状況を分析してのける。世捨て人の変人であっても王族は王族、やはり肝の据わり方が庶民とは違うのか……。

「刺客は十中八九カナン様を狙ってのものでしょう。ヴィルヘルム様を巻き込んでしまったこと、後見人としてお詫びのしようも——」

「よい。おそらくこの刺客はアムゼルの配下であろう。なれば、カナンだけでなくこの私、現国王の同母弟も邪魔なはず」

「私もそれは同感です。ここに向かう途中……何故かアムゼル様に呼び止められ、長話にお付き合いいたしました」

「おかしなこともあるものだ。あれはカナン付きのおまえを嫌っておろうに」

淡々と語る兄上の口調は、今さっき命を狙われたというのに、まるで他人事のようだ。

「いっそカナンではなく、どんくさい私を殺して逃げればよかったものを。さすればカナンに第四王子殺害の罪を擦りつけ、謀反の企てありとして火刑に処せただろうに」

「駆けつけるのが遅くなってしまい申し訳ありません。しかし、刺客が短絡的な馬鹿でようございました。天井裏で隙をうかがっている間抜けも含め」

エルネストは何の予備動作もなく天井に向かって短剣を放った。

「ぐぎゃ！」

短い悲鳴からたっぷり十秒。天井に突き刺さった白銀の刃を伝い、真っ赤な血がポタリポタリと落ちてくる。

「手際のいいことだ。さて、私達を襲った者はどのような顔をしているのやら」

滴《したた》り落ちる血に薄い笑いを浮かべると、兄上は襲撃者の覆面を剝《は》ぎ取った。

「ふむ、猫族か。しかし、私の知らぬ顔だ」

「兄上……」

倒れた男の顔を足蹴にして上向かせ、冷たい目で見下ろす兄上の姿に俺は背筋がゾワリと冷えた。

この人を人とも思わぬ冷淡さは、王族特有の気質なのか？　あるいは生まれ育ちとは無関係に、彼個人が『そう』なのか？

怖い。この人が――隣にいる『豹族のアニマ』が怖い。

だけど兄上は、今日だけで俺を二度も助けてくれた。兄上は俺の命の恩人だ。そんな人を怖がるなど、恩知らずにもほどがある。

それに『怖い』ということならば、一切の躊躇なく人間の頸に刃を走らせた俺こそ大概だ。一体、この後始末をどうしたものか……。

「カナン様、あとの始末は私の部下に命じます故、まずはここを出ましょう」

「なぁエルネスト……俺はちゃんと殺れただろ？　おまえに教えてもらった通り、頸を一太刀で仕留めたんだ。獲物を苦しめず、一撃だ。初めてにしては上出来だと思わないか？　なぁ、どうして褒めてくれないんだ？　褒めてくれよエルネスト、いつもみたいに」

エルネストに声をかけられた途端、俺の口から次々と言葉が溢れ出した。それにどういうわけか、こんな時だというのに笑ってしまう。

自分が殺した死体を前に笑っていられる俺は、この国の王族に相応しくどこかおかしいのだろう。

ごめんな、母さん。せっかく母さんが命懸けで生かしてくれたのに、こんなぶっ壊れた大人にしかなれなくて。本当に、本当に――。

「カナン様ッ!!」

「……ッ！」

エルネストに強く抱きしめられた途端、俺の中で何かが爆《は》ぜて目からひどく熱いものが溢れた。

それから後のことは、記憶が断片的でよく覚えていない。気がつけば俺は、自分の部屋で染みひとつない清潔な部屋着を身に着け、長椅子に座っていた。

「カナン様……もし飲めるようでしたら、こちらを召し上がってください」

「……ああ」

エルネストが淹れてくれたいい香りのするお茶に、俺はノロノロと手を伸ばす。

「エルネスト、俺は――」

「お許しください！」

「エルネスト……？」

突如床に膝をついたエルネストに、俺は目を見開く。

「あなたの騎士を名乗っておきながら、俺は肝心な時におそばにいられなかった！　そしてあなたに……」

「あれは……仕方がない。王族専用の、手洗いでのことだ」

仕方がない。そう、全ては仕方なかったのだ。俺は自分にそう言い聞かせる。

「いくら護衛でもやたらと入るわけにはいかないだろう？　俺一人ならともかく、兄上もいたのだから」

「申し訳ございません……！　すぐにでも向かいたかったのですが、途中アムゼル様に声をかけられ、大幅に時間を取られてしまいました」

「そういえば、おまえは手洗いでもそう言っていたな。やはりあの刺客は兄上が言うように、アムゼルの手の者か……」

「ヴィルヘルム様は、死体を前にしながら冷静に状況を分析しておられましたな。正直俺は驚きました。あの方があんなにも世俗的な思考力をお持ちとは……」

「ヴィルヘルム兄上は、身体が弱いだけで頭のいい方だ。少なくとも、他の王族達とは違う」

「確かに……変わった方ではありますが、他のご兄弟のように愚かさを感じさせる話は聞きませんね」

残虐で好色で酒乱の気があるザマルカンド。とにかく陰湿なアムゼル。アムゼルに追従し、物事を暴力でしか解決できないメルキド。三者三様に愚かな兄達に共通するのが、強烈な特権意識に根ざした自己顕示欲である。彼らは皆、今以上の権勢を得ることに余念がない。

ところがヴィルヘルム兄上には、彼らに比べるまでもなく『欲』がない。

宮廷における権勢。他人からの評価——名誉・名声。美酒美食。高価な着物に豪壮な住居。美しいアニムスあるいはアニマ。必要以上に大人数の奴隷や使用人。それら全てに、兄上は一切の興味を示さない。むしろ鬱陶《うっとう》しいとばかりに、遠ざける素振りすら見せる。彼が唯一貪欲になるのは、内なるものを芸術として表現することのみだ。

それはそれで王族としてどうかと思わなくもないが、少なくとも人間的に邪悪ではないし、先王のように愚かでもない。

「兄上が世俗と距離を取っているのも、王侯貴族を相手に宮廷で無意味なママゴトを演じるのが馬鹿馬鹿しいからだと思う。俺だって許されるなら、晩餐会になんか出たくない」

「わかります。殊に最近は……ザマルカンド様の振舞いが目に余ります故」

エルネストは不愉快そうに眉根を寄せ奥歯を噛んだ。それだけのことを、俺は嬉しいと感じてしまう。俺の不快感にエルネストが寄り添い、共感してくれる。結ばれることが許されなくても、俺達の心は革命の大義だけでなく、もっと個人的にも重なり合っているのだ。

「なぁエルネスト……ヴィルヘルム兄上と他三人の兄弟仲は、客観的に見てどうなんだ」

「基本的には相互不干渉といったところですが、メルキド様とは過去に一度揉め事を起こしています」

「揉め事？　あの何事にも無関心なヴィルヘルム兄上が？」

それは少し……いや、かなり意外な話だった。

「ヴィルヘルム様がまだ成人するかしないかの頃、酒に酔ったメルキド様がヴィルヘルム様のアトリエに押しかけたとか。そして大人しいヴィルヘルム様を散々に冷やかした挙げ句、描きかけのキャンパスを蹴り倒された。それが故意か否かは不明ですが、ヴィルヘルム様は手にしていた絵筆を躊躇なくメルキド様の鎖骨上に突き刺したと聞いております。それ以来お二人の仲は険悪で、必然的にアムゼル様との関係もよくありません。ちなみにザマルカンド様は大笑いして喜んでいたそうです」

「うわ……」

わかってはいたが、なんとも殺伐とした兄弟仲だ。何なら他人同士だって、もう少し仲良くできるだろうに。

「ヴィルヘルム様は基本的に大人しい方ですが、キレた時の爆発力……もしくは衝動性に苛烈さを感じずにはいられません」

「……それで花瓶を投げてくれたのか」

俺はヴィルヘルム兄上が刺客の後頭部に花瓶を投げつけた瞬間を思い出す。

「兄上は、俺のためにキレてくれたんだな……」

我ながら単純だが、その認識は俺の胸を温かく満たした。

「しかしカナン様、あなた自身はよろしいのですか？　あれだけお守りすると誓っておいて、何もすることができなかった我が身の愚かしさを悔いるばかりですが」

「それは違うぞ。おまえは潜んでいた二人目の刺客を始末してくれた。おまえがいなければ、俺も兄上も殺されていただろう」

「それでも……俺はあなたの手を血で汚させてしまった。革命の旗印となれば、あなたにはこの先より多くの危険が付き纏うでしょう。……俺はもう、革命の成功とあなたの命をてんびんにかけることができません」

「エルネスト……」

一言一言を噛みしめるように吐き出されたエルネストの言葉が、かえって俺に腹をくくらせた。

「俺は革命の旗印になることを、自分の意思で決めた。この腐った国を変えたいと願うのも、紛れもなく俺自身の意思だ。誰に命令されたわけでも、脅されたわけでもない。たとえ道半ばで死ぬことになっても、それは俺の問題でおまえのせいじゃない。まぁ、本懐を遂げるまでこの命を守ってもらえるとありがたくはある」

俺は少し冷めたお茶をゆっくりと飲む。気持ちを落ち着ける花の香りが喉から鼻にフンワリと広がり、先ほど嗅いだ濃厚な血の匂いと混じり合った。

この先俺は直接間接を問わず、花の香りを掻き消すほどの血臭に包まれるだろう。どれほど美しい大義を掲げても革命は革命、綺麗事で済むはずがない。新しい世界の産声は、敵と味方の血の中であがる。

「俺はもう覚悟を決めてるんだ。だけどエルネスト……今だけでいい、もう一度俺を……人殺しの俺を抱きしめてくれないか？　血の匂いが……消えないんだ」

「……もう何もおっしゃらないでください。俺の大事な方……どうか苦しまないで……」


俺を抱きしめるエルネストの腕は太く逞しく、密着した胸は分厚く筋肉質で——いつかの優しい香りがした。

この香りがそばにあるならば、己の身が血の匂いに染まったとしても耐えられる。俺は目を閉じ、心満たされる香りに酔った。

✤✤✤

この離宮で成人を迎えて早二年。俺は十七歳の誕生日を迎え、革命の時は刻一刻と近づいている。

エルネスト達革命派と運命をともにすると決めてから、俺はより一層この身を鍛え、知識を蓄えるよう努めてきた。


もしこの革命に失敗すれば、間違いなく俺の命はないだろう。否——俺だけではない、エルネストやランドルフ……そして彼らの親類縁者とて無事では済まない。それは、今政権を握っている側においても同様のことで……。

成功しようが失敗しようが、そこに流れる血は必ず存在するのだ。

それに、革命『だけ』成功しても意味がない。革命とはあくまでも『始まり』であり『終わり』ではない。革命を終えた後こそがもっとも大事なのだ。

キャタルトンという国を壊す。そして、最後の王位に俺がつく……。目の前に日々迫ってくる現実を恐ろしいと思ったこともある。

なのに俺の心は、奇妙なほどに凪《な》いでいる。死を恐れずに使命を果たすとか、そういうご大層なことじゃない。正直、死ぬのは普通に怖い。

そんな恐怖にずっと晒されているのに、どうして俺はこんなにも落ち着いていられるのか……脳裏に浮かぶのは俺の……俺の騎士の姿。

あんなにいけ好かなかったのに、気がつけば俺の心の一番奥深くに居座って消えることはない。この気持ちがなんなのかとっくに気づいている。だけど、今は駄目だ。絶対に……。

小さく溜息をこぼし、俺は執務室の机の前に座り、各国の動向を記した書面に目を通す。この国以外の世界は概《おおむ》ね平和で、これと言って火種になるような事件は何もなし。大変喜ばしいことだ。


「疫病の発生……？」


そんな中、キャタルトンの辺境で疫病が発生しているという情報を目にして、俺は書類をめくる手を止めた。

残念なことに、この国の医療と呼ばれるものの水準は、他国と比べても高いとは言いがたい。治癒術や薬師からの手厚い治療を受けられるのは、ごく一部の王侯貴族や富裕層だけ。貧しい庶民の大半は病気や怪我をしても薬ひとつ手に入らず、あまりにも簡単に死んでゆく。俺の母さんがそうであったように。

人の命が『いつでも絶対に』平等とは言わない。優先順位をつけざるを得ない状況だってあるだろう。だけど、現状キャタルトンはそれ以前の問題だ。

そんなさなかの疫病発生。

疫病の質にもよるが、また苦しむのはこの国の民達だ……。

それを思うと、何もしてやることができない自分の無力さに、深い溜息が自然とこぼれてしまう。

隣国レオニダスでは『至上の癒し手』と呼ばれるシンラ・チカユキという存在が中心となり、誰もが安定した医療を受けられるように、『医師』という存在を育成するための試みがなされていると聞く。

健康な民なくしては、国家は成り立たない。この数年詰め込みで王政というものを学んできた俺ですらそれがわかるというのに、どうしてこの国は……。

もしも革命が成功したならば、『至上の癒し手』のもたらす知識と技術の恩恵に、一部なりともキャタルトンもあずかりたい。

いや、是が非でも彼の力を借りたい。だがしかし――。


「無理……だろうなぁ」

現状、エルネスト達革命派とレオニダスの中枢は密かに通じている。キャタルトンの豪商バッソ家が、一族揃ってレオニダスへと亡命したのも記憶に新しい。

けれども、それはあくまで『革命派とレオニダス』の話であり、『至上の癒し手』本人がキャタルトンを許しているとは限らない。

彼に対してキャタルトンがした仕打ち、その詳細をエルネストから聞いた時は怒りを通り越して、ただ呆然としてしまったものだ。どうして、そこまで愚かになれるのか。ヒト族には生き物としての尊厳すらないのか。

せめてもの救いは、奴隷時代の彼が運よく我が兄達の目に留まらなかったことだろうか。

好色な彼らの目に留まっていれば、間違いなく王宮内で飼い殺しにされていたはずだ。

今もその特異な力や、レオニダス王家や将軍家の血を引く彼の子供達を狙っているというのだから、この国の王族どもは愚かすぎて話にならない。

もしも俺がシンラ・チカユキならば、キャタルトンになど二度と足を踏み入れたくないし、その名を聞くだけで吐き気を催す。何なら国を滅ぼしてくれと、毎晩ふたつの月に祈るだろう。


「ん……？」

三度目の深い溜息を吐き終えたと同時に、軽く窓を叩く音が聞こえた。曲者《くせもの》かと一瞬身構えたが、こんなふうにわかりやすく小さなバルコニーから訪ねてくる人間は一人しかいない。


「入れ。外は寒いだろ？」

「はいはい、お邪魔しますよっと」


白い息を吐きながら独特の足取りで現れた男は豹族のガレス。俺が離宮で暮らし始めたすぐ後に、エルネストから紹介された騎士だ。ただ、騎士といっても汚れ仕事の専門家を自称する『不良騎士』、通称『掃除屋』だ。

どちらも自称であり、エルネストも苦い表情を浮かべていた。

敵ではないが、革命派でも味方でもない。だからこそ面通しをさせておくべきだと思ったとエルネストに言われたことを、目の前の気怠げな豹族の表情を見て思い出す。

「今日もまたお勉強で？　全く、ご精の出ることで」

「勉強というほどのものじゃない。少し報告書に目を通していただけだ」

執務机の上の書類を目ざとく見つけては揶揄してくるガレスに、俺は軽く肩を竦めて苦笑する。

どことなく埃《ほこり》っぽいように見える、酷く癖の強い色褪せた赤毛。俺とよく似た浅黒い肌。重い瞼の下にある、気怠げでありながらふてぶてしい光を宿す双眸。

顔の真ん中を横一文字に這う大きな傷跡。

全体的に枯れて草臥《くたび》れた空気を漂わせながら、ふとした弾みに『怖いもの』を滲ませる奇妙な男だ。

「今日は何の用だ？」

「特に用はねぇですよ。ただまぁ……大事を控えた王子サマのご尊顔でも眺めておこうかと思いましてね。場合によっちゃあ、いつ見納めになってもおかしかねぇですし」

「忖度の欠片もない正直な意見感謝する」

遠慮会釈のないガレスの物言いは、時に俺の心をガッツリ抉《えぐ》るが、基本的には心地好い。少なくとも、薄っぺらい仮面のような笑顔を貼りつけ、宮廷という魔窟に棲息している王侯貴族よりずっとマシだ。

「それで眺めてみた感想は？」

「まぁ、悪くねぇんじゃないですかい？」

「そうか……少し安心した」

このガレスという男は、どうにも摑み所がない。

有能なのに『やる気』がない、あるいは『やる気』がないくせにやたらと有能。無駄に残虐でない反面、必要とあらば息をするように人を殺す。この世の『正義』や『悪』に倫理的な意味づけを求めず、淡々と勝ち馬に乗って世を渡る根無し草。

短い付き合いだが、俺の印象は間違っていないはずだ。

彼が今は革命派寄りで俺やエルネストと繋がっているのも、国の行く末を憂えて云々《うんぬん》ではない。愚かすぎるキャタルトン王族が、このまま自滅していく未来を見据えて、個人的に見切りをつけているからだ。

『義』でも『理』でもなく、自己の『利』によってのみ動く男。故に『利』さえ保証しておければ、裏切る可能性の低い存在。

そう考えて、エルネストはガレスをこちら側へと引き入れた。とはいえ、ガレスは自らが革命派として積極的に動くわけじゃない。

彼は革命派の活動に対し見て見ぬふりを決め込み、職務上知り得た国王派と第二王子・第三王子派の情報を流すだけだ。


「せっかく来たんだ……茶でも飲んでいかないか？　いつ飲み納めになるかわからない、貴重な茶だぞ」

「王子サマが自ら淹れてくださるんで？　そいつはありがてぇな。ぜひご相伴にあずからせて頂きましょう」

「王子様はやめてくれ……」

口元に愉快そうな笑みをひらめかせ、ガレスは遠慮なく長椅子に座った。直立していると姿勢の悪さに目が行くが、こうして座れば投げ出された脚が長く逞しい。やはり彼もエルネストと同じ豹族であり騎士なのだと、改めて認識した。

「庶民の茶と菓子で悪いな。いろいろ試したが……結局これが落ち着くんだ」

俺は素朴な茶器から市井でもっとも多く流通している茶を注ぎ、かつて母さんが焼いてくれたのとよく似た飾り気のない菓子を並べる。

「かまいませんよ。こちとら庶民以下の育ちなんで」

ガレスは菓子をひとつ摘《つま》み上げ、口に放り込んでバリバリと咀嚼した。お世辞にも上品とは言いがたい所作だが、何故かこの男がやると憎めない……むしろ懐かしい。

「エルネストから少しだけ聞いている。ガレスは俺と同じ貧民街の生まれ育ちだと。だからかな？　俺とガレスはどこか同じ匂いがする。俺達はきっと――」

「似てねぇよ」

だけどガレスは、俺の言葉を溜息混じりに遮った。

「俺もアンタも、この国の掃き溜めで生まれ育った。

ああ、それは確かだ。間違いねぇ。けどな……一口に掃き溜めつっても、そこにすら『階層』があるんですぜ？　お行儀のイイ城下の娼館で育ったアンタと俺は別の生き物だ」

「掃き溜めの階層……？　お行儀のイイ城下の娼館？　俺が暮らしていた『裏町』は、自分で言うのもなんだが最低な街だぞ」

「王子サマが言う最低の街、話の種に聞かせてくれやしませんか？」

愉快そうに嗤《わら》うガレスに、俺は少しだけ苛立った。

「あの街では、無理な行為を強いられた娼夫が、毎月三人は死んでいた。彼らは形ばかりの粗末な葬式を経て、ゴミのように焼かれ、『共同墓地』と呼ばれる穴蔵に放り込まれるんだ。身体を壊して倒れても……納屋に転がされて薬師も呼んでもらえない」

こうして話しているだけで、俺の瞼の裏には痩せ衰えた母さんの姿が鮮明に浮かぶ。

「ほとんど毎日街のどこかで刃傷沙汰が起きるし、昼間から泥酔して放火する馬鹿もいる。使い走りに行けば、路地裏で腰を振ってる連中と当たり前に出くわす。そういう街だ」

母さんを殺したあの街が、お行儀のイイ街であってたまるものか。俺があの日抱いた怒りは決して消えない。

ところがガレスは、飄々《ひょうひょう》とした口調でとんでもないことを言い出した。

「人死が月に三人？　可愛いもんだ。俺が住んでた街じゃ、死人の数なんぞ誰も数えやしねぇ。身ぐるみ剝がれた死体が、道っ端に転がってんのが普通なんでね。葬式だの墓だのって概念すら、あそこにゃなかった。死体が腐る前に一ヶ所に集めて、ゴミと一緒に焼くだけでさ。その火で炙った盗んだテポトがまた、空きっ腹に染みて美味くってねぇ」

だが、ガレスが語る故郷は『裏町』を超える地獄だった。

「生きてる住人は基本全員人殺し。俺も十になるかならねぇかで殺りましたね」

「そっ、そんな歳でか!?」

「盗んだパンを奪おうとした奴を、デカイ石でこうガツンと一発」

俺は十六の誕生日に初めて人を殺した感触を、今でも昨日のことのように思い出す。

成人していた俺でさえ、しばらく悪夢に魘《うな》されたというのに……。それを乗り越えられたのは周囲の人間の存在、特に俺に心を砕いてくれるエルネストが、時に公私の垣根を越えてでも俺を癒やしてくれたからだ。

ガレスにそんな相手がいたとは思えない。いや、いたのであれば十歳という若さで人を手にかけることなどないだろう。幼い子供がそんな経験をして、一体どれほど苦しんだことか。

自分の眉間の皺が深くなっているのを感じる。

「あぁ、心配にゃ及びませんぜ？　十日に一度は殺生してたんで、記念すべき初体験の感触なんぞ、あっという間に忘れちまいましたし」

「……そういう、ものか？」

「そんなもんです。ちなみに裏路地どころか表通りで盛ってる奴がいても、特に誰も気にしねぇ。隙を見て盗みを働こうとするだけでさ」

「とんでもない街だな……」

俺は『掃き溜めの階層』という言葉の意味を、ようやく正しく理解した。

きっとこの国の中にそんな地獄があることを、王族や貴族は誰も知らない。仮に知ったとしても、穢らわしいものを見るような目で一瞥するだけだ。

「街もですがね……何よりカナン様にゃ母上がいたでしょうよ」

「……過労がたたって逝ってしまったよ。その時、俺はまだ十歳だった」

「つまり、カナン様は十歳になるまで母上に守ってもらえたってわけだ。貧乏でも菓子をこさえてくれる、優しい母ちゃんに」

「そうだ……母さんはいつも俺を守ってくれた」

『母さんの焼き菓子』を摘むと、焼き立てでもないのに、指先が懐かしい温もりを感じる。

「アンタは立派な母ちゃんがまさに命を懸けて育てた王子サマだ。勝手に育った野良ガキの俺とは違う。だからアンタは立派な王サマになって、『番』の『伴侶』でも見つけて丈夫なガキをボコボコ産んだらいい。王子サマが立派に幸せになることが、あんたの母上にできる最大級の親孝行なんじゃないですかね」

その言葉に飲みかけていたお茶を吹き出しそうになった。

「何で突然、『番』だの『伴侶』なんて話になるんだ。親孝行……はそうかもしれないが、ずいぶんと話が飛躍してないか？　おまえらしくもない」

「そうですかねぇ？　まぁ、王子サマはヒト族のアニムスだ。獣人の執着ってやつをもう少し理解しておいた方がいいと思いますぜ？　でもまぁ、とりあえずは革命だな。アンタが上手くやってくんねぇと、俺も仕事が多くて困っちまうからな」

言いたいことだけを言うと、ガレスはカップに残っていた茶を飲み干し、来た時と同じように窓から姿を消してしまう。

「つくづく勝手な奴だな……」

だけど俺は知っている。彼がこの国の腐った王侯貴族どもを、心底馬鹿にし、ある種の嫌悪感を抱いていると。

俺達がガレスに『利』を示すことができる限り、敵に回ることはないことを。

きっとこの革命は成功する――否、させてみせる。愚鈍で怠惰で傲慢な王侯貴族どもの弛んだ喉笛を、ヒト族の俺が嚙み千切ってやる。

＊＊＊

ガレスが俺のもとにフラリと現れてから数週間。俺は季節の変わり目を肌で感じながら、執務室の小さなバルコニーから庭を眺める。

「もうじき冬か……」

俺は冬が嫌いだ。薄い毛布に包まった母さんが震えながら逝った季節であり、身体の弱った仲間が大勢死んでゆく季節だから。

けれども、ひんやりとした冷気が肌を引きしめる感覚は嫌いじゃない。肌と一緒に頭もきゅっと引きしまる気がするから。

革命決行の日まで残り一ヶ月。これからの日々は俺にとって、そのひとつひとつが二度と戻れぬ最後の時間になるだろう。

「あと何度、ここに立てるんだか……」

決して愉快なことばかりではなかった第五王子としての生活。しかし、振り返ればいい思い出も少なからずあった。そして、それは俺の中に深く刻み込まれている。

エルネストの別宅で祝ってもらった二度の誕生日。ラムダ先生から学問を、エルネストから武芸とダンスを学んだ日々。

宮廷に上がってからも、エルネストは常に傍らにいて俺を守ってくれた。アーヴィスを駆って繰り出した遠乗り。ちょっとしたお茶や食事の些細な触れ合い。街の皆と直に触れ合う炊き出し。

思えば生粋《きっすい》のキャタルトンの貴族であるエルネストにしてみれば、『裏町』での炊き出しなど、戸惑うばかりであったはず。それなのに彼は、そうした素振りを見せることなく、完璧な絵物語に描かれるような騎士の役をこなし、今ではすっかり街の人気者になっていった。

実際エルネストの人気はすごいもので、子供や年寄とはまた別に、様々な種族の年若いアニムスが彼の前に列をなし……俺はしばしばなんとも言えぬ気分を味わった。

「はは……あいつのことばっかりだな」

いけ好かないキラキラ貴公子。騎士で貴族で名門生まれで、恵まれた肉体と頭脳、そして容姿までを兼ね備えた豹族のアニマ。誰もが羨むものを当たり前に持っている、この国においては……いや、どこに行ってもチヤホヤされるであろう人間。

俺のエルネストに対する最初の印象を一言で要約するならば、『何だコイツ？　いけ好かない！』で事足りる。それが今ではこんなにも大切で愛おしい。だからこそ、彼を失うことが何よりも恐ろしい。それを、口に出せないことも酷く苦しい。

「ん？　あれは……エルネストか？　何だ？　何をあんなに急いでいる……？」

物思いに耽っていた俺の視界に飛び込んできた、全速力で疾駆するアーヴィス。青味を帯びた鬣《たてがみ》が特徴的なブルームは、間違いなくエルネストの乗騎だ。

騎乗したまま庭先に乗りつけたエルネストは、ブルームが棹立つほどの勢いで急に止まり、近くにいた使用人にブルームの手綱を託して駆け出す。

「妙だな……」

アーヴィスを消耗品として扱う貴族が多い中で、エルネストはブルームをとても大切にしている。遠乗りで疾駆させた後も、あのように勢いよく手綱を引いて止めたりしない。声をかけながら徐々に速度を落とし、ふわりと優しく止めるのだ。

本人はそれを『騎士の心得』と言うが、俺は彼が持つ根本的な優しさの表れだと思う。

そんなエルネストが、こうも血相を変えて飛び込んでくるなど、どう考えてもただ事ではない。

「まさか……バレたのか……？」

密告・捕縛・投獄・尋問・拷問……処刑。

俺の脳裏に不吉な単語が次々と浮かぶ。もしそんなことになれば、革命派の主導者であるエルネストは真っ先に処されてしまう。

嫌だ。それだけは絶対に嫌だ。エルネストを失うくらいなら、俺一人が全ての罪をかぶることでなんとか——。

「カナン様！」

「入れ」

扉の前で叫ぶエルネストを、俺はすぐさま室内に引き入れた。

「大変なことが起きました」

「だろうな……おまえの顔を見ればわかる。とりあえず、座れ」

そうして震えそうになる声を無理やり落ち着け、長椅子に座らせたエルネストにグラスに注いだ冷たい水を差し出す。盛大にこぼさなかった自分を褒めてやりたい。

「……何があった？」

「『至上の癒し手』……いえ、レオニダスのチカユキ殿の御子息が我が国で誘拐されました」

「…………は？」

予想外すぎる答えに、俺は間の抜けた声を出してしまう。

「さらに御子息は、王宮の塔の一角に幽閉されています」

「何でだッ⁉」

「レオニダスの王弟ダグラス殿とフォレスター家の次期当主ゲイル殿が、『番』であるチカユキ殿と御子息のスイ殿を伴い、先頃キャタルトンに入られたことはご存知でしょう？」

「ああ、もちろん知っている。俺達にとっては、まさに寝耳に水だったからな……」

エルネストやそのお父上を筆頭とした革命派、ランドルフやガレス、レオニダスに亡命して久しい豪商ダリウス・バッソとその『伴侶』チェシャ。彼らの暗躍により、すでに革命の準備は万端整っている。当初の予定であれば、革命の狼煙《のろし》はすでに上がっているはずだった。

しかし、王都にまで蔓延《まんえん》した疫病がその計画を狂わせている。

「疫病の発生は想定外の事象。ですが、それを鑑《かんが》みて計画の調整と対処は行ってきました。チカユキ殿ご本人がいらっしゃるとは思いませんでしたが、それでも我々が身元を引き受けることで、チカユキ殿の安全は担保しておりました」

「ああ、そうだな」

疫病の発生・蔓延による、キャタルトン王家からの『至上の癒し手』招聘《しょうへい》。

散々弄んできた相手に正式な謝罪もせず、困った時にだけ『助けてください』と縋る。この国の厚顔無恥さに俺達が呆れ果て、それを平然と受け入れてしまう『至上の癒し手』の度量に驚嘆したのが十日ほど前。

当初の革命計画としては、レオニダスと裏で結託した革命派が、ダグラス殿とゲイル殿『だけ』をキャタルトンに招き入れるはずだった。

まずダグラス殿とゲイル殿は、何かとキナくさいキャタルトンの内情を探るべく、お忍びで旅行にやってきたという体でしばし安宿に滞在。あくまで二人だけで目立たずに、だ。

次に俺達革命派がなるべく派手に騒ぎを起こし、レオニダスの王弟とフォレスター家の嫡男が『キャタルトンの内乱に巻き込まれた』と吹聴する。

そうして『王弟とフォレスター家嫡男の保護・救出』という大義名分をレオニダスに与え、多少強引にでもキャタルトン王都にレオニダスの正規軍を引き入れる。

あとは王都にて革命軍とレオニダス軍が合流し、現政権を握る王侯貴族どもを圧倒的戦力差をもって一網打尽にするのみ。

悪辣《あくらつ》とも言えるやり口だが、これが現状もっとも犠牲を出さぬやり方だ。腹の足しにもならぬ『正々堂々』にこだわり、民の血が流れることをよしとするのであれば、この革命は意義を失う。

現国王とその一派を抑えたら、革命派は即時国庫の一部を開放し、貧しい人々に食料を分配して支持を得る。そして国中が混乱しているうちに、俺はかねてからの打ち合わせ通り、新王として即位しレオニダスと和議・同盟を結ぶ。

長く仮想敵国としてきたレオニダスとの同盟に難色を示す民もいるだろうが、同国からの寄付という形で、革命で動揺している王都周辺の住民に援助物資をばらまけば概ね緩和できるだろう。

そもそもレオニダスが仮想敵国というのも、王族による印象操作である。実際にレオニダスがキャタルトンの民を苦しめたという事実はない。

「チカユキ殿を呼びつけるだけでも恐ろしく慮外な振る舞いだというのに、さらには御子息――それもまだ幼い子供をを拉致・監禁するとは……何を考えているんだこの国の王族どもは？　もはや正気の沙汰とも思えない。いや、御子息の警護はどうなっていたんだ!?」

「それは俺も全くの同感ですが、御子息が誘拐されたのは不幸な偶然でして……。警護の手落ちは私の不徳のいたすところとしか言いようがなく……」

「不幸な偶然？　どういうことだ？」

「本来は御子息をお連れになる予定はあちらにもなかったようでして、キャタルトンへと向かったご両親の後を、御子息であるスイ殿がこっそりつけて追いついてしまったのが、まずはことの発端です」

「いや……ちょっと待て、おかしいだろ？　御子息はまだ酷く幼いと聞いている。そんな幼子が、どうやって俊足のアーヴィスに追いつくんだ……？」

「そちらに関してもあわせて調査中ですが、ここで重要なのは御子息がご両親とともにキャタルトンに……我らが用意した宿に入られたことです」

「なるほど……。あちらにとっても御子息の登場は想定外だったということか……」

キャタルトンの治安や、チカユキ殿とキャタルトンの因縁《いんねん》を考えれば当然だ。俺が親ならば、絶対に我が子を連れて行ったりしない。

「ところが御子息のスイ殿は大層聡明で好奇心旺盛なお子らしく、ご両親が疫病の治療へと向かわれた後、警護の隙をついてこっそりと宿を抜け出してしまわれたのです」

「な……！」

「ヒト族の小さな子がまさか……という、こちらの完全な手落ちです。カナン様にもご両親にもなんと申し開きをすればいいのか……」

無謀だ。それはあまりにも無謀すぎる。身なりのいいヒト族の幼児が一人で歩き回るなど、この国では自殺行為に等しい。しかし、レオニダスという豊かで平和な国で育った幼子が、そんなことを理解しているわけがない。ましてやスイ殿はヒト族の上に、チカユキ殿譲りの美しい黒髪と聞く。何事も起こらない方がむしろ奇跡だ。

「そしてスイ殿は表通りを散策することに飽きたのか迷ったのか、裏通りに入り込んでしまわれた」

「最悪だ……」

『裏町』ほどではないが、ちょっと裏に入れば途端に治安が悪くなる。それがこの国の悲しい現実なのだ。

「今裏を取っていますが、そこで黒髪のヒト族の子供を見つけたゴロツキが小遣い欲しさにスイ殿を誘拐したのか、もしくは王族が裏で手を回していたのか……どちらにせよスイ殿は王宮へと献上されてしまったのです」

「……その子供がたまたま、レオニダスから疫病治療のために訪れた『至上の癒し手』シンラ・チカユキと、レオニダスの名門貴族フォレスター家の次期当主ゲイル・ヴァン・フォレスターの子供だった、と？」

「そうです。レオニダスの王弟ダグラス・フォン・レオニダス殿と、『静かなる賢王』ヘクトル殿が溺愛してやまぬ、チカユキ殿の第三子スイ殿です」

「何てことだ……！」

俺は頭を抱えてしまった。病に苦しむ人々に罪はないからと、過去の遺恨に目を瞑《つむ》ってまで来てくださったチカユキ殿。

本来ならば国を挙げて御礼申し上げるのが筋だというのに、あろうことか我が国の王族どもは、彼の子供を拐って監禁しているという。もはや魔獣にも劣る所業、恩を仇《あだ》で返すにもほどがある。

「救いようがないな、本当に……」

「同感です」

同じキャタルトンの人間として、曲がりなりにも王族の一人として、俺は恥ずかしさと申し訳なさで胸が苦しくなった。

「兄上達は、このことを知っているのか？」

「はい……特にザマルカンド王は、たまたま連れて来られたヒト族が『至上の癒し手』のお子であったと、それはそれはお喜びでした」

「何故だ？　何故丁重に謝って、スイ殿を親元に返さない？　彼らはこの国を病から救いに……。いや、このようなことを言っても無駄か。偶然とは考えにくい、裏で手を回していたというのが濃厚だな……」

「ええ、しかもスイ殿の身柄を確保した上で、それを餌に『至上の癒し手』奪還を画策しているようで」

「な……っ！　馬鹿かあいつらは!?　そのようなことをすればキャタルトンの王族がレオニダスの王族を脅迫しているようなもの、国同士の争いに発展することもわからないのか!?　キャタルトンそのものが本当の意味で焼土になりかねないんだぞ!?」

馬鹿だ馬鹿だとは、常日頃から思っていた。しかし、まさかここまで人知を超えて馬鹿だとは……ッ！　もはや救いようがない。

「こちらでもできる限りの手を尽くします。カナン様はどうなさいますか？」

「こうなってしまっては、どうするもこうするもない。ひとまず革命行動は全て一旦休止、スイ殿の安全及び救出を最優先とする。エルネスト……俺は年端もゆかぬ幼子を、命に危険が及ぶとわかっていながら革命に巻き込むことはできない。わかってくれるか？」

「そのご指示しかと承りました。やはり、私の主君はあなたです。カナン様」

俺の言葉に、エルネストは微笑みを浮かべ頷いてくれた。

「あぁ……だが、塔に監禁されているスイ殿の身が心配だ。特にザマルカンドはヒト族に対しての執着が強い。俺のようなものを好むと言っていたから、さすがに幼子相手に無体を働くとは考えたくない……考えたくはないが、あれが何をするか俺には想像もつかない」

ねっとりと絡みつく、ザマルカンドの情欲に濡れた視線。あれは幼子がその身に浴びていい代物ではない。

「スイ殿のことはガレスに頼んであります故、最悪の事態は避けられましょう。そのような無体、ガレスとて黙って見てはおりません」
「ガレスに？　よくあいつがそんな面倒な依頼を引き受けたな」
「奴の説く『利』に、王族の行動がことごとく反しているからでしょう。あいつはすでに、この国を見限っております故に」
「なるほど……」

善悪正邪ではなく、ただ『利』によってのみ動く『不良騎士』ガレス。彼が本格的に見限ったとなれば、この国の王族もいよいよ終わりだ。

「しかし……頼んでおいて今更ですが、俺は少しばかり心配です」
「おまえはガレスが裏切ると思うのか？」
「いえ、それはないでしょう。ただ、あの擦れっ枯らしの捻くれ者が、何不自由なく育ったであろう幼い子供をきちんと遇することができるのかと……」
「ああ、そっちか」

これには俺も苦笑するしかなかったが、とにかく一日も早くスイ殿を親元に返してやりたい。

俺とエルネストは各方面への働きかけと行動を起こした。

「お邪魔しますぜ」

『スイ殿誘拐事件』の報告を受けてから数日。離宮の執務室で救出計画を練っていた俺とエルネストのもとに、ガレスがブラリとやってきた。

「今日はバルコニーからじゃないのか？」
「たまには、な」

先日の訪問を軽く揶揄すれば、ガレスは肩を竦めて口端を上げる。不快ではないがいくらか歪んだその笑みが、彼の人となりをよく表していた。

「案内は請わなかったようだが、いつもこうなのか？」

「俺みたいなモンが、カナン様の離宮に頻繁に出入りなんぞしたら、痛ぇ腹を探られるどころかグリグリされちまいますぜ？」

「正しい自己認識だな。で、スイ殿はどうしている？」

　ガレスに対して何かと辛辣なエルネストだが、その表情を見れば本心から嫌っていないことがすぐにわかる。

「坊主からこんな手紙を預かりましたよ」

「坊主って……スイ殿からの手紙か!?」

　ガレスが懐から取り出した、四つ折りにされた手紙。俺の目は、そのちっぽけな紙片に釘付けとなった。

「ええ、両親に宛ててのものですがね、ご覧になりますか？」

「見せてくれ……」

　本来人様の手紙を盗み読みなどすべきではない。しかし今は一刻を争う。この件については、後でスイ殿に謝ろう。

「どうぞ」

　すでに内容を確認済みなのか、ガレスは俺とエルネストが読みやすいように手紙を机の上に広げた。

『大好きなお母さんとお父さんたちへ
　ぼくはわるい人にさらわれて、キャタルトンのおしろのとうの中にいます。ころされることはないみたいだけど、さむくてくらくてさびしくて、まいにちかなしいです。ごはんもおいしくないです。ぼくはみんなのいるお家にかえって、お母さんのごはんが食べたいです。

　こんなことになったのは、ぼくがわるい子だからです。お母さんたちのいいつけをやぶって、ひとりでお外に出たぼくがいけないです。ごめんなさい。ほんとうにごめんなさい。もうぜったいにこんなことしません。だから、ぼくをむかえにきてください。

ろうやの中では、いじわるなおじさんがせわをしてくれます。おじさんの名前はガレスです。ガレスはすごくいじわるだけど、このおてがみをお母さんたちにとどけてくれたなら、おれいをしてください。ぼくはガレスとそういうコウショウをしました。ガレスは自分に『り』がないと、なにもしてくれない大人です。でもらんぼうしないし、ごはんもたべさせてくれるし、マントをかしてくれました。

お父さんお母さん、ぼくはみんなに早くあいたいです。ヒカルお兄ちゃん、リヒトお兄ちゃん、ヘクトルおじいちゃん、バージルおじいちゃん、リカムおばあちゃん、アルベルトおじちゃんにキリルおばちゃん、テオお兄ちゃんにアレクお兄ちゃん。

ぼくの大好きなみんなにもういちどあいたいです。

それにガルリスおじちゃんにあいたいです。

ばかでわるい子のスイより』

「子供がこんな手紙を……！」


幼い文字で綴られた悲痛な言葉の数々に、俺は不覚にも涙がこぼれそうになった。

確かに親の言いつけに背き、宿を抜け出してしまったのはスイ殿だ。だが、まだまだ小さな子供にどれほどの分別が備わっている？　むしろ年齢を考えれば、これだけの手紙を一人で書き連ねたスイ殿は、ずいぶんと賢い子供だ。エルネストも言っていたようにその賢さ故に、並々ならぬ好奇心を抑え切れなかったのだろう。それを罪だとは思えない。


「……ッ」


ふと隣を見れば、エルネストが目頭を押さえ、肩を震わせていた。出会った当初『すかしたキラキラ貴公子』だと思っていた彼には、こういった真っ直ぐな優しさがある。だからこそ、俺を革命のための道具として扱うことも割り切れなかったのだろう。

甘いと言ってしまえばそれまでだが、俺はエルネストのそういうところが好きなのだ。


「どうです？　なかなか胸に突き刺さる名文でしょ？」

一方ガレスはと言えば、相変わらず何を考えているのかわからない顔で、ヘラヘラと笑っている。

「俺ぁこの手紙を、ちょっくら坊主の親に届けてやろうと思うんですが……かまいませんかね？」

「もちろんだ！　すぐに！　できるだけ早く届けてやってくれ！」

俺は一も二もなくガレスに頼み込んだ。今はただ、会ったこともない幼子が憐れでならない。

「いいご判断ですぜ、カナン様」

するとガレスはニヤリと笑ってこう続けた。

「スイの父親二人は、ともにその名を知られた冒険者の獅子族と熊族だ。それも並の獅子と熊じゃねぇ。代々その獣性の強さで知られるレオニダス王家の獅子と、武門の貴族フォレスター家の熊ときたもんだ！　間違いなくブチキレて、いろいろととんでもねぇ働きをしてくれる予感がしますねぇ」

愉快そうに笑いながら語るガレスは、やはり頭の切れるロクデナシである。

「ところで……おまえは手紙の中で二度も『いじわる』と書かれているが、こんな幼子相手に一体何をしたんだ？」

「いんや？　マントを貸して藁《わら》布団を用意して、温っけぇ飯を食わせてやっただけですぜ？　まぁ……世間話がてらに世の中の仕組みってやつを、ちぃとばかし教えてやりましたがね」

「その世の中の仕組みについて詳しく聞きたいところだが……。全く、おまえという奴は余計なことを……」

苦虫を嚙み潰したような表情で呟くエルネストの苦言を飄々と受け流し、ガレスは鼻歌混じりに出て行ってしまった。隠密行動を得意とする彼ならば、誰にも知られずこの離宮に出入りするくらい朝飯前なのだろう。

「エルネスト、ひとつ頼みがある」
「は、何でしょう？」
「何とかしてスイ殿に会えないだろうか？」
「会っていかがなさいます？」
「……まずは謝りたい。幼い子供が薄汚い大人の欲に巻き込まれ、両親から引き離された上に監禁されている。一体どれほど心細いことか……。せめて誠心誠意謝罪して、心配の種を取り除いてやりたい。味方がいることを教えてやりたいんだ。そして、必ず親元に帰すと約束したい」

スイ殿誘拐事件が、仮に計画犯罪ではなく不幸な偶然であったとしとも。今現在スイ殿がおかれている状況は、キャタルトン王家の所業によるものに他ならない。たかだか第五王子一人が頭を下げて許される話ではないが、それでも俺は……。

「わかりました。早急に手配しましょう。スイ殿が気の毒であるのは当然として、この件は一歩間違えればレオニダスを完全に敵に回します」
「ああ、頼んだぞ」

革命などという大事が、そうそう簡単に成るわけがない。元より覚悟はしていたが——。

「想定外が多すぎる……」

俺は胸にわだかまる最悪の想像を、溜息と一緒に極力吐き出した。

そうして迎えた翌日の黄昏時。

「カナン様、至急お支度を」
「会えるのか？」
「はい、今の時間ほんの少しならば」
「わかった」

俺は迎えに来たエルネストに従い、普段着に外套を纏って囚われのスイ殿のもとへとアーヴィスを走らせた。

「こんな所に一人で……」

暗く寒く湿気の多い石造りの塔はいかにも陰気くさく、俺は思わず顔をしかめた。

「これでもこの国の牢獄としては、まだ条件がいい方です。本来であれば貴人用の獄もあるのですが、なぜそちらを使わないのか……」

「周囲に知られたくないんだろう。貴人の牢を使えば他の兄達の耳にもいやでも入る」

スイ殿が監禁されている塔は、『国にとって不都合な者』、一般に晒せない訳ありの罪人を幽閉するための場所だ。もし革命が失敗すれば、俺も処刑台に上がるまでの日々をここで過ごすのだろうか。

「カナン様、俺はどのようなことがあろうともあなたをお守りいたします」

「……わかってる」

こいつの勘のよさが、少しだけ苦手だ。


「こちらです」

すでに薄暗い塔内の石畳を一歩進むたびに、自分の足音がいやに大きく響く。この音がスイ殿を怖がらせていなければよいのだが……。

「誰……？」

俺とエルネストを交互に見比べた黒髪の幼子は、か細い声でそう尋ねた。怯えを悟られまいと必死で震えを抑えている小さな拳と、泣き腫らして赤くなった翠《みどり》色の瞳が痛ましい。

「やぁ、こんにちは。君がスイ君、だね？」

俺は小さな彼に目線を合わせ、なるべく優しく気さくに話しかけた。

しかし、その姿に改めて目を見張る。こんな年端もゆかぬ子供を裸にして、手枷をつけたまま監禁するとは鬼畜の所業だ。ガレスのマントを羽織っているのが、せめてもの救いだが……。

「お兄さんは？」

「俺の名前はカナン。このどうしようもなく腐った国の、五番目の王子だ。いないも同然の存在だけど、残念なことにあのクソな王族連中の一員でもある」

俺は自分の身分を一切偽ることなくスイ殿――否、スイ君に告げた。

「カナン様、言葉が汚いです」

「ああ、スイ君すまない。俺は育ちがよくないものでね。どうしても思ったことが口に出てしまう。それに、全て本当のことだからな。こっちの口うるさいのはエルネスト、豹族で俺の護衛だ」

スイ君はしばらく口を噤んで、俺とエルネストをじっと見据えて思案する。

チカユキ殿譲りだという真っ黒な髪に、翡翠《ひすい》のように輝く聡明そうな瞳。顔の真ん中に鎮座した鼻はこぢんまりとして、先端が少し尖っている。子供らしからぬ知性に満ちた顔つきは、見ようによっては生意気にも見えるが、小粒の真珠を並べたような乳歯が愛らしく和《なご》ませていた。

それにしても、この子は年齢不相応に賢いように見える。俺達がどんな人間か見定めるまで、決して余計な口をきこうとしないのがその証拠だ。本来であれば泣き叫んでここから出せと感情をぶつけてくるのが普通なのではないだろうか……。手紙を読んだ時点で察してはいたが、空恐ろしいほどに理性的で頭のいい子供だ。

「あの……僕はスイです。レオニダスから来ました。街で拐われて、ここに連れて来られたんです。お願いです、僕をお父さんとお母さんのところに帰してください」

必死に頼み込む言葉も、涙声でありながら状況の説明から要望まで、実にしっかりとしている。

「今の僕は何も持っていません。だけど僕を助けてくれたら、お父さん達にお願いしてお礼をしてもらいます。それに僕が大人になったら、僕ができることで必ずお礼をします」
「スイ君……ちょ──」
「僕は大きくなったら、お母さんみたいなお医者さんになります。それに、魔力もお母さんによく似ているって。だから、絶対カナン様のお役に立ちます。お願いです、僕をお家に帰してください！」

俺が止める間もないほどの勢いで、スイ君は懸命に言葉を紡ぐ。

「カナン様が僕のことを嫌いでも、僕のお父さん達に頼んでたくさんたくさんお礼をしてもらいます。お父さん達で足りなかったら、お祖父ちゃんやおじちゃんにもお願いします。だから、どうか！　どうか僕をお家に──」
「もういい！」

今にもこぼれ落ちそうな涙を必死で堪え、唇を震わせて哀願する幼子。あまりにも憐れなその姿に耐え切れず、俺は牢の中に腕を差し込みスイ君を抱き寄せていた。

「スイ君……君がそんなことを言う必要はないんだよ」
「君は被害者です。だから君は、俺達と『交渉』をしなくてもいいんですよ」

エルネストも目を潤ませてスイ君の頭を撫でている。

「スイ君、来るのが遅くなってしまって本当にすまない。酷く辛い思いをさせてしまったね」
「どうして？　何でカナン様が謝るの？」
「君のお母さんのチカユキ殿は、何の見返りも求めずこの国を助けに来てくれた。この国がヒト族にとって、いやチカユキ殿にとってどれほど危険か誰より承知の上でだ。なのにこの国の王族どもは、自分達のためだけに君やチカユキ殿を利用しようとしている。俺はそれを止められなかった。本当にすまない」
「ううん……カナン様のせいじゃないよ。僕がお母さん達との約束を守らなかったから……」

そう言ってスイ殿はスンスンと鼻を啜った。この状況を他人のせいにせず、自分の責任を自覚しているのだから大したものだ。

「いや、君は悪くない。子供を誘拐して閉じ込めるこの国と、この国の王族が悪いんだ。俺も王族の一人として、この責任は必ず取る。本当は今すぐにでも君をご両親のところに帰してあげたいけど、もう少しだけ待っていてくれるかい？」

「もう少し待ったら、お家に帰してくれる？」

「ああ、帰す。必ずだ。あまり好きな名前ではないけれど、カナン・ディオス・キャタルトンの名にかけて誓うよ」

「本当に……？」

「俺からも約束しましょう。カナン様とともに君がご両親のもとへ帰れるように尽力します」

「約束……うん、僕待ってる」

「そう言ってもらえると助かるよ。すぐに出たいと泣かれるのを覚悟してたのに」

正直安堵したものの、それ以上に胸が痛い。スイ君が今ここで『聞き分けのいい子』を演じているのは、おそらく俺達の機嫌を損ねぬためだろう。こんなに小さな子供が、泣き出したい気持ちを堪えて他人の顔色をうかがう。これを痛ましいと言わずしてなんと言う？

「あのおじさんが……」

「……ガレスに何か言われたのかい？」

「ううん、ガレスはそこまで教えてくれない。でも、お話してたらわかったよ？　こういう時は、無駄なことをして疲れたら駄目。それに……チャンスが何度もあると思ったら大間違いだって」

一言一言、自分に言い聞かせるように語るスイ君。その瞳は幼いながらに理知の光に満ちていて、俺は思わず息を呑む。天性の才能――天才と呼ばれる人々は、きっとこういう人間なのだ。

「君は本当に、素晴らしく賢いね」

俺は忖度なしに、心からの称賛を口にした。

「あの不良騎士め。あいつなりの優しさにしても、他にもっとやりようがあるだろうに……」

子供好きなエルネストは、眉間に皺を寄せブツブツと文句を言っている。育ちのいい彼にとって、子供とは無条件に守られて然るべき存在なのだ。きっとエルネスト自身、そうやって大人になったのだろう。

「スイ君、今はこんなことしかできないけれど……せめてこれを食べて、元気を出して」

俺は紙に包んだ焼き菓子を懐から取り出し、鉄格子の間からスイ君に手渡した。

「これ……食べていいの？」

「もちろんだよ」

するとスイ君は紙を開くのももどかしいといった様子で焼き菓子を摘み出し、夢中で齧りつき咀嚼する。その様子から、よほど腹を空かせていたのだろうということに気づき再び胸が酷く痛む。

ガレスにそこまで期待するのが間違っているのはわかっているが、もうちょっとやりようがあっただろうに……。

「ごめんね、こんなことしかできなくて。それから、俺達がここに来たことは内緒にしておいてくれるかい？」

「うん、内緒だね！」

聡いスイ君は、理由を問うこともなく納得してくれた。

あとはガレスがスイ君の手紙をチカユキ殿達に届け、スイ殿の誘拐を理由にレオニダス軍を城下に引き入れ、多少変速的だが当初の予定通り革命を起こすのみ。

むろん、スイ君の身柄は騒ぎになる前に先んじて革命軍が確保する。

「――――!?」

俺がそこまで考えた時、塔全体を揺るがす巨大な振動が起こり、次いで大気を引き裂くほどの轟音《ごうおん》が響いた。

「うわぁっ！」

「カナン様！　こちらへ！」

スイ君が尻餅をつき、エルネストも顔色を変える。

「スイ君、大丈夫かい!?　一体何事だ!?　蜂起《ほうき》はまだ先のはずだぞ！　まさか俺に知らせず作戦を変更したのか!?」

「いえ！　そのようなことはあり得ません！　カナン様の承諾なしに計画を変更するなど――」

エルネストは険しい顔で窓の外に目を向け、ビクリと身体を震わせた。その顔色は、焼き菓子を包んでいた紙よりも白い。

「エルネスト？」

「カナンっ！」

エルネストが俺の名を呼ぶのと同時に、俺は豹族の屈強な身体に抱かれ、先ほどいた場所から大きく後ろに飛び退いていた。

凄まじい衝撃と轟音。そこかしこからパラパラと落ちてくる石礫《せきれき》。

全身でエルネストの熱量を感じながら、あたりが落ち着いて安全になったことを確認して、その腕の中から何とか抜け出す。

「スイ君！　大丈夫か!?」

そのまま、何が起こったのかまるでわからぬまま、俺は牢屋に取り残されてしまったスイ君に駆け寄る。

「おやね、なくなっちゃった……」

幸い大きな怪我はないようだ。この場で守るべきはこの子であるはずなのに、己が守られていることが酷く恥ずかしい。

「え？　お屋根……？」

しかし、そんな思考もスイ君の視線を辿って強制的に中断させられた。

「屋根が吹き飛んでいる……だと？」

頭上を重苦しく閉ざしていた分厚い天井が、今や跡形もなく消え失せて、茜色《あかねいろ》の空が実によく見える。何なら壁すらも、半分近くがこそげ取られていた。

「何が起きたんだ……？」

理解が追いつかぬ周囲の惨状に、俺は恐怖よりも混乱が先に立つ。目の前の光景は、それほどまでに現実離れしていたのだ。

『グルオォォォォォォォォッッッ‼』

「ひぃッ！」

しかし、煮え滾《たぎ》る怒りに満ち溢れた咆哮が放たれたと同時に、それは姿を見せた。

「うぁ……あぁ……」

俺は圧倒的な殺気にも似た圧力に押し潰され、その場に跪いて震えた。

そんな俺を覆い隠すようにして守ってくれているエルネストだが、彼もまた満足に動けなくなっていることが、その表情からは読み取れた。

巨大な、見たこともないほど巨大な生き物。長大な全身を真紅の鱗《うろこ》に覆われた、伝説の竜。そんなものが、今自分の目の前で怒り狂っているのだ。『絶望』以外にできることがあるなら教えて欲しい。

「ごめ……スイく……やく……そく……」

ごめんねスイ君。君を親元に帰すと約束したばかりなのに。

せめて謝りたいと思ったが、舌が震えて言葉にならない。

「おじちゃん！　ガルリスおじちゃん！　ここだよ！　僕はここにいるよ‼」

「――!?」

だが、俺はスイ君の行動に目を剝くことになる。なんとスイ君は手枷のついた腕を振り上げ、巨大な真紅の竜に臆することなく大声で呼びかけたのだ。

『グルオォォォォォンンンン！』

すると真紅の竜は一声吠えて、塔の割れ目から右腕をゆっくりと差し込む。この時俺は、竜の左腕が根本から欠けていることに気づいた。

「ガルリスおじちゃん……！　会いたかった！　会いたかったよぉ……！」

小さなスイ君は巨大な竜から差し出された手に縋りつき、堰《せき》を切ったように泣き叫ぶ。

『スイ……おまえ、その姿は……っ！　おまえ達が俺の〈半身《スイ》〉を!!』

そしてスイ君が裸の上にマントを羽織っているだけだと気づいた竜は、凄まじい怒り――否、明確な殺気を俺にぶつけてきた。

「……ッ！」

大きく振り上げられた巨大な竜の腕。一本一本が、大鎌のような竜の爪。こんなものでやられては、脆《ぜい》弱《じゃく》なヒト族などひとたまりもない。俺は瞬時に己の死を覚悟した。

「カナン様！」

しかし、エルネストは違った。諦めることなく腰の剣に手をかけ、俺を庇うようにして飛び出したのだ。勝ち負け、生死を度外視したその行動に、俺の胸が熱く燃えた。

動けるならば逃げて欲しかったが、それを言って聞くような奴じゃないことは知っている。そんなエルネストだからこそ、俺はどうしようもないほどに惚れ抜いてしまったのだ。

人は皆、いつかどこかで必ず死ぬ。ならば惚れた相手とここで果てるのも悪くない。

俺は目を閉じて、『その時』を待った。

「おじちゃんやめて！　この人達は違うんだよ！」

『違う……？』

けれども、エルネストの剣の切っ先ぎりぎりまで迫っていた竜の爪は、スイ君の叫び声によってピタリと止まる。

『なら、こいつらは何なんだ？』

真紅の竜の赤い瞳が、俺とエルネストを胡乱《うろん》げに睨む。

怖い。怖いという言葉では表現し切れないほどに恐ろしい。だが、奇跡的に手に入れたチャンスを逃すわけにはいかない。ここで判断を誤れば俺もエルネストもこの国の未来も、今この場で全てが終わってしまう。

それに竜から放たれる圧が弱まったおかげで、ようやく身体が動くようになった。俺は制止するエルネストへと視線をやり、その前へと進み出る。

「おっ、俺の名はカナン。この国の第五王子だ。スイ君にこんな仕打ちをしたのはこの国の王族……俺の身内だ。許しを乞うのもおこがましいが、俺にはこれから為すべきことがある。どうかこの罪を償う時間を俺に与えて欲しい」

俺は気力を振り絞って、正直な気持ちを真っ直ぐに伝えた。

『おまえは何をするつもりだ？』

「この国を変える」

この竜におためごかしは通じない。俺の本能がそう告げている。

「それがこの国の王族に、ヒト族として生まれてきた俺の為すべきことだ」

『……そうか』

真紅の竜から、唐突に殺意が消えた。

『スイ、チカユキのところに帰るぞ』

「うん！」

竜はその鋭利な爪で、スイ君を縛《いまし》めていた枷を玩具のように壊してのけた。獣人との力の差に日々戦々恐々として暮らす俺達ヒト族だが、竜族が持つ力はもはや完全なる規格外。竜化した彼らの前で、万人は等しく弱者に過ぎない。獣人もヒト族も、王侯貴族も奴隷も、誰も彼もが脆弱だ。

「スイ君、待って」

俺は真紅の竜に駆け寄るスイ君を呼び止めた。

「あ……カナン様、ごめんなさい。ここで待つって約束したのに……」

「いいんだ。ここから君を安全に連れ出せるのであればそれにこしたことはないいんだから」

もちろん、咎めるためじゃない。

「本当にすまなかったね。どうかここであったことは忘れて、幸せに生きてくれ」

最後にもう一度、きちんと謝りたかったから。そして、これほど幼い身で異国の地で酷い目にあったことなど、なるべく早く忘れて欲しい。俺のように過去を引きずって生きて欲しくない……。

「カナン様、僕忘れないよ。ここであったことは、怖くて辛くて寂しかったけど、それだけじゃないから。クッキーをくれたカナン様、頭を撫でてくれたエルネストさん……それに裸の僕にマントをくれた意地悪なおじさんのことも」

「そうか……スイ君は俺が思っているよりずっと大人なんだな」

「へへ！　カナン様、エルネストさん、僕に優しくしてくれてありがとうございます」

最後にいたずらっぽく笑うと、スイ君は真紅の竜に

跨って空高くへと消えていった。

「スイ君、いい子だったな」

「ええ、それに驚くほど賢い子でした。カナン様と出会った時のことを思い出します」

「俺はあの子みたいな天才じゃないよ。ってか、比べたらスイ君に失礼だろ？」


さっきまで死を覚悟していたというのに我ながら呑気な会話だと思う。

だが、エルネストは俺を見て笑っていた。

「さてこれでもう、何も心配することはない。あとは為すべきことを為すだけだ」

「これからが俺達の正念場ですからね」

「わかってる」

俺はいよいよ迎えた『その日』の訪れに、改めて気合いを入れ直した。

✣✣✣

「なぁ……エルネスト。革命っていうのは、こんなに簡単に成功するものなのか？」

「いえ……革命というもの自体あまり前例がないのですが、俺の知る限りそういうものではありません。少なくとも俺が学んできた歴史では、それなりに難儀なものです」

「……だよな」


俺がこの五年間、エルネスト達に至っては十年以上をかけて準備してきた『キャタルトン革命』。どう考えても、開戦から終息までに一月はかかると覚悟していたそれは、茜の空に真紅の竜が現れて僅か半日足らずで片が付いた。

突如現れた伝説の生き物に王都は大パニックに陥り、王族派の騎士達の多くが腰を抜かし、同じく王族派の王侯貴族は泡を吹いて卒倒してしまったのだ。そうなっては、もはや戦うどころの騒ぎではない。

そして革命の狼煙があがり、混乱のさなかに飛び込んできたのは『狂乱の戦鬼』と誰かが呼び始めた二人の獣人。最愛の我が子を拐われ怒り心頭に発したスイ君の実父であるゲイル殿と、同じく父でありレオニダスの王弟であるダグラス殿。彼らはこの世のものとは思えぬ強さで敵対する者達を薙ぎ払い、行く手を塞ぐ者全てを容赦なく屠った。

半端に忠誠心と根性があったばかりに、無惨な死を遂げた騎士達。王族派として甘い蜜を吸い、弱者を虐げてきた彼らだが、死した今はせめて丁重に弔ってやりたい。

「想定外のことだらけで正直頭が痛いというのが本音ですが、カナン様がご無事で何よりです」

「ああ、ずっとおまえが守ってくれたからな。ありがとう、エルネスト」

「いいえ、礼には及びません。俺は『カナン様の騎士』、主を守るのは当然の務め。むしろ今回大活躍したのはランドルフとシャマルです。彼らをこそ褒めてやってください」

「もちろん、彼らには十分報いるつもりだ」

心ある騎士達をまとめ上げ、腐敗した連中の指揮系統を分断したランドルフ。自身が卓越した戦士でありながら、彼は個人の功に走ることなく、革命派としての責務を堅実にまっとうした。

『裏町』をはじめ、貧困地区の住民達にいち早く避難行動を取らせたシャマル。その陰には俺よりも『裏町』を詳しく知るライールの助言もあったはずだ。あれほどアーヴィスを嫌っていた彼が、今では誰よりも巧みにアーヴィスを操り、伝令と市民の誘導のために走り回ってくれている。

「敵味方、双方ともに最小限の死傷者で済んだのは、レオニダス——いや、ガルリス殿とスイ君のご両親のおかげだな」

「その分、建物の損壊はとてつもないことになっておりますがね」

「いや、伝説の竜と伝説になりそうな獣人二人が暴れてこの程度で済んだのだから、ありがたいと思うべきだろう」

真紅の竜——ガルリス殿は、スイ君を助けるついでに王宮本殿を七割方破壊していった。とんでもない大破壊だが、もしスイ君が傷つけられていたらキャタルトン王都は壊滅、間違いなく焦土と化していただろう。あの巨大な竜には、それを容易にやり遂げる力があった。

スイ君に対して最後の一線を越えなかったこと。どうしようもなく愚かな王族どもが、唯一した賢い選択である。

破壊された王宮その他の建造物の再建は、解放された元奴隷達に有償の国家事業として依頼しようと思う。奴隷の身分から解放されても、仕事がなければ食べていけないのが現実だ。

「北の離宮もずいぶんと壊れてしまった。おまえの家に世話をかけて、すまないと思っている」

「何をおっしゃいますか。我が家だと思って、ゆっくりしていってください」

「その言葉に甘えるよ」

一時的に住処を失った俺は、革命後の日々をエルネストの実家で過ごしている。とてもよくしてもらっているのだが、エルネストの家族とともに過ごすのはどことなく気まずい。


そう思うのは俺の中にやましい気持ちがあるからだろうか……。

「それにしても、ヴィルヘルム兄上のアトリエが奇跡的に無傷だったのには驚いたな」

王宮の惨状を目の当たりにした時、俺が真っ先に心配したのはヴィルヘルム兄上のことであった。

どこか不思議な人だが、俺に何度も助け舟を出してくれた人でもある。

決して悪人ではない。そんな兄上のことが気になっていたのだ。

だから兄上が革命のさなかもアトリエにこもって絵筆を振るっていたのは、この上もない幸運だった。

ちなみに兄上は、他の王族どもが悲鳴をあげて逃げ惑い卒倒する中で、無我夢中で勇壮な竜の姿をキャンバスに描き残そうと、スケッチをしていたという。そして今も、アトリエにこもったままで『茜に舞う紅竜』を鋭意制作中である。全くあの人には、いつも驚かされてばかりだ。

「ヴィルヘルム様もですが、生き残った王族派についていた王侯貴族の処遇……カナン様はいかがお考えですか？　これまでのキャタルトンの慣例に従うならば、死罪が妥当かと思われますが」
「やめろ」

考えるよりも先に、言葉が口から飛び出していた。

「この革命は、『悪しきキャタルトンからの脱却』を目指していたはずだ。なのに『昔からそうだから』という理由で王族を皆殺しにすれば、結局のところ何も変わっていないことになる」
「それではいかがいたしましょう？」
「まずは王族と貴族、この国で権力の座にあった者の一人一人の素行を徹底的に調べてくれ。そして、法を整備した上で罪に応じた罰を等しく与える。その罪はずいぶんと重いものになりそうな者達ばかりだが……」

これからのキャタルトンが『法の下の平等』を重んじるならば、新王が下す最初の裁きが俺の一存や私怨のこもったものであってはならない。

「民を虐げ、奴隷を不必要に嬲り、法外な搾取や横領をしていた者達には厳罰を。与えられていた職務をこなしていただけの者には、しっかりとした精査を。ただ、兄上達に関しては……一度会って話がしたい。おまえも一緒に来てくれるか？」
「カナン様がお一人で行かれるとおっしゃられても、ついていきますのでご安心を」

こうして俺は革命の真の終局……血族との対面を迎えることになった。

✧✧✧

コツコツとあの日、スイ君に会いに行った時と同じように俺とエルネストの足音が石壁に反響する。
俺は、損壊を免《まぬか》れた地下牢に繋がれたザマルカンド、アムゼル、メルキドのもとに足を運んだ。貴人用の牢を使うつもりなどはじめからなかったが、あの日の竜の襲撃でそもそも壊れてしまったという理由もある。

この地下牢にいる者達それぞれの罪を暴き、その所業の数々が明らかになるたびに俺はその事実から目を逸らしたくなる思いだった。それらがあまりに醜く、利己的で、そして残虐だったからだ。

半分とはいえそんな者達と血の繋がっていることに嫌悪すら覚える。

だが、ようやく全ての罪状をもとに、兄達のそれぞれに見合った罰が決まった。

それが、今まで虐げられた者達や失われた命に報いることになるとはとても思えないがそれでも、ようやく……ようやく奴らを裁くことができる。

「お久しぶりです、兄上方」

三つ並んだ地下牢の扉、その向こうに兄達は繋がれている。

裁きの場に連れ出すことも難しいと判断されるほどに、自身がおかれている状況を理解できていないらしい。

そんな兄達の顔を見ることすら不快で扉ごしに声をかければ、聞き慣れた暴君の声が返ってくる。

「カナン！　貴様！　よくもこんな真似を！　俺はこの国の王だぞ！」

「いいえ、兄上。あなたはもう王ではない。今この国で王と呼ばれているのはこの私だ」

きっと扉の向こうで目を血走らせ唾を飛ばして怒鳴り散らしているであろうザマルカンドに、俺は感情を抑えて事実を告げる。

「おまえは実の兄にこのような仕打ちをして、胸が痛まぬのか？　我らは半分とはいえ血を分けた兄弟ぞ？」

「アムゼル兄上はその異なる半分を、誰よりも執拗に蔑み罵ったではありませんか」

「それは……いろいろと不幸な誤解があっただけで……」

「誤解？　俺が奴隷の子であることは事実ですよ」

今更ありもしない『兄弟の情』に訴え、陳腐な言い訳を重ねるアムゼルに、俺はありったけの蔑みを込めて言葉を放つ。

こいつは再三に渡り俺の母さんを公衆の面前で侮辱した奴だ。本当は一度ぐらい思い切り殴ってやりたい……だが、それは決してしないとも決めていた。それは俺が己に課した、ギリギリの自制である。

「その上あなたは、誕生の宴で俺に刺客を送りつけてきた。全く、とんだ贈り物だ」

「ち、違う！　あれは私じゃない！　メルキドが言い出したことだ！」

「あ!?　何言ってんだ兄上！　目障りな奴隷のガキを始末したがってたのは兄上だろ!?」

「うるさい！　おまえだってカナンは気に食わないと言っていたじゃないか！」

「カナン！　悪かった！　ずっとおまえにきつく当たってたのは、アムゼル兄上の指図だったんだ！　俺は弟だから、兄のアムゼルには逆らえなかったんだよ！な！　頼む！　信じてくれ！」

そして我が身可愛さのあまり、脆くも崩れ去る兄弟の絆。あれほどベッタリだったアムゼルとメルキドは、今や摑み合って互いに罪を擦りつけ合う有り様だ。全く何もかもが醜悪すぎて、もはや滑稽ですらある。

「弟は兄に逆らえない？　それはおかしいな。あなたはアムゼル兄上と組んで、第一王子であり国王でもあったザマルカンド兄上を陥れようとしていたではありませんか」

「そ、それは……アムゼル兄上が……」

本質的に暴力馬鹿でしかないメルキドは、アムゼルという司令塔が揺らいだ途端、見事なまでの醜態を晒し始める。

「まぁ、正直私へ刺客を差し向けたことなんてどうでもいい。そのことを罪に問おうとは思わない。私自身がどう揶揄されようとそれは事実だ。だが、兄上達には数多の罪がある。ヒト族や奴隷に関する人身売買、暗殺、虐殺……全ての罪状をあげていけば一日では終わらない。兄上達に悔恨の念はないのか？　自分達がしたことを、本当に正しく理解しておられるのか!?」

「小賢しいことを言うではないか。王たる者がそのような瑣末事にいちいち目をとめていると思うか？　殺らねば殺られる、誰かを陥れなければ己の身が脅かされる。この国では力こそが全て、弱いということはそれだけで罪。だからこそレオニダスのような国と渡り合えてきたのだ。そのようなこともおまえにはわかるまい」

「そうだ！　我々がしてきたことの全てはこの国を強くするため！　それを罪とされる謂れはない！」

「それにヴィルヘルムはどうした⁉　あいつとて我らと同じ穴のムジナだろうが！」

俺が言い返さないからか、あちらから出てくるのは身勝手な理論ばかり。むろん、そんなものには何の正当性もない。裁きはすでに終わっているのだから。

「もう、黙れ。兄上達の戯言を聞くために来たのではない。ヴィルヘルム兄上がここにいない？　当然だ。ヴィルヘルム兄上はあなた達とは違う」

「何が違うというのだ！」

「兄上達と同様にヴィルヘルム兄上についてもどういう立場で何をしてきたか、調査はすでに終わっている。キレイなものでしたよ。兄上達のように罪に問われるようなことは何ひとつしていない。それがヴィルヘルム兄上の計算なのか、もともとの気質によるものかはわからない。ただ、少なくともここに繋がれるような罪状は何ひとつあがってこなかった。これが全てです」

「嘘だ！　あいつだって俺達と同じ……！」

ここにきて、俺の中の何かが弾けてしまった。『裏町』で死んでいくしかなかった者達、『裏町』でなくとも生活に困窮する人々、俺の離宮で仕えてくれる怯え切った目をした奴隷達。そして、ランドルフの人生をねじ曲げたこいつらに、俺は王子ではなく『裏町』のカナンとしてどうしても言ってやりたかった。

「うるせぇ！　もう、全ては決まってんだよ。あんた達は、身分剥奪《はくだつ》の上で追放及び強制労働刑。期間は五百年。追放先は、あんた達が一番よく知ってるんじゃないのか？　この王都から東に広がる『死の砂漠』にある監獄だ。良識ある者達を思想犯としてずいぶん大勢送ったらしいじゃねぇか。昼は灼熱、夜は極寒の地で、せいぜい己の犯した罪と向き合えよ」

「そっそれが貴様の本性か‼　あのような場所に送ら

れて我らが生きていけるわけがなかろうが!!」

焦った声をあげたのは珍しくアムゼルだった。

そして耳元でエルネストが小さく、いささかお言葉が……と俺に声をかけてくる。

俺はそれに不遜な笑顔を返した。


「あー、そこは心配しなくていい。『絶対に死なせてはならない』と厳命してある。そんな過酷な地で看守を務めてくれる人間なんているのかと思ったが、あんたらが収監されると聞きつけた連中が、こぞって立候補してきたぜ？　一体どこから聞きつけたんだかな？『死なせてはならない』という部分には不服そうだったが、逆に『死なせさえしなければ、規律を守るためのいかなる手段も良しとする』旨を伝えたら、そりゃあ喜んでたぞ？　きっと手厚く『お世話』してもらえるんじゃねぇか？　お　に　い　さ　ま」

「そっ、そのようなことが許されるものか!?」

「許されるんだよ。これは別に俺が独断で決めたわけじゃねぇ。あんた達の罪状に見合った法に則った刑罰だ」


つい感情のままに声を荒らげてしまった。やはり俺は未熟だとつくづく思い知らされる。

だが、気がつけば俺の握りしめすぎて爪が食い込んだ手をそっとエルネストの大きな手が包み込んでくれていた。

視線だけでエルネストへと感謝を告げて、俺は最後の問いかけを行う。


「ザマルカンド兄上、あなたには個人的に聞きたいことがあります」

「何だ？」

「全ての罪は明らかにされ、それに対する罪状もすでに確定しています。故に、この問いかけにどのように答えたとしてもあなたの刑罰が変わることはない。それは約束します」

「回りくどい。何が言いたいのだ」

「あなたが父を殺したのか？　先王ゼノルディに毒薬を盛ったのはあなたなのですか？」


俺の問いかけにうるさかったアムゼルとメルキドが

息を呑んだのがわかる。

「どうなのです？」

沈黙は一瞬だった。

「そうだ。俺が命じて毒を盛らせた」

「そうですか……」

「どうした？　恨み言のひとつでも言わんのか。つまらん奴だ」

「いえ、事実を知りたかっただけです。純粋に親を殺す子供の気持ちが理解できなかったので、兄上達は本当に寂しい方達ですね。同情します」

「おまえが我らを憐れむというのか!?　ふざけるな!!　この国は強さが全てだ！　おまえのような弱き者が王としてなどやっていけるわけがない！」

再び牢内は俺に向けられた罵詈雑言でただただ騒がしくなる。

だが、俺の心にそれが響くことはない。

ザマルカンドに最後にかけた言葉は俺の本心だ。

俺は母に愛されて育った。その記憶は確かなもので、俺という存在の根底にある。

だが、あの三人……。もしかしたら母からは愛されていたのかもしれない、だがその愛され方が正しかったとは俺には思えない。

そして、父から愛されたことはなかったのだろう。目の前にいるのに愛してもらえない彼らと、最初からその存在がいなかった俺……幸せなのはどっちなのだろうか……。

未だに兄達は大声で何やら喚き散らしていたが、俺はそれにもう耳を貸すことなく踵《きびす》を返した。もう生きて彼らに会うことはないだろう。

兄達の死刑を求める声は当然大きかった。しかし、『一瞬の死など生ぬるい！』『そんなもので許してたまるか！』という、腹の底からの怨嗟がより大きかったのだ。

そうして、兄達の追放刑が事後立法として定められることになる。

兄達の犯した罪はあまりに多すぎて、今後この法が適応されることはないだろうと誰しもが言っていた。

兄達に死という安寧を与えることはない。

これまでに虐げられ、殺されてきた多くの人々のためにも、奴らにはその獣人としての長い人生を生きて生きて、生きていることを後悔し続け、僅かでも贖罪の心を芽生えさせたその先に終わりを迎えてもらわねばならない。


「カナン様。大丈夫ですか？　お顔の色が……」

「大丈夫だ、問題はない。ヴィルヘルム兄上のところに行くぞ」


俺はエルネストとともにカビ臭い地下牢を後にして、次はヴィルヘルム兄上のアトリエに向かった。


「お久しぶりです、兄上」

「そうでもない」

「三ヶ月ぶり……くらいでしょうか」

「忘れた」

久しぶりに顔を見た兄上は、巨大なキャンパスに真紅の竜を描くことに夢中で、俺の方を見ようともしない。


ちなみにアトリエにこもっている時の兄上は、いつも小ぶりの丸眼鏡をかけている。理由は『宮廷だの晩餐会だのには、眼鏡をかけてまで見るべきものがない。むしろ見えすぎても不快なだけだから』だ。


「これは……あの時のガルリス殿ですね？」

「あれは実に見事だ。私がこれまでに見たものの中で、もっとも強く美しい生命の塊……自然が生み出した造形美そのものだった」


なるほど……確かにキャンパスの中の竜は、実に生き生きと宮殿を破壊している。


「あれを間近で見て、言葉まで交わしたというおまえが羨ましい」

「羨ましい、ですか……兄上にも、そんな感情があるんですね」

「当たり前だ。おまえは私を何だと思っている？」

「失言でした。お許しください」

「カナン」

兄上は不意に絵筆を置き俺を見据えた。

「兄上達をどうした？」

「王族としての身分を剥奪した上で『死の砂漠』への追放、そこで生涯を終えるよう命じました」

「そうか……私は我が身の処遇に興味はない。だが、この『天舞紅竜《てんぶくれないりゅう》』だけは描き上げたい。私に今しばしの時間をくれ」

そう言って兄上は、愛おしそうに描きかけの絵を眺める。それは愛した者へと向ける眼差しそのものだった。

「いいえ、ヴィルヘルム兄上。あなたは、大きな罪に問われることはありません。今までのようにアトリエで絵を描き、穏やかな日々をお過ごしください」

「あやつらと同じく王宮でぬくぬくと過ごしていた私に対して、キャタルトンの民がそれを許すとでも？」

「民の間では、兄上はすでにちょっとした人気者です。『第四王子ヴィルヘルム様は、病弱でありながら勇敢にも新王カナン様の命を救われた』、巷《ちまた》ではそう噂されています」

「おまえがそう仕向けたのだろう？」

「はい。情報操作に秀でた配下に命じました。でも、嘘はついていません。兄上は実際に、刺客から俺の命を救ってくださいましたから」

あの時、兄上が花瓶を投げてくれなければ、俺は確実に殺されていた。俺が襲われている隙に逃げればよかったのに、兄上は危険を犯してまで俺を助けてくれたのだ。

「それに、兄上は俺だけでなく多くの奴隷を救ってきた。調べたんですよ……兄上のこと」

「……余計なことを」

兄上は処分されそうな奴隷や怪我をしたり病気になった奴隷を引き取り、偽名で創作した絵画や彫刻の一部を売って得た資金を、足がつかぬよう慎重に工作した上で革命派に流していた。

「兄上、あなたは誰よりも賢く心根の優しい人です。

本当ならば、俺なんかよりずっと玉座に相応しい。なのにどうして――」

「面倒だ」

「え……？」

「王なんて、面倒だからやりたくない。私が望むのは、絵筆を振るい楽を奏で詩を吟《ぎん》じること。それだけだ。だから、私は自ら動かなかった。私も兄上達と同罪であることに変わりはない……。それでも、許されるのであれば贖罪のために絵を描き続けよう。この国であった悲惨な過去と、愚かな王族がいたことを民が忘れぬように」

「……兄上らしいですね」

兄上らしくないはっきりとした物言いに、俺は少しだけ驚いた。

ただ、それは俺の兄であるヴィルヘルムが見せた、最初で最後の王族らしい姿だったのかもしれない。

革命後もっとも憂鬱だった事後処理『王族の措置』をあらかた終えた俺は、書類仕事の合間にエルネストと茶を飲み午後の一時を過ごしていた。

用意した茶器はもう一組。今日はこれからガレスが顔を出す予定である。

「ガレスも元気にしているといいけど……」

「あの殺しても三日後には生き返ってきそうな奴に、心配は無用かと」

「おいおい、俺は化け物かよ」

「ガレス！」

振り返るとそこには、いつも通り気怠げな笑みを浮かべたガレスが立っていた。

「おまえも無事で何よりだ。ガレスには何度も危険な任務に就いてもらった。感謝している。そして、これは提案だ。これから始まる新体制で、ガレスには諜報室の長官になってもらいたい。どうだろうか？」

これもエルネストと相談して決めたことだ。生まれ育ちとは無関係に、能力のある者が正しく評価される国。これからのキャタルトンは生まれ変わるのだと。

「諜報室長官？　そりゃまた結構な身分じゃねぇか。まぁ、それはそれとして……だ。例の手紙を届けた時は、マジで殺されるかと思いましたぜ？　なんせ手紙の文言を一行読み進めるごとに、レオニダスの熊と獅子の身体が怒りで膨れ上がってくんだ。おっかねぇったらありゃしねぇ。生きた心地がしねぇっての」

「『狂乱の戦鬼』のお二人はチカユキ殿を溺愛していると聞いている。スイ殿はそんなチカユキ殿との間に生まれた子。獣性の強い彼らにとっては……いや、親にとって子というのはそれほど大事なものなのだろうな。だが、ガレスが無事で本当によかったと思うぞ」

『狂乱の戦鬼』と呼ばれる彼らが通り過ぎた跡を生々しく思い出し、俺はゾクリと身震いした。エルネスト、ランドルフ、そしてガレス。俺の身辺を守る獣人達は、誰もが卓越した力量を誇る猛者《もさ》ばかりだ。しかし、彼らをもってしても『狂乱の戦鬼』達を相手に無傷ではいられまい。可能であれば、未来永劫敵対したくない……いや、絶対に敵対してはならない相手である。

「そういえばもうひとつ。オウジ様……じゃなくてカナン様は、あの兄上達を生かしておいでだとか」

「おまえからカナン様と呼ばれると何だか気持ち悪いな……だが、そうだ。彼らに安易な死を与えるつもりはない。生きて罪を理解し、償ってもらう。……まぁ、楽な生を与えるつもりもないがな」

「市民の前に晒して好きにさせないだけお優しいこって。まぁ、もし気が変わって暗殺したくなったら、ぜひ俺に声をかけてくださいや。割引価格で『お掃除』しますぜ？」

「相変わらずおまえという奴は……」

エルネストは呆れていたが、その横で俺は考えていた。いずれは国として『汚れ仕事』をガレスに頼む日が来るだろう。

頭上に王冠を戴《いただ》き国を統《す》べるとは、つまりそういうことなのだ。

＊＊＊

革命という一大事を、『スイ殿誘拐事件』という想定外すぎる出来事をきっかけに、電撃的とも言える速度で成し遂げてしまった俺達革命派は、事後処理とカナン様を王とした新体制の盤石化に日々奔走している。

「エルネスト……すまないな、おまえや皆にばかり負担をかけて」

「そんなことはありません。カナン様は、十分カナン様のすべきことをなさっておられますよ」

しかしそれでも、こうして月明かり照らす自分の部屋で、カナン様と酒坏を交わす時間を持てているのだから、革命前の常に張り詰めた空気からカナン様が解放されたことは喜ばしい。

「カナン様こそ、人の上に立ち国を治める大切なお身体です。くれぐれもご無理だけはなさらぬように」

「そうだな……。無理をするつもりはないが、炊き出しに出る時間もないというのは残念だな。シャマルとライールが引き継いでくれたのはありがたいが、王の仕事というのは味気ないものだ。贅沢な悩みだとはわかっているのだが……」

「カナン様が王となり、政務に励まれていることは民が一番よく理解しております。この短期間でも奴隷への待遇の改善、奴隷の順次解放と保護、公共事業の割り当て、新法の発布……これらがなされたことはカナン様の功績です」

「全ては俺の周りで動いてくれる皆の働きだ。レオニダスと同盟を結び、莫大な援助を得られたことも大きい。まさか、同盟締結の場に『静かなる賢王』殿が現れるとは思わなかったがな」

その時のことを思い出しているのか、カナン様は窓の外に広がる夜空へと視線を向け、どこか物思いに耽っているようにも見える。

「それは確かに。王弟のダグラス殿がいらっしゃるという話でしたので、我らもずいぶんと驚かされました」

「あの時、ヘクトル様に言われた言葉がずっと耳に残っているんだ。『ゼノルディは愚王であったが、唯一にして最大の功績を残した。カナン王、そなたという子を作り、後継者としたことだ。そのやり方も愚かではあったがな……』と。全て見透かされているようで、少し恐ろしくもあったよ」

「『静かなる賢王』殿ですからね。ですが、ヒト族という存在を溺愛されているというのは本当のようですね。まさかカナン様にご自宅に遊びに来るようにと、まるで孫に話しかけるかのような気安さで」

「ああ、式典の後の……。あの姿が素なのか、それともあえて道化を演じておられるのか、なんとも掴み所のない御方だ」

「それでお誘いはお受けになるんですか？」

「こちらの国が落ち着くまではさすがにな……。だが、行ってみたいとは思っている。レオニダスという国をこの目で見ることも必要だろう。それに、スイ君にも会いたいからな。いつのことになるかはわからないが……」

　互いに空になった杯に、甘いが酒精の強い酒を注ぎ合う。

　すでに酒瓶の底が見え始めている。

　俺はともかく、カナン様の頬はほんのりと朱に染まっている。いくらか酔っておられるようだ。すっかり凛々《りり》しい青年となったカナン様のそんな姿もまた、俺には愛おしく感じられる。

「というわけで、俺達が為すべきことはまだまだ山積みだ。だがようやくここまで来たとも言える」

「そうですね。ひとつ大事を終わらせれば、次なる一歩が待っている。カナン様には、幼い頃から本当にご苦労を――」

「いや、それはもういい。それはいいんだ。なぁ、エルネスト……もう隠し事はなしだ」

「……何のことでしょう？」

　出会いから俺はカナン様を欺《あざむ》いてきた。だが、その聡明さ故に全てを明らかにするのも早かった。

　故にもうカナン様に隠していることは……いや、ひとつだけあった。しかし、それは互いの立場を考えれば、決して口にしてはならぬことだ。

　だから、俺は理解していながらとぼけた答えを口にする。

「あるんだろ？　まだ俺に言ってないことが」

「カナン様……先王のご遺言の一部を秘匿していたこ

と。それは以前お詫び申し上げた通りです」

「ん？　そこに立ち戻るのか？　それはかまわない。おまえは伏せていたんじゃなく、俺のことを思って言えなかったんだろ？」

「……おっしゃる通りです」

「だけど今となっては、これでよかったんじゃないか？　ヘクトル様のおっしゃった通り、俺は父の愚かで短慮な行為によって生まれ落ち、掃き溜めの街でおまえと出会って、この国は生まれ変わるきっかけを得た」

「……それは、結果論に過ぎません」

「いいじゃないか、結果論。愚かな判断と目先の欲にとらわれた所業。そこからこの結果を生み出した俺の父親は、『暗愚王』改め『道化王』だ」

達観した中に皮肉の入り交じったカナン様の物言いは、幼い頃から変わらない。

「強くなりましたね、カナン様。いや……あなたははじめから強かったか」

市井で生きていたカナン様を、こんな茨の道に引き込んだのは俺だ。そのせいで、この方は王としての人生を歩むことになってしまった。この国のためにそれは必要なことであり、俺に後悔の念はない。

だが、『カナン』という一人の人間、ヒト族のアニムスにとって、果たしてそれは最善であったのか？

いくらカナン様がご自身で選択されたことだとおっしゃられても、俺が己の大義を果たすために、何も知らぬ無垢な子供を利用したことに変わりはない。

「また、難しい顔をして余計なことを考えてるな。俺は、後悔なんてしていない。それにエルネスト、おまえ俺が聞きたいことをわかっていて話を逸らしたな？　俺がしたいのはそういう話じゃなくて、もっとこう……目茶苦茶個人的な話だ」

「……」

「……『番』なんだろ？　俺達」

「――ッ!!」

やはりこの方は本当に聡い。ヒト族は『番』に対する欲求が酷く弱いと聞いている。俺もそれを悟られないように振る舞ってきたはずだが、気づかれていたとは……。

「いつからそれを……？」

杯を持った手を硬直させながら、俺はやっとの思いでそれだけを口にする。

「おまえの身体から妙にいい匂いがすることに気づいたのは、ダンスを習っている時だった。ずっと嗅いでいたくなるような……懐かしいような匂いで、俺はその匂いを嗅いでいると、何だか変な気分になったんだ」

「まさか、そんな時から……！」

水気たっぷりの清々しいウォメロの香りに、異国の香辛料を合わせたような匂い。清潔な若々しさの奥に秘められた色香を思わせる、『番』だけが知り得る匂い。

俺はてっきり、自分だけがそれに気づいているのだと思っていた。

「俺は最初それを、高級な香水か何かだと思っていたんだ。おまえは由緒正しい貴族だし、その……見た目も格好いいしな。どこまでもきっちりとした清廉な騎士であるおまえには、その香りがとてもよく似合っていた」

「っ……。カナン様、やはり少し酔われてますか？俺はそこまで清廉なわけでも、伊達男でもありませんよ」

カナン様の俺に対する認識に、俺は少し苦笑してしまう。実は俺の騎士宿舎は散らかり放題で、遊びに来るたびに几帳面なランドルフが小言を言いながら片付けてくれることを、カナン様はまだ知らない。

「でも、ある時気がついたんだ。その匂いが強くなるのは、決まって俺とおまえの感情が昂ってる時だと。俺がアーヴィスに踏み潰されそうになった時、俺が初めて人を殺した後。そして竜の姿をしたガルリス殿が現れたあの日……。そういった積み重ねで、俺はおまえが『番』であることを理解した」

「カナン様……確かにカナン様は、俺の『番』です。

それは間違いありません。しかし『番』だからといって、必ずしもそれを運命として受け入れずともよいのです。獣人の中には、手段を選ばず『番』を欲して手に入れようとする者が少なからず存在しますが……俺はこれ以上あなたを縛りたくない」

俺も獣人。それも獣性の強い豹族のアニマだ。本音を言えば、運命の『番』は喉から手が出るほど欲しい。目の前に愛しい『番』がいるというのに、何もできず見ているだけなど拷問にも等しい生殺しである。

かつてカナン様に請われた俺は、二度ほど豹の姿で添い寝したものだが……正直、理性と獣欲の間でよく耐えたものだと自分を褒めてやりたい。

けれども――何事につけても、カナン様の意思を最大限尊重すること。それは大人の都合に子供を巻き込む時、俺が己に誓った鉄の掟《おきて》なのだ。

「なぁエルネスト……あの時、巨大な竜を前にして、俺は本能的に死を覚悟したんだ。『これはもうどうにもならない』『人間頑張っても足掻いても、無理なもんは無理』……そんなふうに、抗いもせず諦めたんだ。無責任だよな」

「それは……」

杯の中身を一口含んで自嘲するカナン様に、俺はかけるべき言葉を探す。

「だけどおまえは違った。おまえは最後まで諦めず、剣に手をかけ俺を守ろうとしてくれた」

「俺はあなたの騎士です。騎士として主を守るのは、当然の務めですから」

「塔の屋根が吹き飛んだ時、おまえは俺を強く抱きしめて守り、『カナン様』ではなく『カナン』と呼んだ」

「あ、あれはその……！　いえ、咄嗟のこととはいえ、大変な失礼を……」

あの一瞬、俺は『騎士』ではなくなっていた。あの時俺が守りたかったのは、主君であるカナン様ではなく、ずっと傍らで見守り育て上げた愛しい『番』だった。しかしその想いは、許されるものでは……いや、許してはいけないものなのだ。

「いいんだエルネスト、謝らないでくれ。俺はその……嬉しかったんだ」
「……嬉しかった？」
「そうだ。おまえは死ぬか生きるかの状況で、ただの『カナン』を守ってくれた。革命の象徴であるヒト族の王子ではなく、奴隷の腹から生まれた『裏町』育ちのカナンを、命懸けで守ってくれた。『ただのカナン』がエルネストの一番になれたんだ。そして俺は確信したんだ。おまえから漂うウォメロと香辛料の匂いは香水なんかじゃない。俺達だけの匂い——『番』の匂いだって。どうして黙っていたんだ？」
「……ッ！」

あまりにも真っ直ぐな瞳に見据えられ、幾重にも掛けた俺の中の箍《たが》がひとつずつ壊れてゆく。

「……俺がそれと悟ったのは、カナン様が我が家の別宅で暮らし始めて最初の誕生日が過ぎたあたりです。あの頃のカナン様は、心身のご成長が著しかったので……」

気づいてしまったあの日あの時の衝撃を、俺は今でも鮮明に思い出せる。きっと最期の呼吸を終えるまで、忘れることはないだろう。それほどの歓びであり——絶望だったのだ。

「ああ、あの頃か……。自分でも驚くくらい急に背が伸びたからな。それで、どうして黙っていた？」
「……言うべきではないと考えました」

理由はいろいろとあったが、どれも口にするには憚《はばか》られた。

「だからどうして？」

しかし、カナン様は追求の手を緩めてくれない。これはもう、白状するしかないだろう。

「あの頃のカナン様は、貴族や騎士を酷く憎んでおられました」
「別に今も好きというわけではないな……。ただ、肩書きで人を見るのをやめただけだ」

「ご立派な心がけです。しかし、当時は貴族で騎士の俺を『いけ好かない』とお思いだったのでは？」

「う……それは……確かにあの頃の俺はわかりやすかったかもしれないな……。それはすまないと思う……」

ここで言葉を飾ってごまかさず、素直に謝罪するのがカナン様らしい。それもカナン様の美徳のひとつだろう。

「そんな俺に、いきなり『あなたは俺の〈番〉です』と言われても、お困りになりせんでしたか？」

「……確かに『何言ってんだコイツ？』と思ったかもな」

我ながら卑怯な物言いだ。しかしまるきり嘘を吐いているわけでもない。実際俺は、宮廷に入られるという大事を控えたカナン様を、みだりに動揺させたくなかったのだ。

「だけどエルネスト、おまえたち獣人にとって『番』というのはとてつもなく重要な存在なんだろう？」

その言葉にすぐに返答はできなかった。

まるで走馬灯のように過去の自分のことが脳裏によぎる。

もしも一言でも想いを口に出してしまえば、俺は猛る獣欲に支配され自制を失ってしまう。そう己に言い聞かせ、幾度頭から冷水をかぶり、何度眠れぬ夜を過ごしたことか……。

「その沈黙が答えになってるぞ。それなのにおまえは、手を伸ばせば届く距離にいる『番』に何も告げず、手を出すこともしなかったのか」

「手の届く距離にいるからこそ、言えませんでした」

俺とカナン様の間にしばしの静寂が訪れる。

それを破ったのは、酒杯に口をつけその中身を飲み干したカナン様の喉の音。

「獣人というのも難儀なものだな。あと、おまえの自制心と理性には感服だ。エルネスト、俺は自分の正直な気持ちを言うぞ？　恥ずかしいから一度しか言わない。だから……ちゃんと聞いてくれ」

「……伺います」

「いけ好かない貴公子にいつの間にか恋をしていた。そいつは俺の騎士となって俺を支え続けてくれた。俺にとって『番』かどうかなんて正直どうでもいいことなんだ。なぁ、エルネスト……俺は一人のアニムスとして、エルネストのことが好きだ」

「カナン様……！」

ほのかに朱が差していたカナン様の頬が、今は真っ赤に染まっている。それは酒のせいではないだろう。

「おっ、俺にこんな恥ずかしいことを言わせたんだ！今度はおまえの番だぞ！　エルネスト!!」

顔を真っ赤にして叫ぶカナン様は、年齢相応に可愛らしい。

立ち上がった俺はそんなカナン様の手を取り、ゆっくりと寝台へと導いていき、その上に寄り添うように腰掛ける。

カナン様と繋いだ手が焼けるように熱い。


「正直な気持ちを聞かせてくれ、エルネスト。これが王として最初の命令だ」

俺の胸に顔を押しつけて呟く様は、この上もなくいじらしく愛おしい。

「最初は庇護欲でした。この子を守らねばという強い思い。次には義務感と罪悪感が来ました。市井に生きる罪なき子供を、大人の身勝手な都合に巻き込み人生を歪める。その恐ろしさに、幾度眠れぬ夜を過ごしたことか。ですが、あなたはとても強かった。苦境に立ち向かうその姿も意思も、全てが愛しく俺の誇りとなる日々でした。それをそばで見続けることが喜びであり……そして苦しみでした。それは『番』だからではない、獣人の本能だけでもない。ずっと、言葉にして伝えたかった。だけど、伝えることはできなかった。愛しています、カナン様」

俺はカナン様の背に腕を回し、ウォメロと香辛料の匂いを強く発する唇を貪り、熱く柔らかな口内を貪欲に味わい尽くす。

「俺を見つけてくれたのがおまえでよかったよエルネスト。アニムスのヒト族、そんな前例のない王である俺のそばにいることで、おまえにはこれからも苦労をかけると思う。それでも、俺はおまえとともにこの先を生きていきたい。俺は王になることを自分で『選択』した。そして今もう一度『選択』しようと思う。おまえを永遠に愛し続ける『選択』をどうか許して欲しい」

俺の腕の中でそんな願いを呟く俺の『番』。
世界の何よりも愛おしく愛らしい俺のもの。
もう戻れない。止まれない。俺は己の中で、全ての箍が弾け飛ぶ音を聞いた。

「その言葉、どうか後悔なされませんように。俺はあなたが思うような清廉な騎士ではありません。大好物を目の前にしてお預けを食らっていた、ただの獣です。俺は、今からあなたを喰らいます。俺を煽ったあなたが悪い」

俺は長年抑え続けた情欲のままに、カナン様の薄い身体を寝台の上に押し倒した。

✦✦✦

「カナン様……」
「こんな時に、カナン様はやめてくれ。カナンでいい……おまえだけは、カナンと呼んでくれ」
「ではどうか……二人きりの時は俺のこともエルとお呼びください。本当に親しい者だけに呼ばせている名です」

押し倒されたエルネストの寝台には、当たり前に彼の匂いが染みついていた。ヒト族のアニムスである自分とは明らかに違う、獣人のアニマだけが持つ雄の匂い。
娼館で嫌というほど嗅いできたその匂いを、かつての俺は嫌悪していた。なのに今は、それがたまらなく愛しい。

「エルの匂いがする」

枕に顔を埋め、愛する男の日常を胸いっぱいに吸い込む。そこから香るのは獣人の雄の匂いだけではなく、俺達の『番』の証である香り。

「枕より俺を見てください」
「自分の枕に妬《や》くのか？　おまえは？」
「妬きますよ。あなたが思っているより俺は狭量《きょうりょう》なんです。あなたが関心を向ける俺以外の全てに嫉妬してきましたから」

真顔で答えるエルネストの碧い瞳の中には、嬉しそうな顔をした俺だけが映っていて。真実、こいつは今俺だけを見ている。他の何ものも、見えてはいても見ていない。

「そんなに俺を喜ばせるな……馬鹿」

俺の上に覆いかぶさってきていたエルネストの首に腕を回し、強く引き寄せ唇を合わせる。太く張りのあるしなやかな首は、人の姿をしていてもどことなく豹の獣人であることを感じさせた。

「ん……」

どちらのものともつかぬ甘い吐息が、重なり合った唇の隙間から漏れる。

「はぁ……もっと……！」

ずっと欲しかったあの香り。圧倒的なそれに包まれながら、俺は際限なく菓子をねだる子供のようにエルネストを求める。

「んぐ……はぁ……ん……」

猫化特有の少しざらついた長い舌に苦しいほど口を塞がれ、俺の頭が甘く蕩《とろ》けてゆく。
『上手な客と口づけをするとね、頭がぼーっとなって気持ちよくなるんだ』
昔は気持ち悪いとしか思わなかったライールの言葉が、今なら正しく理解できる。

エルネストが上手いかどうかは、正直なところわからない。だけどこんなに気持ちのいい口づけが、下手であるはずがない。彼の色素の薄い金髪が俺の頬をくすぐり、舌と舌が絡み合うたびに俺の下腹部は甘い痺れに震え、その中心はすでに固く芯を持って下着を押し上げ濡らしている。

「ふう……ん」

エルネストの首に回していた右手を彼の下腹に伸ばしてみれば、俺とは比べ物にならぬ質量のそれが漲《みなぎ》っていて、恥ずかしさと幸せな喜びが一気に膨らむ。

一方的に求めるのではなく。一方的に貪られるのでもなく。互いが互いを求め合う愛のある交わり。娼館育ちの俺が焦がれていたのは、そんな当たり前でありながら尊い行為だったのだ。

「カナン……！」

エルネストは軽く下肢を震わせると、接吻を交わしていたその口で俺の首に牙を立てた。獣人が己の愛する者に証をつけるその行為に、俺の背筋がゾワリと慄《ふる》える。エルネストは騎士であると同時に、まごうかたなき豹族のアニマなのだ。

強い興奮からシーツの上を左右に掃く、斑《まだら》模様の尻尾がそれを如実に物語っていた。

「ッ……！」

ツプリと小さな音を立て皮膚が裂けたが、生温かい血が流れることはない。

「俺の血は美味いか？」

流れるよりも早く、溢れ出すそばからエルネストが全て舐め取ってしまうからだ。上品に整った顔が猛々しい欲に染まり、涼し気な碧い瞳が獣欲に燃え盛る。

他の人間にそんな目を向けられても気持ちが悪いだけなのに、エルネストから与えられるそれは、俺の中に眠る全ての悦《よろこ》びを容赦なく引き摺り出す。

「ええ……この上もなく……ッ！」

「そうか……何なら、肉を食ってもかまわないぞ？」

俺はエルネストの頭を掻き抱き、挑発するように金髪の中から突き出した三角形の耳を噛む。

こいつにならば食い殺されてもかまわない。否、食い殺されたい。

俺の中にかつて感じたことのない衝動が沸き起こっていた。

アニムスが愛するアニマに抱かれるとは、こういうことなのか。あるいは俺がヒト族で、エルネストが豹族だからだろうか。だとしたら、捕食者と非捕食者の交歓は恐ろしく歪《いびつ》で背徳的で官能そのものだ。

「これ以上俺を煽ってどうするつもりですか……その身がどうなっても知りませんよ」

「かまわない……ぶちまけて欲しい、おまえの全てを」

初めてだというのに、俺の口からは手練れの娼夫のような台詞《せりふ》がスラスラと出てくる。これでいい。俺が怯えを見せれば、優しく紳士的なエルネストは躊躇する。俺は自分のロクでもない育ちに改めて感謝した。

「あなたという人は……っ！」

エルネストは俺が着ていたものを破きそうな勢いで全て剝ぎ取り、自身も生まれたままの姿を曝け出す。その際ボタンが三つほど弾け飛んだことが、彼の興奮の度合いを物語っていた。

「やっぱりすごいな……」

貴公子然とした佇まいとスラリとした長身のため、エルネストはいくらか着瘦せして見える。しかしこうして裸になれば、その肉体は紛れもなく戦うために鍛え上げられたものであり、一切の無駄がなく美しい。

「俺がどんなに鍛えてもこうはなれないな……」

うっすらと金色の産毛の生えた胸板に掌を這わせ、そのままゆっくりと下へと撫でる。隆起した筋肉のひとつひとつまでもが、どうしようもなく愛おしい。

「あなたは俺がお守りします……決して、二度と離したりはしない」

「俺だって、離れてなんかやるものか」

「カナン、愛している」

「ひぁ……んッ」

エルネストの唇に優しく胸の突起を食《は》まれ、俺は上ずった声をあげた。全身の感覚がおかしいくらいに研ぎ澄まされ、もはやエルネストが触れる場所全てが気持ちよくてたまらない。

「カナンの初めてから最後まで、その全てを俺のものに……」

「馬鹿だな……最初からそのつもりだ。おまえ以外の誰とも、俺はしたいと思ったことがない。これから先もだ」

突起を食んでいたエルネストの唇が一気に下りてきて、俺の張り詰めたものを根本まで咥え込む。普段は上品な彼の口が、こんなに大きく開くことに俺は驚いた。


「ひぁ!? だ、駄目だ、エル……っ！ そ、そんなにされたら、我慢できない——!!」

営みにそういった行為があることを、知ってはいた。だけど俺にとってのそれは、いずれ『強いられる奉仕』であり、自分が受ける側になるという発想はなかったのである。

「んぁあぁッ！」

咥え込まれた陰茎にエルネストの舌が巻きつき、下から上へと絞り上げるように擦った途端、俺は他愛もなく達してしまった。

「……ふぁ……ッ……あぁ……」

あまりにも強烈な快楽の余韻に、俺は小刻みに腰を痙攣《けいれん》させたまま涙を流す。人は感情とは無関係な涙を苦痛以外の理由でも流すと、この時初めて知った。

すっかり耳年増になっていた俺は、これまで蓄えた知識の数々を、今まさに身体で理解している。

「んぐ……」

「エ、エル!?」

しばらく放心状態になっていた俺は、エルネストが俺の放ったものを飲み込む音で我に返った。

「な……おまえ！　何してるんだよ!?」

「言ったはずです。あなたの全ては俺がもらうと」

「だ、だからってそんな……！」

口端についた僅かな残滓すら勿体ないとばかりに、赤い舌を出して舐め取り味わうエルネスト。その姿は俺が知る品行方正な貴公子のそれとはまるで違う、野生の獣そのものだ。

恥ずかしい。ものすごく恥ずかしい。羞恥で身体が燃え上がりそうだ。……なのに、嫌じゃない。むしろ……嬉しい。そんな自分の気持ちに、俺は酷く戸惑った。恋をすると、人はこんなにも特殊な感情を抱くのか。

「ひぁぁ!?」

果てて間もない俺のそこよりさらに下――誰にも触れさせたことのないすぼまりを、エルネストの舌が不意に撫で上げた。

「カナン、俺も限界が近い……辛かったら言ってください。やめることができるかは……保証できませんが」

それでも……この期に及んでまで理性を飛ばし切れないエルネストは、どこまでも優しい奴だ。

だけど俺が欲しいのは労《いたわ》りじゃない。こいつの剥き出しの欲望を貪りたい。エルネストが俺の全部を欲しいと言うのなら、俺だってエルネストに全てを喰らって欲しい。

「っ……遠慮するなよ、エル。欲しけりゃ齧りつけばいい。俺が見た目より頑丈なのは、お前が一番よく知ってるだろ？　念入りに育てた果実が、ようやく収穫の時を迎えたんだ。腹いっぱい食わないでどうする？」

だから俺は、できる限り不敵な表情で煽ってやった。

「本当にあなたは……悪い子だ。獣人のアニマの恐ろしさを、もう少し教えておくべきでした」

湧き上がる激情を抑え込むように呟くと、エルネストはやおら俺の下半身を抱え上げ、大きく開けた口で陰嚢ごと後孔にむしゃぶりついた。

「んぁ！　んぐぅぅぅッッ!!」

敏感な箇所を熱い粘膜ですっぽりと覆われ、ざらついた舌で縦横無尽に舐め回される感触。まるで豹に喰われているようなそれに、俺は目が眩《くら》むような快楽を覚え声をあげる。

「ひ！　ひぁ！　ひぁぁんッ!!」

エルネストの舌が巧みに袋の中身を転がすたびに、俺はあられもない声を甲高く放ち腰を踊らせる。

「いぁ！　あ！　あんんんッ！」

一秒ごとに高まり、限りなく迫る快楽の頂点。

「で、出る！　また出ちゃうからぁッ！」

「何度でも出せばいい。俺が全部喰らいます」

「ふぁぁぁッ!?」

尖らせた舌先が後孔の入口を数回撫でたかと思うと、そのまま一気に根本まで侵入してきた。

「んあ！　や、そんな……汚い、から……っ！」

もはや恥じらう理性も失くし、腰から生まれ背骨を走り、脳天から突き抜けず逆流してくる快楽に、身も世もなく乱れ狂う。

欲しい。もっと欲しい。もっともっと、何もかも全部欲しい。エルネストの全てを俺が、俺だけが独り占めしたい。最後の一滴まで、誰にも分けてなんかやるものか。

欲望と独占欲とエゴの塊と化した俺は、全身でエルネストにしがみついてねだる。

「エル、来いよ……！　早く！　もう、我慢、できなぁぁぁッッ――――ッ!!」

だが、おねだりの最後は自分が張り上げた嬌声《きょうせい》によって掻き消された。エルネストが俺の中に埋めていた舌を、内側を擦り上げながら一気に引き抜いたのだ。

「あっ……はぁッ……ッッ！」

目眩がするほどの衝撃。俺は二度目の白濁を勢いよく宙に吐き出していた。

「カナン、あなたの全てを俺のモノに……します」

俺が放ったものを金色の毛先から滴らせながら、エルネストは爆ぜんばかりに怒張した剛直を俺にあてがう。

「ま、待って……イったばっか――」

「待てない」

「んあ゛ぁぁぁッッッ！！！」

俺は胎内に穿《うが》たれた圧倒的な質量に、喉を反らして絶叫した。

身体がふたつに裂けないのが不思議なほどの圧迫感。再び頂点を競い合う僅かな苦痛とそれを上回る快楽。目の前が白く光り、奥歯がガチガチと鳴り続ける。

「ぐぅッ――――ッ！」

獣の声で一度低く喘ぐと、エルネストは俺の腰骨を鷲摑《わしづか》みにした。

「ひぁ……や、ゆっく……ッッッあひぃぃぃッ――――!!」

次にされることを本能的に察して懇願するも、それは肉と肉が激しくぶつかり合う音によって掻き消されてしまう。

「ふぅ……ッ！　ぐぅぅ……グルルルッ」

頭の上から聞こえる獣の唸り声。小雨のように降ってくる汗。それは常に紳士的なエルネストが初めて見せた、剝き出しの獣性だった。

この姿を見るのは俺だけでいい。エルネストの獣欲を知るのは、この世で俺一人だ。

「エル………好きだ」

たとえ、その立場故に『伴侶』として暮らせなくてもかまわない。俺とエルネストが互いに愛し合い、唯一無二の『番』である事実は、どこの誰にも侵せない。

「愛してる」

唇の近くに落ちてきた汗の一雫を、そっと舌で掬い取る。刹那広がる濃厚な『番』の匂い。

「んぁぁ――ッ！」

身体より先に頭がイった。全身が激しく痙攣して、堰を切ったように涙が止まらない。

「カナン、愛している」

エルネストもまた限界を迎え、叫ぶような再度の告白とともに俺の中で果てた。

いつかこいつの子供を産みたい。エルネストの熱を胎《はら》に宿しながら、俺は生理的なものとは違う涙を止めどなく流す。

俺が生まれてきたことで、流されなくてもよい血が流されたのかもしれない、だけど……俺は今この世界の誰よりも幸せなんだ。

独善的だと言われようとこの気持ちは譲れない。この世界で、エルが俺を見つけてくれたことが何よりも嬉しい。

「あり……がと……うエ……ル」

眩《まばゆ》い光の中で、俺の愛しい騎士は初めて会った時と同じ笑みを浮かべていた。

「エルも忙しいのに、付き合わせて悪かったな」

「いいえカナン様、……あなたのお父上であれば俺もその墓前に参るのは当然のことですので」

エルネストは一度大きく息を吸って、真っ直ぐに俺を見た。碧い瞳に真昼の陽光が反射して、まるで高価な宝石のようにきらめいている。やっぱりこいつは今でもキラキラな貴公子様だ。もう『いけ好かない』とは思わないけれど。

「カナン様、ひとつお伺いしてもよろしいですか？」

「ん？　何だ？」

「あなたは、お父上を……ゼノルディ様を恨んでいらっしゃいますか？」

「おいおい、それを本人の墓の前で聞くのか？」

「ええ、ぜひ聞きたいですね……というよりも、聞かせて差し上げたい」

「ああ、そういうことか……」

俺はエルネストの言葉に深く頷いた。墓の中で眠っ

❈❈❈

俺とエルネストが想いを通じ合わせてから数日。

日々やることは山積みのままだが、俺の周囲では様々ないい変化が起きていた。まず、長い時を苦しみ続けたランドルフがようやく己の生きる理由を見つけたと、ヒト族の青年とともに旅立っていった。ランドルフにはぜひ王都に残って新体制のために働いて欲しかったが、俺は彼が幸福であることが何より嬉しい。

アーヴィスへの屈折した感情を克服した若き騎士シャマルは、俺の古い友人ライールに情熱的な求婚をして受け入れられ、今では夫婦揃って『裏町』への奉仕活動に従事してくれている。

そしてよく晴れたある日の昼下がりに、俺はエルネストを連れて王家の墓——父であるゼノルディが眠るそこに足を運んだ。

「初めまして、だな……父さん」

俺は『道化王』ゼノルディの墓前に、離宮の庭で摘《つ》んできた花を手向《たむ》ける。

ているこの男が、もう少しだけ思慮深ければ、母さんの人生は全く違うものになっていただろう。

だけど……。

「俺は何をどうしても、この人を愛せない。この先も、決して愛することはないだろう。だけど……恨んではいない。憎んでもいない」

「お母上を――ナラヤ様を不幸にし、カナン様に全てを押しつけた……いえ、言葉が過ぎました」

「はは、その通りなのだからかまわないよ。それぐらいの言葉は甘んじて受け入れてもらわないと。でも、今となっては母さんの本当の気持ちなんてわからないから……。もしかしたら、母さんは最初からこの人を赦していたのかもしれない」

俺は『道化王』の墓の隣に寄り添うようにして建てられた、飾り気のない小さな墓をそっと撫でる。

「母さんは俺に、ただの一度も父親の話をしなかった。そう、恨み言のひとつも口にしなかったんだ」

「……ご立派な方です。そういう方だからこそ、ゼノルディ様はナラヤ様を愛されたのでしょう……」

「ああ、母さんはいつだってキレイで優しくて、そして強かったよ。強いから何もかもを一人で背負って、優しいから沈黙を保つことで父さんの愛を否定しなかった。俺は母さんのキレイな愛に報いるために、『道化王』を愛せずとも憎まない。それでいいんだよな？　母さん……」

生前母さんが大切に身に着けていた銀細工の腕輪。唯一ともいえる形見が眠る真新しい墓に、俺は『ナラヤ』とだけ銘を刻ませた。

優しかった俺の母さん。きっと母さんは、向こうでもようやく全てから解放された憐れな王の世話を焼きながら、そこから俺達の未来を見守ってくれるだろう……そう願いたい。

「俺はこの国を壊すというあんたの願いを叶えてやった。だから、今度こそは母さんを幸せにしてやってくれよ……。父さん……」

墓前に片膝をつきそんな願いを口にした俺の横で、

エルネストも片膝をつく。

「ゼノルディ様、ナラヤ様。あなた方の御子息は我らの希望であり、我らの未来を切り拓いてくださいました。これからもそのおそばで、カナン様に忠誠を誓い、お守りいたします。ですから、どうかお二人の代わりに御子息を私が愛することをお許しください」

そんなエルネストの言葉に、俺は小さく吹き出してしまった。

「エル、そんな真顔であんまり恥ずかしいことを言ってくれるな……。しかも、両親の前で……。俺は、エルのお父上の前で同じことはできないからな」

「かまいませんよ。これは私のけじめですから、何より父上はすでに私よりカナン様の方が大事なようで、よくおまえにカナン様を預けるのではなかったと渋い顔をされていますし」

「どこまで話したんだよ……。お父上とは王のカナンとしてこれからも顔を合わせなければいけないのに、俺はどんな顔をすれば……」

「そうですね。確かにそのような照れた愛らしいお顔を見せてはなりません。それを見ていいのは俺だけです」

そう言って、エルネストは俺を引き寄せ口づける。

墓前でさすがにと慌てたが、エルネストの力に勝てるわけもなくそれを受け入れた。

愛しい騎士の金髪が今日も陽の光を浴びて眩く光り、その長い尻尾は揺れていた。

心の中から溢れてくる愛おしさ。

その思いに背中を押されるように、今度は俺の方から深くエルネストへと口づけた。

❖❖❖

こうして、キャタルトンは新たな時代を迎えることになる。

若きヒト族の王は民からの絶大な支持をもって迎えられ、即位すると同時に自分がこの国の最後の王になると宣言した。

搾取されることに耐え続け、虐げられることに慣れてしまった民が、王を必要としなくなるまでには長い年月が必要であったが、若き王は心折れることなく新しい国を作り上げていった。

アニムスであった王は、数多の獣人から求婚を受けたが在位中にそれを受け入れることは決してなく、己の『伴侶』を持つこともなかった。

そうして全てをやり終えた王は、民に惜しまれつつも退位し、ようやく自らの子をその手に抱くことになる。

その子は、在位中常にその傍らで王を支え続けた騎士と同じ、金色の豹だったと言われている。

Fin.

紅玉と守護者の贖罪

陰のある紅玉色というのだろうか。透明感と僅《わず》かな暗さがともに存在する赤。

そんな俺にとっては何よりも大切な瞳の色が真剣味を帯びた。静かに穏やかにだがはっきりと聞き取りやすい言葉で、エンジュは目の前に座る病人からその症状を聞きながら様々な部位を触診していた。

咳が何日も続き、熱も高いという村人を診《み》ているエンジュは、長旅の果てにこの村に辿り着いてから休む間もなく働き続けている。だというのに、そんな疲れなどおくびにも出さず次々とやってくる病人と向き合っている。

それだけ病気を診てもらえる医者という存在を待っていてくれたと思えばしょうがないと思うが、おかげで未だ荷ほどきもロクにできてはいない。それ以上にエンジュの身体も心配だ。

俺達獣人とは違う、エンジュはヒト族なのだから。

もっともエンジュ自身が自ら望んで働いている以上、俺にそれを止めることなどできず、ただエンジュの体調のことだけが気がかりだ。

だが俺の心配をよそにエンジュの表情は、ベッセの町にいた頃に比べると段違いに生き生きとして見える。


そしてこの旅は俺達にとって非常に大きな意味合いを持っていた。そう贖罪《しょくざい》だ。

キャタルトンの貧しい農村部を回り、未だ医療の恩恵を受けていない地区を訪れ診療を行う。そのことはエンジュの新たな生きがいであり、俺とエンジュがともに犯した罪に対する贖罪。

「ロムルスさん、熱冷ましの薬をお願いします。あとは咳止めとスイさんからいただいた新しい薬も、少し強いものの方がいいかもしれません」

振り返ったエンジュに請われ、俺は医療器具の入った鞄《かばん》の中からいくつかの薬包を取り出した。

「こっち……いやこっちか」

「ああそうです。その濃い赤の方で、ありがとうございます」

選んだ薬包を手渡せば、すぐにエンジュの視線は患者へと戻っていた。

ベッセにいた頃は、医学を学んだと言っても目が見えていなかったエンジュ。俺が診療の補助をしてはいたが症状を聞いて薬を処方することぐらいしかできなかったエンジュ。

だが今は視力を含めその五感全て使って診察できるのだ。自らの目で患者の様子を観察できるということが医師であるエンジュにとってどれほどの喜びか、それは俺が想像している以上のものであることに間違いない。

今は旅の傍《かたわ》ら、数多《あまた》の医学書を読み直し、今までできなかった技術を改めて学んでいるところ。夜な夜な二人揃ってセイル殿のところで書き移した医学書を読み返している。

エンジュが本当ならセイル殿のもとに戻り、改めて直接の指導を受けて医術を学び直したいと考えているのは知っている。スイ殿やカナン様もそれを勧めてくれたが、エンジュはそれを固辞し、俺とともに贖罪の旅を続けている。

スイ殿に至ってはレオニダスへ来て最先端の医術を学ばないかとも声をかけてくれた。医術を学ぶ者にとってそれがどれほど魅力的な誘いであったか、俺にでもわかる。

それでもエンジュは頑《かたく》なだった。己が犯した罪への深い罪悪感が拭《ぬぐ》い切れていないことがその原因だろう。だがそれは俺もエンジュと同じ、過去に対する復讐劇の結末は、たとえ皆が許しても己自身を許せない。

エンジュが復讐を望んだこと、そして視力を失う原因となった事件ももとを辿れば俺の罪。俺が過去にエンジュの全てを奪ってしまったことと、これはまた別のもうひとつの俺の罪だと思っている。

今その話をエンジュにすれば、俺を責めることはないだろうがきっとエンジュは怒るだろう。それはエンジュの優しさから来る怒り。

だが後悔というものはそう簡単に消えるものではなく、ましてそのせいで失ったエンジュの過去や大事な月日を知っているからこそ、余計にそれは俺の中からいなくなってはくれない。

エンジュのことを愛している。

『番』だからではない、エンジュをエンジュとして愛している。

そして俺も獣人の端くれ、愛しいエンジュの全てを俺のモノにしてしまいたいという欲がないと言えば嘘になる。

だが、俺はエンジュにそれを求めることがまだできていない。臆病な俺がそれを許してくれないのだ。

そのことをエンジュがどう思っているかはわからない。互いの想いを確認し、愛していると囁き合った。

だが、それでも俺は……。

それでも俺の中にただひとつ確かなものがある。

俺が生涯をかけて愛し守るべきはエンジュただ一人。


「喉の腫れと炎症が特に酷いですね。いいものがあるので試してみましょう」


再びエンジュが俺の方へと視線を走らせたのを感じて、我に返った俺は鞄の中を確認した。中にはエンジュが準備した様々な薬が入っている。

これらの大半がセイル殿のもとで得た医学書を参考に、エンジュがこの地区で採れる安価な材料で作った薬だ。効果の方は全て王都の研究所で確認してもらっているお墨付き。

薬草に関しては、あのスイ殿も感嘆するほどにエンジュの持っている知識は素晴らしいものらしい。

そうしてひとつふたつ増やしてきた薬は、今でもその数を増やし続けていた。もちろんもともと存在する薬もよく使うものを中心にしっかりと量は準備している。


「これを口の中でゆっくりと舐めてください。厳密に言うと薬じゃないのですが喉が楽になると思います。材料さえあれば作ることもできますので、作り方を書いた紙も後でお渡ししますね。舐めている間は痛みも多少はマシになるはずです。あとは栄養のあるものを少しずつでも食べて、水も十分に飲んでください」


レイノンという酸味の強い果物の果皮を干してすり潰したものに甘味をつけて固めた丸薬を取り出し、手渡す。

スイ殿から預かった薬の方が薬効は強いらしいが、それは高い技術力によって作られている。だからこそ、こうしてどこでも採れる薬草や植物の実で作れるものをエンジュは多用した。それは作り方さえ知っていればこのような貧しく、十分な物資も金もない村でも手に入れることができるからだ。

スイ殿の薬を使うのは今回のように症状が酷い患者

に対して、どうしてもという時だけ。いずれそのような薬がキャタルトンのどこででも簡単に手に入れられるようになればいいのにとエンジュはいつも口にしている。

「ありがとうございます、先生」

荒く苦しさを感じさせる息の下での掠《かす》れた声に、エンジュは優しく微笑んだ。

ベッセにいた時もお礼の言葉には微笑みを返していたが、今の彼の笑みは心からのものだと俺は知っている。

ずっとエンジュの上にのし掛かっていた重い過去。その重さが僅かでも軽くなり、俺がともに背負うことを許されてからのエンジュの笑みに以前のようなどこかうつろな暗い影はなく、生来の優しさと穏やかさが垣間見える。

エンジュを過去から解放してくれたのは、ランドルフ隊長とその伴侶でエンジュの昔馴染《なじ》みのウィルフレド殿、それにレオニダスからやってきたスイ殿とガルリス殿。

彼らがやってくるまで俺達は二人で深く底の見えない闇の中にそれぞれが佇んでいた。自ら作り出した鎖にがんじがらめになって、光が差している場所があると知ってはいてもそこから目を背け、ただ縛られて闇の底で停滞することに甘んじていた。

光を自ら求め、深い闇から解放された俺達はまだ手探りで進んでいる状態ではあるが、それでも一歩一歩未来へと明るい道を歩んでいるのだと信じている。

「今日はしっかりと身体を休めて、睡眠も十分にとってください。熱が下がるまでは仕事はできませんよ」

「ああ、まあ……」

それはと言いたそうな患者に、エンジュがきっぱりと言い切った。

「それではよくなるものもよくなりません。悪化すればもっと長引きます。そうすれば結局は、一日寝るだけだったのが三日寝込むことになる。それよりはいいと思ってください」

エンジュの言い聞かせるような強い口調に、患者が面食らったように頷《うなず》くのを俺は笑いを噛み殺しながら聞いた。

もともとそれはセイル殿含めリョダンのあの診療所の人達の物言いだと知っているからだ。それでも彼らに比べればエンジュの言い方は可愛らしいものだとすら思える。セイル殿など時には一切表情を変えずに『死んでもいいなら好きにすればいい』と言い切っていた。

俺が傷ついたエンジュをリョダンに運び込んでからずっと聞いていたあの皮肉や罵倒。だが、それは全て患者のことを思っているからこそだと俺は知っている。あの荒々しい鉱山の街ではそれぐらい言わなければ医者の言うことを聞かぬ者も多かった。

ただ、セイル殿に関してはあの物言いが素だという部分もあるのだろうが……。

頭を下げる患者に向かって、エンジュが笑みを返せば紅玉の瞳が柔らかな光を浮かべる。

その瞳に光が戻ってからは様々な色が浮かぶようになった。

医師として貪欲に新たな知識を吸収しようと浮かべる知識欲に満ちた色。

エンジュの診療で回復した患者へと向ける悦《よろこ》びと柔らかさに満ちた色。

助けることができなかった患者に対する自らの無力を嘆く悲しみの色。

そして俺に向けられる信頼と愛情に満ちた、俺自身の全てが飲み込まれそうになるほどに様々な感情を浮かべる深い色。

俺はそんなエンジュの瞳を見るのが好きだ。

医療を広め、人々を救いたいというエンジュの願い、誰かを助けたいという強い思い。

今度こそ俺は己の道を見失わずにエンジュを支え、そしてエンジュの盾となり剣となろう。それこそが過去の罪への真の償いになるのだと心に刻んでいた。

そう、償い。

エンジュが生まれた頃と言えば、俺はヒト族が虐《しいた》げられている国の在《あ》り方に疑問は抱いてはいても何もできない若造だった。

当時の懐かしいとは決して言えぬ記憶が脳裏へと甦《よみがえ》ってきたのは、エンジュの瞳にあてられてしまったからか。

そんな俺はいつしか過去の記憶へと意識をとらわれていった。

✦✦✦

俺が騎士として仕《つか》えたキャタルトンという国は、代々猫科の王族によって支配されていた。そして俺が知る限りこの世界で唯一奴隷制の存続に固執している国。そのため他国とは酷く折り合いが悪く、大国レオニダスはまさに不倶戴天《ふぐたいてん》の敵だ。

何しろ王族達は自らが奴隷を何人も囲い、足りなければ金に飽かせて買い漁る。そんな王族と王の取り巻きである主流派と呼ばれる貴族によって、このキャタルトンは支配されていた。

その王都においてロムルス・イルト・ラステインという名は、名門ラステイン家の虎族の次男坊ということで知られている。もっとも平民から見れば、それがどうしたおまえもあの腐った貴族連中と同じだろうという程度の存在。

だが国の政《まつりごと》に関わる者達にとってはその意味も多少変わってくる。ラステイン家は王家と同じほどに古い歴史を持ち、過去には王家から降嫁した者がいるほどにその血筋は王家に近い。それは種族や血筋を尊ぶこの国では非常に重要な意味を持ってくる。

しかし現在は王家からは距離を置き、領地経営に力を入れ、自らの力で財を成すことに成功していた。財力だけで言えば、散在癖のある王家より上といってもいいだろう。あの大国レオニダスとも秘密裏に独自の繋がりを持ち、我が国の王家すら持ち得ていない販路を築いているという。

だが、我がラステイン家で扱わない商材がひとつだけある。それは『奴隷』だ。『奴隷』に頼る王家の血が色濃く流れる我が家だが、今の王家と相容れないのはそこに深い理由がある。

当主である父やその後継者たる兄が『奴隷』の制度そのものに反対の立場を取っていたからだ。『奴隷制』を推進する王家を中心とした大多数を占める主流派とは対立関係にあったと言っても間違いではなく、奴隷制に否を唱える穏健派と呼ばれる陣営。

国政は全て王を中心とした主流派が取り仕切る独裁にも近い我が国で、それに従わない父達穏健派は目の上のこぶであるものの、財力やその由緒故に下手に手出しはできないという非常に厄介な存在だ。

父達も現状を歯がゆく思っていたはずだが、俺よりも遥かに政に通じた人達だから何か考えがあって主流派の動向をうかがっているのだろう。実際今の中枢に対して声高らかに奴隷反対を訴えればそれを逆手に取られ逆賊の汚名を着せられかねない。

そうした穏健派の中でも力の弱い貴族家がすでにいくつか取り潰しになっている。

何故我が家がこのキャタルトンという国でこれほどまでに人を『奴隷』として扱うことを忌避《きひ》するのかはわからない。だが俺達家族も、そんな俺達に雇われた使用人もその意識は皆同じだった。

もしかしたらもっとも多く『奴隷』として扱われるヒト族が我らの祖に多く存在するからなのかもしれない。実際に俺の母もこの国では『奴隷』として扱われることが多いヒト族だ。

我がラステイン家の嫡男である兄は、父と猫族の先妻との間に生まれている。総じて獣人同士は子を孕《はら》みにくいのだが、兄が生まれたその先を――俺という兄の弟となる存在を、父とその人は願ったようだ。だが兄の母は俺を産むことは叶わなかった。

そして、幼い兄を残してあっけなくその人はこの世を去ってしまう。

幼い兄を残された当時のラステイン家当主――我が父がどのような心境だったのかはわからない。だが、それからすぐに父は俺の母となるヒト族を連れて来たのだという。

そして離れに囲い、俺を産ませた。

父は愛する人を失って寂しかったのだろうか？

一体どのようにして母と出会ったのだろうか？

ヒト族である母を何故父は選んだのだろうか？

そこにあったのは愛情なのか、憐《あわ》れみなのか、寂しさだったのか……。

今となってはその答えを知ることはできない。いや、そこには俺が立ち入ってはいけない何かがあるような気がするのだ。

だがひとつだけ確かなことがある。

それは母がこの家に来て幸せだ、と幼い俺に何度も語っていたことだ。母は幼い兄を俺以上に可愛がっていた。そして、兄も血の繋がらない母にとてもよく懐いていた。

だがそんな母も俺が成人するより早くにその生涯を

閉じることになる。母が亡くなった時には俺よりも普段冷静な兄の方が取り乱し、涙を流していたことを思い出す。

獣人や魔力の強いヒト族は長命なはずなのにどうしてと、父も悲しみ嘆いていた。

そんな父も母の後を追うように逝ってしまった。

それは父と母の間にあった、俺達にはわからない絆のようなものだったのかもしれない。

そもそも、このキャタルトンにおいてヒト族を妻とするような貴族はいない。ヒト族は子を産むための道具であり、性欲を処理するための奴隷。人格を持った人としての扱いはされていなかったのだ。

それがわかっているからこそ父も俺の母を正式な妻として表舞台に立たせることはなかった。俺の母は世間から隠されるようにして、我が家の小さな世界の中でだけ家族の一員として大切にされていた。

我が家に来るまでの母のことを俺は何も知らない。

この国でヒト族として生きてきたのであれば、そこにはきっと子供に知られたくないこともあったはずだと今の俺であれば想像がつく。

時折思い出す母はいつも、父が贈った指輪を大事そうに触りながら俺と同じ夕焼け色の瞳で儚《はかな》げに微笑んでいた。

そして月日は流れ、親族の後見を受けていた兄はラステイン家の正式な当主となり、俺はキャタルトンの騎士となった。

この時の俺はまだ僅かな希望を持っていた。一人の騎士として、この国に何か変革をもたらすことができるのではないかと、弱き者、助けを必要とする者を俺の手で守ることができるのではないかと思っていたのだ。

だが、騎士となった俺の目に映るこの国の実態、それはもう手のつけようのないものだった。国の中枢に流れる退廃的な空気は異様なほどで、歪んだ欲望を隠すことのない者達の多さに何度顔をしかめたことか。

自国の繁栄や民の暮らしよりも、自らの欲望が最優先される社会。しかも、その際限ない欲望の矛先《ほこさき》を奴隷達へと向けている者達が多すぎた。

ヒト族が民として街中にいることなどなく、見かけるとしたら娼館か奴隷商の店だけ。娼館に至ってはヒト族が何人いるかでその格が決まるとすら言われており、国公認の娼館などは半数以上がヒト族だ。

貴族宅で見かけたと思えば彼らもまた性奴隷で、接待要員のように差し出されてくることもあった。

幼い頃に父から「母のことは決して口外するな」と言われ続けていたことを思い出す。

その真の意味を理解したのは、成人してすぐにある貴族宅に兄の名代《みょうだい》として訪れた時のことだった。

退屈な酒宴ではあったが波風を立てるなという亡き父の厳命を思い出しながらなんとか乗り切り、その後用意された客室に入った。

その直後まるでそれが当たり前だというように、薄い衣だけを身に纏《まと》ったヒト族の青年が俺のもとを訪れたのだ。その意味がわからない俺ではなかったし、人並みの欲がないと言えば嘘になる。だが貫頭衣《かんとうい》のようなその服を肩から落として見えた肌には明らかに鞭打たれた傷跡が残り、首には奴隷の証《あかし》である無骨な首輪。

そして憔悴し切った表情の彼にどうしてそのような気になれるというのか。

しかも彼の瞳は俺と同じ夕焼けの色。その色が母の記憶を呼び覚まし、俺の若さ故の性欲は芽生えることもなく霧散した。


だがここはラスティン家ほどではないが高位の貴族の家。供《きょう》されたモノを俺が受け取らないのは相手を侮蔑しているのと同義だという、貴族社会の厄介なしきたりが俺を縛る。それでも彼のあまりにも憐れな様子に、俺はそれを受け入れることはできなかった。

慌ててその家の執事を呼んで「最近、任務が激務で疲れが溜まっているところに、今日の酒が大層美味く飲みすぎてしまったようだ」と酔った体を装って訴えれば、その時は問題がなく引き下がってくれた。

今思えば俺も若かった。他に上手いやりようはいくらでもあったはずなのにどうしてそんなことしかできなかったのか、今更悔やんでも遅いことではあるのだが……。

翌朝、昨夜のこともあって気分が優れず、気分転換に新鮮な朝の空気でも吸おうと裏庭へと向かったその場所で、俺は信じられないものを見ることになる。

ぼろきれ一枚を身につけ、大木に縛られた昨夜の彼を見つけたのだ。

全裸の肌に増えている鞭の跡は生々しい赤色で、項《うな》垂《だ》れた身体からは陵 辱《りょうじょく》の気配がすることを、俺の鋭敏な鼻が嗅《か》ぎ取っていた。

立ち竦む俺に気づいたのかゆらりと力なく彼の顔が上がる。濁った夕焼けの瞳が俺を捉え、そこに浮かぶのは僅かな恐怖。そして、彼は首を横に振った。

その唇が微《かす》かに震え、「もう許してください」と伝えてくる。

その言葉に俺は全身から力が抜けていくのをはっきりと感じた。

彼がそこにいる理由、こんな目にあったのは全部俺のせい。俺が彼を拒んだから、俺が彼を不満に思ったと思われ、折檻《せっかん》されたのだ。そんな彼に、俺が何をできるというのだろうか。今この場で彼を縄からほどき解放できたとしてもその後の報いは、全て彼に行く。

当主へと直接訴えたとしてもそれは同じことだろう。

愚かな俺でもそのぐらいのことはわかった。

人の気配を感じた俺はその場を立ち去り、木陰に隠れ歯を食い縛る。

しばらくして執事が商売人らしき男を連れて来て、彼をまるで物のように引き摺っていく。

やはりそうだったかと俺は項垂れ、当主への挨拶《あいさつ》もそこそこに、急ぎ家へと戻った。

ヒト族の彼を連れ出した男は明らかに奴隷商だった。

あの折檻の量といい、弱っている様子からして役立たずと見なされて売られたと見ていいだろう。俺の振る舞いのせいでさらなる地獄へ突き落としてしまった彼をできれば救いたい。

貴族宅から払い下げられた彼が出されるのは奴隷市。だが今の境遇よりいいところに買われる可能性は限りなく低い。

だったら俺が買えばいいのだが、買った後のことを考えるとそれも難しい。父がそうしたように母のように守ってやることも今の俺にはできはしない。

だから俺は、当主である兄を頼った。俺ができる中で最善の策。そしてもっとも効果的なのがそれだとその時の俺は知っていた。

俺の話を聞いた兄はすぐに動いてくれた。ラスティン家の力で裏から手を回し、我が家が買ったとはわからないように奴隷商のもとへと売られた彼を救い出す。

それから数日後、俺はあのヒト族の青年が獣車に乗り込むのを物陰から見送っていた。

時刻は遅く、空は月が淡く地平線を染めているだけ。

そんな暗がりの中でモノではなく一人の人間として、ラスティン家の手の者に抱きかかえられた青年が運び込まれ扉が閉められる。

獣車の行き先は隣国レオニダス。冒険者ギルドの護衛付きのその獣車には、他にも何人かのヒト族が乗せられているはずだ。

彼らは彼《か》の国の王家が保護を約束してくれた。

体力が落ちており、傷は多いがレオニダスで時間をかけて休めばその傷も癒えるだろうと、陰から見送る俺に兄が教えてくれる。


「今の私達では全員を助けることはできない。こうして助け出してもこの国に未だ残される者達のことを思うと……ラステイン家の名を継いだというのに己の無力さが嫌になる」


悔しげに呟く兄の言葉を否定することもできず、俺も目を伏せて頷いた。

兄の采配で上手く立ち回ってはいても王族と対立するラステイン家の立ち位置は微妙と言わざるを得ない。今はただ時を待つようにと兄からも言われているが、それがどういう意味なのか、この先この国がどうなるのか、どこに向かうのか、今の俺にはわからない。


国のため、民のためにこの剣を振るうというあの日の誓いは間違いでなかったとは思っている。だが騎士としての誇りと歪んだ現実の間で俺の気持ちは揺らぎ続けていた。

貴族の豪勢な衣食住、享楽的な日々。王侯貴族が手にしている富と権力は全てがそんなものに費《つい》やされ、国の未来のため、民の生活のための政など行われてはいない。誰もが今の己の立場を維持し、隙あらば上に上り詰めようという欲望を隠さない。

それは騎士達とて同じこと。騎士団も自分の地位に固執し、主流派の王侯貴族に従う者が多い。そうでなければ出世などできないのだ。

それに騎士になるような者は獣性が強いのも問題のひとつ。己の欲望を優先してヒト族の性奴隷を買う者、娼館へと通い詰める者が多いのも事実。

ある宴の警備に駆り出された時、奥へと連れて行かれる何人ものヒト族を見かけた時に感じた焦燥《しょうそう》にも似た感情は、いつまでもこの胸の奥に燻《くすぶ》り続けた。

死者を運び出す不浄門を通る荷車の数が宴の日に限って多いのは何故か、その原因に容易に想像がついたとしても、それを追求することは許されない。

それどころか、自分が何をしたのかを自慢げに語られる始末。

少しでも心ある者からの訴えは封じられ、疑問を呈したものは漏れなくその地位を追われ、地方へと追放されていく。主流派に逆らうことはあり得ない、事を荒立てては内戦に発展してしまう。そんな風潮が俺を含めて穏健派の口を閉ざさせる。

自分一人だけなら何かしていたかもしれない。

だが俺の背後にはラステイン家がある。兄が上手く立ち回って機会をうかがっていると知っている以上、俺がここで無茶をすることはできなかった。

いや、これも言い訳に過ぎないだろう。俺は兄からの言葉を免罪符に、自分の立場を守っただけなのだ。


ただ幸いなことがなかったわけでもない。俺が騎士として所属していた部隊のランドルフ隊長は、高位の貴族でありながら穏健派の俺に近い感覚をお持ちの方だったのだ。隊長の意向なのか、同じ部隊の他の騎士達も同様だった。

騎士としてヒト族への狼藉《ろうぜき》は許さない。これは俺達の部隊の規律となっていた。


だが、俺達のような穏健派の騎士がいればその真逆となる主流派の騎士もいるわけで、数としては圧倒的に勝るあちらを相手に同じ騎士であるにもかかわらず、互いに睨《にら》みをきかせ合うような始末。

それでも、自分達の行動がいつかこの国のためになるのだとそんなことを仲間とともに信じ、俺達は騎士としての誇りを忘れることはなかった。他の主流派になんと言われようとも、治安維持という名目でヒト族や奴隷達を何度も助けてきた。

だがそのような行動は主流派の上層部に睨まれていたのだろう。あの日、あの任務に俺達の部隊が選ばれたのは、上層部の恣意《しい》的なものだったのだと俺は確信している。

あまりにも愚かで嫌がらせと呼ぶには行きすぎたそれ。生け贄《にえ》として選ばれた俺達の部隊は、それでもあの時はまだこの国の『騎士』だった……。

『北西の森林地帯の奥深く。山脈の麓《ふもと》に賊《ぞく》が集まってできた隠れ里の存在を確認。集落を急襲し、一斉捕縛して王都に連行すべし』

それは騎士に下される命令としておかしなものではなかった。

だからあの日俺達はランドルフ隊長の下、その隠れ里——ワイアット村へと任務を受けて向かったのだ。

「我らはキャタルトン王国騎士団である。王命により貴様らには捕縛の命が下っている。武器を捨て、大人しく投降すれば手荒な真似はしないと約束しよう。だが、刃向かうのであれば容赦はせぬと心得よ」

降り注ぐ雨の中、ランドルフ隊長のよく通る声が小さな村の隅々まで響く。その声に村の中がざわめき、賊が姿を現し始めた。棒状の物を持った者もおり、俺達の間に緊張が走る。剣の柄に手を添えて、身構えて襲撃に備えた騎士もいる。

俺もランドルフ隊長の近くで頭上の耳をひくつかせ、微かな殺気でも感じ取れるようにと全身に神経を張り巡らせた。

雨音に混じり、人のざわめきが大きくなっていく。うかがうように屋外に出てきた人々が、俺達の姿に酷く動揺していることを強く感じた。

人数からすれば俺達より多いだろう。だが彼らは何もかも諦めたように手にしていた道具を——武器とは呼べないそれを地に落とし、俺達の前にひれ伏した。

村に入る前に様子を見た時と同じ、彼らからは盗賊や山賊が騎士に対して向けてくる明らかな殺意や敵意というものは感じられない。それなのに俺達はそれを油断させるためだと思い込んでいた。

だが、彼らは結局縄を打たれるまでほとんど逆らうということがなかった。

ランドルフ隊長の言葉に諦めを覚えたのか、それとも長だという年老いた獣人が村人達に何かを言い含めていたから、それでなのかもしれない。

それはあまりにもあっけない任務だったと言えるだろう。楽な任務だった、そう思えればいいのだが強烈な違和感が残って仕方がなかった。

あの後、いくら探しても武器らしいものはどこにもなかった。賊達が集まった住み処と言いながら、幼子も含めて子供も老人も多かった。明らかに非戦闘員が多すぎる。

しかも王都ではめったに姿を見なくなったヒト族がやたらに多い。

彼らは王都から逃げ出したところを盗賊どもに拐《さら》われたのかと思ったが、任務は全員の捕縛。もし保護すべき対象がいれば、王都で選別するのだろうか。

俺と同じような疑問はランドルフ隊長をはじめ皆が持っていた。だが、後続部隊として駆けつけてきた主流派の騎士だと名乗る者達が現れたことで俺達には時間がなくなってしまう。

戦えそうな者とそうでない者、種族によっても選別し縄を掛けて引き離す。怯える幼子は親に委《ゆだ》ねていたが、それも後発隊である部隊が来るまで。

あとの移送は後発隊が引き受けると言われたのだが、その過程で親と子が離ればなれになる様子に、俺達もさすがにこれはどうかと視線を交わした。

静かだった村に、幼子の悲痛な泣き声が響き渡る。仲間の騎士の中には頭を覆うふりをして布で耳を塞いでいる者もいた。

泣き喚《わめ》く子供達の声、言い含めるように諭《さと》す親の悲痛な声は、いつまでも耳の奥に残るほどに嫌なものだ。これが任務でなければ絶対に関わりになりたくない現場だと、俺もできるだけ視線を逸《そ》らしていた。

突入した時の使命感はすでに霧散していて、早く終わって欲しいとただ願う。任務中としてはあるまじきことすら思い始めていた時。

何かに誘われるように俺の視線は惹きつけられる。

何故花があんなところに。

そう思ったのは一瞬。

強い雨のせいか何もかもが色褪せて見える中、そこに赤が浮かんでいた。

炎の赤ほど鮮《あざ》やかではないが確かな朱色。濡れていてもなお、その朱は艶やかに俺の目を惹いたのだ。

それが子供の髪なのだと気づく。

その子がいたのはヒト族の子供達が集められたチェルシャの野菜畑の中だ。みずみずしい葉が丸く蕾《つぼみ》のように集まっているはずのチェルシャは、今は踏み込んだ騎士により無残にも踏み潰されていた。

その子はそんな畑の中、裸足で立ち竦んでいた。

雨がその子の髪から垂れて水たまりにいくつもの輪を作る。雨は泥に塗《まみ》れた身体をキレイにするほどの勢いはなかったが、顔の泥は流れていったのか整った顔立ちが見えていた。

その子は目の前で何が起きているのか理解できないという茫然自失の状態で、泣き喚くことすらしていなかった。

その頬を流れているのは雨水なのか涙なのか、ここからではわからない。泣き叫ぶでもなく、濡れた身体が冷えるのも厭《いと》わず、印象的な紅玉色の瞳は目の前の光景を焼きつかせているかのように見開いたままだった。

俺は何かに引き寄せられるようにその子へと数歩近づいた。風向きが変わったのか、薬草に似た香りが俺のところまで香ってきた。

チェルシャが放つ青々しい香りとは違う、だが爽やかな香りは好ましいものだとこんな時にもかかわらず俺は頭の片隅で考えていた。

その子は俺が近づいても気づかない。ただ一心に前方を見据える姿は変わらない。

その子が何を見ているのか、何を探しているのか。俺は思わずその視線を辿り、遠い先で別の部隊に連れて行かれる集団がいることに気がついた。

視界の片隅でその子の口が小さく動く。言葉は聞こえなかったが、俺の耳には「お母さん」という声が聞こえたような気がした。

不意に胸の内に激しいやるせなさが込み上げて、強い悲しみに胸を突かれる。握りしめた掌《てのひら》に食い込む爪で痛みを感じた。

だがそれよりも胸の奥底がの方が遙かに痛い。

自分が騎士として命令に従った結果が目の前の光景だというのに、どうして俺の心はここまで揺らぐのだろうか。

何故このような子供まで捕らえる必要があるのか、何故親と分ける必要があるのか。

親が犯罪者だからといってどうして子供まで。

遠くで叫ぶ声がする。

自分達が何をしたとばかりに叫んでいるのはヒト族の青年か。大半が大人しく、全てを諦めたように俯いている中で彼一人が抗《あらが》っていた。

それが普通なのだ。賊ばかりが集まっているはずの村の人間を相手にここまで簡単にことが終わるのはあまりにおかしい。もっともっと、彼が暴れて疑問を口にしてくれるならば今俺の中にある違和感の答えに気づけるかもしれない。

青年は近くにいたランドルフ隊長に向かって罵詈《ばり》雑言《ぞうごん》を浴びせているようだ。

だが不意に後発隊の隊長らしき獣人が剣の鞘《さや》でその青年の腹を抉《えぐ》り、地に叩き伏せた。

おい、と思わずそちらに行きかけたが、ランドルフ隊長が先に動く。

やりすぎだと訴えているのだろうがずいぶんと下品な笑い声があたりに響き、その声が隊長を罵倒していた。

まるで場末の娼館によくいる用心棒のような物言いで、そこに大きな違和感が発生した。いや、もっと前から違和感は多かった。

なんだろう、何かがおかしい。

だいたいあそこにいる主流派の貴族の名を冠した後発隊の隊長はどこの誰なんだ？

大勢の騎士が所属する騎士団とはいえ、一人一人が国の精鋭として選ばれた者、全く知らないのは入ったばかりの者ぐらいだ。それなのに俺の記憶に触れる者は皆無。

だが、そんな違和感すら追及は許されなかった。ランドルフ隊長が向こうの隊長に苦言を呈したが、王命だという命令書を改めて見せられそれ以上の追求ができなかったと苦渋に満ちた顔をしていた。

命令でここに出向いたのは俺達だ。だが向こうの部隊に王印の押された命令書を見せられれば、俺達は何も言えないし、何もできない。


荒々しく撤収の声がして護送の任についた俺達は、いつしか追い払われるように屈強な大型獣人の捕縛者とともに王都へと帰らされた。

歩みの遅い者達は後発隊が率いて連れて帰るという。

それも妙だと頭の片隅では感じていた。だが俺達は、少なくとも俺は、このなんとも後味の悪い任務をさっさと終わらせたいと思っていた。そのせいで早く帰れるという言葉に、……従ってしまっていた。

それが逃避だったと気づいたのは、全てが終わった後。

後味の悪さと自己嫌悪を消せぬまま、それからすぐに俺達はあの任務に隠された真実を知ってしまったのだ。

消えた任務記録、ワイアット村は最初から存在しなかったものにされ、捕らえたはずの賊も護送されたはずの村人もその行方どころか存在すらも記録が残っていなかった。

全ては仕組まれたことなのだと気づいても後の祭り。

俺達が沈鬱《ちんうつ》な面持ちのランドルフ隊長から聞かされたことの詳細。その事実は誇りを持った『騎士』であったはずの俺達を打ちのめすのに十分だった。

理解ができないと呆然とその場に立ち尽くす者、崩れるように膝を地について涙を流し、己の拳が砕けるほどに固い地面を殴り続ける者もいた。

その後、俺も含めて何人もの同僚が騎士団を辞め、国を去った。ランドルフ隊長は騎士団への残留を決めたため、裏切り者だと毒づく仲間もいたが、隊長には何か考えがあってのことなのだと俺は思っている。

もともと寡黙で表情を変えることは少ない人ではあったが、あの後からその眉間の皺《しわ》が薄れることも、和らぐこともなかった。固い決意をうかがわせる隊長が何を考えているのか、俺ごときが想像できるものではない。それでも彼が時間を見つけてはワイアット村の痕跡を探ろうとしているのは知っていた。

俺も兄に仔細を話し協力を仰いでみたが、兄の力を——ラステイン家の力をもってしてもワイアット村の住人達の痕跡を追跡することは困難を極めた。

ならば俺は俺にできることをしよう、あの時ワイアット村にいた住人をこの足を使って一人でも捜し出す。

ふと、そんな俺の脳裏に鮮明に描き出される情景はあの日チェルシャ畑の中で見た小さな赤。

彼は今どうしているのだろうか……。

辛い思いをしていないだろうか……、生きて……いるだろうか。

いや、今の俺に彼を心配する資格などないとわかっている。それでも……。

遠くから王城の高い城壁を睨み、その奥でふんぞり返っているであろう王族を中心とした主流派を内心で罵倒した俺は、その後冒険者へと姿を変えてキャタルトンの王都から旅立った。

あの事件の真相が発覚してからすぐのことだった。


主流派が懇意にしている娼館には直接手が出せない。王家の息がかかったあの場所は、うかつに調べることすらできない。だが全員が全員そこに連れて行かれたわけではあるまいと、俺は別の線を辿っていた。

だがあの事件から数年経った今でも進展はなかった。いや少しはあったのかもしれない。だが生きた彼らに出会えなければ成果があるとは言いがたかった。

奴隷市がある街に立ち寄り、何度も胸くそ悪い催しを見た。ヒト族が隠れているらしいと言われる地域には必ず足を向けた。

ラステイン家の次男である俺は、実家から勘当されたふうを装うことを兄と決めた。僅かな隙も見せまいと実家からの援助も断った。路銀《ろぎん》は全て冒険者稼業で手に入れたものだ。ギルドからの依頼をこなして金を貯め、噂のある街への旅費と滞在に金を使い、なくなればまたギルドへ出向いて依頼をこなす。

その繰り返し、俺があのタイミングであの町を訪れたのは、本当に偶然……いや、運命だったとしか思えない。

噂話の収集に最適な酒場で安酒を飲んでいた時、まだ若いヒト族が一人身体を売っているという噂を聞いたのも偶然のこと。隣の酔客が次第に大きくなる声で話しているのが耳に入ったのだ。

酒を奢《おご》り、俺も酔ったふりをしてその獣人達から仔細を聞き出した。その中で呟かれた「赤毛の小汚いガキ」という言葉に思わず俺は、俺と同じ虎族の獣人に摑みかかってしまった。

脳裏に浮かぶのはワイアット村で見た強烈な印象を俺に植え付けた赤を持つあの子。

だがあの子が本当にまだ生きているだろうか。しかもこんな治安のいいとは言えない町の片隅で、それも独りで。

もちろんあの子でなくてもヒト族を助けられるのであればそれでよかった。それが俺にできるただひとつの『贖罪』だからだ。

そう思うのに俺の内心は動揺が収まらない。胸の奥は激しい焦燥に苛《さいな》まれていた。それは時間が経つにつれてどんどんと強くなっていく。

そのヒト族が現れるのは夕方だと聞き出し、それまで一眠りをしてと思ったのだが、睡魔は一向に訪れず、俺は昼過ぎにはもう宿を出た。

外に出てみれば朝からの冷たい雨が本降りになっており、頭からかぶった防水布付きの外套は水を弾く力を失ったように重く身体にまとわりつく。

地面の水たまりはあっという間にその数を増し、大地を打つ雨の雫《しずく》が地面を跳ねている。厚い雲は太陽を遮って、まだ夕暮れも来ていないのに薄暮《はくぼ》のようにあたりは暗くなっていた。道を歩いていても、雨で視界が遮られて少し離れた先は風景が霞《かす》んで見えるほど。

俺は雨の中を目深にかぶった外套で顔を庇いながら、件《くだん》のヒト族が現れるという場所へと向かっていた。

その場所は町外れの山裾近くの空き家付近で、村人がゴミ捨て場にしている窪地の外れだ。場末の酒場が近くにあり、その酔客目当てで客を取っているという。

俺は柄《がら》の悪い獣人の中を通り抜けながら、そんな酔客を自然と睨んでいた。

今日の雨はいつもよりも強そうで、豪雨と言っていいほどに大地を強く打つ。

町外れの路地裏となると路面は整備されておらず、山土と同じ茶色の土が泥のようになっていて何度も足がめり込んだ。油断すると滑って転びそうで一歩一歩踏みしめて歩きながら俺は近くなった山を見上げた。

降り続ける雨で山土の保水量を超えたのか、斜面をたくさんの水が流れている。すでに、一部は抉れたような跡を見せていた。このあたりの土は石と砂状の土が混ざったもののようだが、こういう土地は雨が降ると地盤が緩みやすい傾向がある。傾斜地に岩を積み重ねても、元になる土台が脆弱《ぜいじゃく》ですぐに崩れてしまうのだ。

俺がそれを知っているのは、実家の領地にここと似たような土質の土地があるからで、一定以上の雨が降ればすぐに山肌は大なり小なりの地崩れを起こす。父が長雨の季節には何度も溜息をついて領地の心配をしていたほどに。

早めに宿に戻った方がいいだろうかと、さすがにこの強い雨に先に進むには躊躇《ため》いが生まれた。

見上げた空はさらに暗くなっており、このまま日が沈みそうな気配を見せている。降り注ぐ雨は大粒で、肌に当たれば痛いほどだ。

そもそもこんな悪天候の中、件のヒト族が現れるとも考えづらい。

それでも気持ちとは裏腹に、俺の足は先ほどより速く動き、そのヒト族が現れるという場所に急ごうとして――止まった。

道の先に小柄な姿が、こんな激しい雨の中だというのにふらふらと歩いているのが見えたのだ。目深に布をかぶり膝下まで覆ってはいるが、破れが目立つそれからは細い足が覗き、端を摑む手も垣間見えた。

雨の中では俺の視界は極端に狭まっている。灰色に滲《にじ》み、彼の姿は雨の中に今にも溶けていきそうだった。

だが彼が向かっているのは、俺の目的地の方向。自然と速くなった足が距離を詰める。

先ほどより鮮明に見えるようになった彼の様子に俺は息を吞んだ。濡れた布が貼りつく身体はあまりに細く、がりがりに痩せていた。足に合わない靴が一歩進むたびに水を吹き出している。

まともな生活が送れているとはとても思えない身なりに獣人とは違う華奢《きゃしゃ》な体格。ますます彼が目的のヒト族ではないかという疑いが強くなったその時、風が強く吹いた。


「っ！」


視界を遮る外套越しでもはっきりと見えたその色。フードが風に煽られて肩へと落ち、降り注ぐ雨が彼の赤い髪を濡らしていくつもの雫が髪から流れ落ちていく。

あの日の情景がまさに目の前に映し出されていた。荒れたチェルシャの畑の中、呆然と佇む子供の姿。冷たい雨に晒されていたあの子の姿と目の前の彼の姿がキレイに重なった。

気がついた時には俺は走っていた。近づいた分だけ気配を感じられるようになり、本能が知っている何かを求めて自然と俺の手が伸びた。

水を弾く足音に、彼が顔を跳ね上げる。


腕を摑み引き寄せた彼の瞳が俺を見た。驚愕に大きく見開かれた瞳は髪よりもさらに印象的な紅玉の色。

近づいた彼から薬草の強い香りが俺の鼻に届く。胸の奥へと伝わる爽やかな香り、雨が顔にかかり、溜まった水滴が瞳から流れ落ちていく姿もあの時と同じ。


「おまえはワイアット村の生き残りか？」


考えるより先に言葉が出ていた。

もっと他にかけるべき言葉はあったはずなのに、相手を安心させ、その身を気遣う言葉をかけるべきだった。それなのに、俺の口から出たのは端的なそれ。

問うてはいたが、俺の中ではもう彼がそうだと確信していた。この子はあの子だ、あの時目にした赤毛の子だ。

だが愕然とした表情で俺を見たその子の身体が、いきなり力を失った。膝が砕けたように身体が落ち込む。慌てて、細い肩を摑んでいた手を離し、彼の身体へと差し伸べる。

だが俺の手は彼の身体を支えることも、その手を再度摑むこともできなかった。

崩れ落ちた身体が地面近くで身を翻し、そのまま走り去ったのだ。

「待てっ！」

　叫んだ言葉は無視されて、路地裏に逃げ込んだ彼は俺の視界からすぐに消えた。

　しまったとほぞをかんでももう遅い。彼がヒト族ならば獣人を警戒するのは当たり前のことなのに、うかつに近づきすぎてしまった。

　どこに行ったかと気配をうかがうが、雨の音はその気配をすでに薄めてしまい、彼からしていた薬草の香りもこの雨では辿れない。

　彼が逃げ込んだ狭い道へと俺も向かい、微かな香りや泥に残る消えかけた足跡を探し出しては追いかける。

　雨が邪魔だ。

　あの日雨が降っていたこともあって、あれから俺は雨にいい感情を持てないでいた。雨が降るたびに俺は強い後悔の念に苛まれ、今でも俺を追い詰める。

　それなのに、今日も雨だ。

　その雨に遮られて俺はまたあの子を助けられないのだろうか？

　いや、まだ間に合う。今度こそ俺はあの子を助けたい。

　雨音の中、耳を澄まして必死になってあの子の気配を探した。

　邪魔、邪魔だ、消えろ、雨など消えてしまえ。

　強い念を知らず発し、俺は全ての五感を駆使して彼を探した。気配を辿り、微かな人の存在を探す。

　幸い今俺がいるあたりに他の人間は誰もおらず、誰ともつかぬ人の気配は大抵あの子のものだった。

　再度見つけたあの子の気配に俺は今度こそとばかりに駆けた。なんとか視界の片隅で山の木々の間に見え隠れする彼を目にすることができたのはその直後。

　濡れた髪が頬に貼りつき青ざめた顔は恐怖と、そして拒絶に満ちていることに胸の奥が鋭く痛む。

「止まってくれ！　頼む！　俺は!!」

　助けたくて、今後こそ俺の手で守ってやりたくて、だから俺はここにいるんだ。

　だが続けるべき言葉を発するより先に、彼の身体は再び木々の間に消えた。

俺は一歩踏み出すたびに滑る山の中で必死にあの子を追いかけた。

小さな身体は山の中の狭い場所に巧みに入り込み、大柄な俺の行く手は何度も阻《はば》まれた。


「待ってくれ。俺はおまえを、ずっとおまえを探していたんだっ！」


何度叫んでも、言葉は木の葉を強く打つ雨音に遮られてあの子に届かない。いや、それどころか俺の言葉にあの子は余計に速度を上げて逃げていく。まるで死の恐怖から逃れようとしているように、全身の力を振り絞って大岩を越えて、滝のように流れる川を越えていく。

その様子は、俺に強い恐怖と後悔を与える。あれほどまでに獣人から逃げるということは今までどのような目にあって、どのようにして生きていたのか……。

彼から平穏な世界を奪い、彼がそのようにして生きていかなければならなかったのは……。

全てが俺の責任などと偉そうなことを言うつもりはない。だがその一端を担ってしまったことは事実だ。

だからこそ早く止めなければと思うのだが、この場の土地勘があの子にはあるようで、俺は幾度も崩れる地面に足を取られ、雨にも遮られてあの子を見失った。何度もあと一歩というところまでいっていたにもかかわらず。

だが今度こそ。

狭い窪地のような場所で先回りして、俺は走り抜けようとしたあの子の前へと飛び出した。


「ひっ！」


悲鳴をあげて後ずさるあの子へと手を伸ばし、あと少し、ほんの少しで指先が届く寸前、再び腕は弾かれて、目の前の彼は慌てて踵《きびす》を返す。

その瞬間、俺の耳に響いたのは低い地鳴りの音。

彼のことばかりに集中していた俺は、その音に我に返って慌ててあたりをうかがった。

次第に大きくなる音と大きく揺れる木々。

すぐに俺はその原因に思い至って、目の前の彼へと声を張り上げた。

「駄目だ！　そっちは危ない！」

音の源はあの子が逃げている先の上方。

見上げた俺の視界で大きな山が生き物のように動いている。

見た目にはゆっくりとした動きだが、実際には酷く速いことを俺はその音から察した。瞬く間に俺達に向かって木々を薙《な》ぎ倒しながら山が迫ってくる。

「くそっ！」

俺の目はもうあの子しか見ていなかった。雨の中、迫り来る山肌を見つめて恐怖に硬直して動けない彼だけを。

一瞬、危険回避の本能と彼を救いたいという思いがせめぎ合う。

だがたやすくその天秤は片方へと傾いた。すぐに俺は何もかも振り切るように、そして全身の力を放つために、腹の底からの咆哮《ほうこう》をあげた。目の前が白く眩《くら》み、視野が低くなって掌が冷たい大地に触れた、と同時に後ろ脚は力強く大地を蹴った。

土くれでできた竜の巨体が暴れているような轟音《ごうおん》と土砂の流れ。眼前にそれを捉えた直後、俺はあの子の身体を掴むことに成功する。

その瞬間、驚愕に見張った彼の瞳が俺を見た。その暗い影を落とした紅玉のような瞳。俺の意識を惹きつけてやまない瞳。

このような場にもかかわらず、その瞳に俺が映っていることに胸の奥が熱く震えた。だがそれと同時に頭を強く殴られたような衝撃が俺を貫く。刹那の、瞬きより短い時間の出来事は、まさしく俺の魂そのものを鷲掴《わしづか》みにされたほどに強いものだった。

「まさかっ」

反射的に浮かんだ考えに思わず呟いた言葉は、だが目の前の彼には届かない。俺自身、その衝動に気を取られていたのはほんの僅かな間。

俺の身体は濁った泥水と土砂の濁流に巻き込まれてしまったのだ。

衝撃で吐き出してしまった息に慌てて息を止め、目も開けていられない状況であの子を守ることだけを考える。あの子の顔を自分の胸に強く押しつけ、土砂に流されながらも必死に彼を庇った。痛みが走る目を無理に開ければ、迫ってくるのは泥水と石や流木。そんな中を俺の巨体が木の葉のように舞うのを感じる。

どうすれば、など考える暇などない。

流れは激しく、俺達は土砂の奥底へと飲み込まれそうになった。

片手は小さな身体を抱えているし、脚は伸ばすたびに土砂に当たって激しい痛みが走る。それでも俺の頭の中にあったのはこの子を助けるというただそれだけだ。

流されたのは数秒にも満たない時間。

俺は最後の好機となるであろう、大きく張り出した枝を見逃さなかった。

片手で彼を抱えたまま、全身の力を込めて底を蹴る。土砂から間一髪逃れた俺の腕が、その枝を摑み、力任せに身体を引き上げた。

ミシッと嫌な音を立ててしなった枝は、それでも折れることはなかった。

たわむ枝を登っていき、なんとか土砂の本体から外れて地面が覗く場所へと着地した時には俺は激しく咳き込んだ。

泥の味がする唾を吐き出し、固い地面へとへたり込む。

肩を震わせ、何度も全身で呼吸をした。

目の前には流れ落ちて動きを止めかけた土砂と岩の山が窪地を埋め立てていっている。

俺達が巻き込まれたのが、山崩れを起こした端の方だったからこその生還。

肩で大きく息をしている俺の目の前には、数分前までの木々が乱立していた山はなく、一面赤茶けた岩と木の枝が突き出した荒れ地が広がっていた。

ふと違和感を覚えて足元に視線を移せば、そこには脚だけが獣型という酷く不完全な俺の姿があった。全身を獣化させたはずなのに、不完全な獣体化は変化に慣れていない子供がよくやること。あるいは混乱の極みにあって自分の制御ができてない時にのみ起こり得ること。

今のこの姿に慌てたものの、俺は腕の中の彼へと視線を走らせた。

どうやら意識を失っているらしく、彼の瞳は固く閉じられたままだ。

今のうちにと意識を集中して足を人型に戻すが、靴は土砂へと飲み込まれたのか変化の際に落としてしまったのかどこかにいってしまい裸足のまま。

だがそんなことに意識を取られていたのはほんの僅かな間。

力を失った彼の身体を抱え直そうとして、俺は血の匂いを嗅ぎ取ったのだ。

泥水や濃い緑の強い匂いに紛れてそれは気のせいかと思う程度のもの。だが彼を抱き寄せれば、確かにそれはする。

「おいっ、しっかりしろ」

慌ててその子の全身を探ってみれば、その胸は上下しており息はしている。だがその頭部。

「傷が、くそっ、何か当たったか」

石か岩かそれとも流れた木々にでも当たったたか。守り切れなかったことに、そして気がつけなかったことに喉の奥がグルルと鳴った。雨から彼を庇いながら彼の長い髪を掻き分ければ、裂けた皮膚から未だ血が出ている。

出血量は多くはないが、意識がないことに俺は慌てて彼を抱き上げたのだが。

「……軽すぎる」

その身体は雨で濡れそぼっているにもかかわらず、俺が片手で抱き上げられるほどに軽かった。

しかし、このまま連れて行くにしてもヒト族である彼をあまり人目に付くところに出すことは避けたい。

評判の悪い、だがそれ故に人の訪れが少ない治癒術師のところで血止めだけはしてもらったが、結局十分な治療はできないと言われる始末。今まで十分な栄養が取れていなかったと思われる身体は弱々しく、苦痛を伴う治癒術を受け切る体力はないだろうと。

ならばまずは体力をつけさせてやろうと看病を始めたがそれから何日経っても彼が目を覚ますことはなかった。

意識はないのでどうしたものかと悩んだが口から水

分を口移しで飲ませれば、それを意識のないままにごくりと飲み込んだ。その様子を見て安心した俺はひと口、ふた口と果汁やスープを注ぎ込む。意識のない人間に水分をとらせるのは一か八かの賭けではあったが、見るからに体力がないこの子をこのまま放っておいては弱って死んでしまうことは俺の目から見ても明らかだった。

しかもこの治癒術師は治療の後法外な費用を請求し、にやけた顔で「ヒト族は傷物でも金になる」などと宣《のたま》い、売ればいいと言い出す始末。

その不快な言葉に俺が喉の奥で唸ればすぐに笑ってごまかしていたが、それは決して冗談と言えるものではなかった。

本来であればこの時点でラステイン家を、兄の力を頼るべきだったのかもしれない。兄の力があればレオニダスや別の国、ヒト族が安全に住める場所へと彼を連れて行き守ってやれるはず。だが、そんな俺の脳裏に甦ったのはあの日、傷だらけのヒト族が獣車でレオニダスへと運ばれていくのを見送ることしかできなかった自分の姿。

また俺はその時のようにこの子を見送るのだろうか？　この子の身を誰かに預けて？　それはあり得ない。

彼は俺の……。

ここで俺はまた罪を犯した。兄を頼るという最善の策を取らず、自らの欲望を優先した。

彼のそばにともにありたい、そんな身勝手で愚かな願いを叶えるために。

愚かな俺は彼を宿へと連れ帰り、再び看病を始めた。そんな俺に、宿の主人が声をかけてきたのは数日後のことだった。

「ここと隣町を結ぶ街道から北に大きく外れたところ、ドラグネアの高山地帯の山際にリョダンって街があるんだが、そこで変わり者のエルフが病人を診ているらしい。どんな種族でもどんな怪我や病気でも診てくれるという話だ」

まぁ噂話なんだがなという彼の言葉は、この時の俺にとっては一縷《いちる》の望みであった。

この国において、珍しくヒト族や亜人種に対する偏見がない宿の主人の言葉だからこそ信頼できたというのもある。

この子を看病するにあたって、いろいろと親身になってくれてもいた。

どちらにせよ俺のとるべき道はそれしかなかった。

俺はもう一日だけ様子を見ることにした。だが、彼が結局目覚めなかったのを確認して、その朝すぐに宿を立った。

深い眠りについているように、浅い呼吸だけを繰り返す彼。固形物は食べられなくても、液体であれば自然と飲み込める。それだけが彼の命を繋いでいた。

あの日あの村で彼を見つけてからずいぶんと年月が経っているというのに、その身体はあの頃より少し大きくなっただけだ。

こんな華奢《きゃしゃ》な身体で獣人の相手をしていたというのか……。いや、そもそもこの国でここまで一人でこうして生きていたこと自体、奇跡と言わねばなるまい。

俺の犯した罪の化身。生きていてくれたことには感謝しかないが、その身に何が起こったのか……俺はこれからそれに向き合っていかねばならない。

決意も新たに、俺はその子の身体を大切に背負い、落ちないようにと宿の主人に手伝ってもらって獣体の身体にくくりつけた。宿の主人が可哀想にと新しい毛布で彼の身体をくるんでくれるのに礼を言う。

この町からリョダンまで、本当なら獣車を使いたいところ。だがリョダンまでの直通の乗合獣車はなく、獣化できるのであれば獣人の俺が運ぶのが一番早いと教えてくれたのも主人だった。

リョダンのエルフを頼れば、この子は目覚めてまたあの紅玉色の瞳を見せてくれるだろうか……。だが、それは俺の贖罪の始まりでもある。

そんな思いで俺は彼をできるだけ揺らさないようにしながらふたつの街の間にある荒野を虎の姿で駆け抜けた。


リョダンの診療所でセイルという名のエルフの診察を受けた彼は、今は小さな部屋の清潔な寝台の上で横になっている。

エルフの医師の力をもってしても、目の前の彼をすぐに目覚めさせることはできないというのが結論だった。だが、目覚める可能性がないわけでもないとも。

それがいつになるかわからない。意識のない者の面倒を見ることの大変さを淡々と彼は語ったが俺に選択の余地などなかった。

そんな俺の返答に満足したのか、作り物といっても過言ではないほど美しい顔に僅かな笑みを見せたエルフの医師。この診療所の一室を貸してくれるという厚意には素直に甘えることにした。

セイルという医師はあの子に毎日処方された薬湯を飲ませるように言い、俺は口移しで彼に甘苦い液を飲ませた。医師の口からも意識のない人間に水分をとらせることの危険性を説かれたが、俺が口移しであれば飲ませられることを伝えると興味深いと口角を上げる。

日に三度、時には味の違う薬湯もあったし、見たこともないような色合いの薬の時もあった。

排泄の世話も身体を清潔に保つことも、関節が固まらないようにと身体を動かすことも、俺はこの診療所の人達に教えてもらいながらなんとかこなしていった。

坑夫の街でひっきりなしに怪我人がやってくるリョダンの診療所に、目覚めぬ彼をつきっきりで世話をする余裕はない。彼の世話をするのは俺しかなく、俺はそれが当然だと受け入れた。

時には空いた時間で診療所の雑用を手伝い、暮らしていくための金を稼ぐためにギルドで冒険者としての仕事を請け負うこともあったが、俺の全ては彼のために。

だが頭の怪我がその傷跡となるまでに治っても彼は目覚めなかった。

寝息は穏やかだが、いつまでも目覚めない彼の様子に、覚悟を決めたというのに焦りが自然と湧いては消える。

セイル殿も毎日のようにあの子を診てくれるが、具体的な治療方法は見つからない。遠く、レオニダスへと治療法がないか問い合わせてくれたことも知っている。

それでも彼が目覚めることはなかった。

俺はセイル殿の指示を忠実に守り彼の面倒を見た。だがセイル殿の指示の中で、俺にはできなかったことがひとつだけあった。

それは彼へと彼の名を呼びかけること。

それを知ってもセイル殿は、連れて来た病人の名も知らぬ不審な俺と彼のことを深く詮索することはなかった。

だが、どうして俺はこの子の名前を知らないのだろうか……。

　名前で呼びかけてやりたいのに、その名を知らない俺は、ただただ彼に「おい」とか「おまえ」とか呼びかけることしかできないのだ。

　何か呼び名をつければと言われても、どう呼んだとしてもしっくりこない。セイル殿や診療所の職員は「赤毛ちゃん」と呼ぶことで落ち着いたらしいが、俺にはできなかった。

　きっと彼には親からもらった大切な名前がある。俺はどうしてもその名前でこの子を呼びたかったのだ。

　彼が目覚めぬままに年月が過ぎて、キャタルトンでは内乱……いや、革命が起き、王族や主流派の貴族が打ち倒され新しく穏健派の王族が王位を継いだという話が届いた。

　ああ、ようやくとその時ばかりは思ったが、それだけだ。実家がどうなったのか、昔の仲間達が何をしているのか、今の俺にはどうでもよいことだった。

　それよりも目覚めないままの彼のことだけが気がかりだ。

　細い身体はますます細くなり、日に焼けていた肌は白くなっていく。筋肉が強張らないようにと優しく身体を動かして清拭《せいしき》を行い続ける日々の中で、伸び続ける美しい朱色の髪を何度切り揃えただろうか。

　僅かな幼さを残していた身体も過ぎた年月の分だけ成長し、名もわからぬ彼は青年へと成長を遂げていた。

　騒々しい診療所内でそこだけが酷く静かな部屋の中、俺は何度も彼の口元に手をやって息をしているのを確認した。胸の上下を見れば生きているとわかっていても、それでも確かめてしまうのはもう癖のようなもので、命の鼓動に安心して安堵の吐息をこぼしたことも数え切れぬほど。

　彼に触れると俺はいつも薬草のような香りを嗅ぎ取ることができた。と言っても診療所の薬師《くすし》が持ってくる薬のいずれとも違う香り。苦みや刺激臭といったものは僅かもなく、胸の奥が満たされるような、ずっと嗅いでいたいと思わせる爽やかで落ち着いた香り。

　俺はもうその香りが、俺と彼を繋ぐ唯一の証なのだと気づいていた。

　何よりも誰よりも愛おしい大切な『番《つがい》』の証。

　思い起こせば初めてあの村で彼を見た時から、俺はその香りを嗅ぎ取っていたというのに、ここに来てようやくその意味を悟ったというわけだ。

あの時そのことに気づいてさえいれば、俺は他の何を捨ててでもこの手を決して離しはしなかった。たとえランドルフ隊長へと刃を向けることになろうと、王族を敵に回したとしても、決して選択を間違えることはなかったはずだ。

だが俺は選択を間違えた。その結果が目の前の彼だという事実、それが俺の悔恨を深めていく。

後悔が積み重なる俺にできることといったら、ただ待つことだけだ。

そんな日々が終わりを迎えたのは、王族の首がすげ替わってからずいぶんと年月が経ったある日のこと。

断り切れなかったギルドからの魔獣討伐依頼をこなして駆け戻った俺は、代わりに様子を見てくれていた薬師と挨拶を交わす。その時だった、横たわったままの彼の指先がぴくりと跳ねたのは。

「おいっ！」

俺は思わず声をあげていた。

あの子に駆け寄る俺の剣幕と声に驚いた薬師が飛び上がる。だが、俺が声をあげたその原因に気がついた薬師は慌てて扉から駆け出していった。

「聞こえるかっ！　おいっ！」

何度も呼びかける俺の声に、確実に彼の瞼は震えた。握った手に摑み返してくるような弱々しい力を感じて、胸の奥に歓喜が溢れた。

今まで全くなかった彼からの反応。それは俺を期待させるには十分なもので、俺は必死になって彼に呼びかけた。

「俺の声が聞こえているのだろう？　なぁ、おい」

色の薄い唇が震え、白い歯が覗く。微かに聞こえたのは吐息以外の音。

「おいっ、しっかりしろ。目を開けてくれ。おいっ、おいっ！」

ああ、名前、おまえの名前は何というのだ？　俺は知りたい、おまえのことを全て知りたい。聞かせてくれ、その口から。おまえ自らその口で名前を聞かせてくれ。そしてどうかその名を呼ぶことを許してくれ……。

口にはできない懇願をこめて、俺は何度も彼を呼んだ。

おまえ、君、おい、なあ。

名前の代わりに何度呼んだことだろう。

「どいてくれ」

聞き覚えのある声が俺に呼びかけてくるものの、その場を退くことなどできなかった。

俺の意識はこの子だけに向いていた。

目の前で色の薄い彼の唇が動く。ゆっくりと開かれる瞼の奥に見えた、紅玉色の瞳。

「だ、れ……」

ほぼ吐息のような声、だが確かに声を発した。

ああ、この声。そしてあの瞳。あの時俺を見た、あの。

「ようやく目覚めたか」

傍らからの声に、俺は無意識のうちに頷いた。

そうだ、目覚めたのだ。ずっと寝ていただけの彼が、ようやく。

「そこをどいてくれ。診察ができない」

紫水晶の瞳が感情を感じさせない瞳で彼から手を離さない俺を見つめていた。

その時になって、ようやく俺はセイル殿や薬師達が俺と彼を囲んでいることに気づいたのだ。


目覚めた彼が十分に話せるようになるまでにはさらに時間を要した。そうしてようやく彼の口から語られたのは彼の身の上と、エンジュという名前。

名前を知れたことは大いなる喜びとなって俺を満たしたものの、彼はやはりワイアット村の彼だった。

いや、確信していたとはいえ、当人の口から語られるその事実に、俺は自分の犯した罪の重さに押し潰されそうになる。

そんな俺の気持ちを彼は知らない。何年も寝たきりだった彼の身体は弱り切っていて、今もセイル殿の説明をじっと聞いている。

　だが何度も瞬くその瞳の焦点は合っておらず、視力を失ったことに大きな戸惑いを見せている。そう、目覚めた彼の瞳はこの世界の色も形も、光すらも失ってしまっていた。

　体力や運動機能は時間をかければ必ず回復するとセイル殿は言った。だが、失明の原因は不明。

　セイル殿曰《いわ》く、頭を強く打ったことによるものか精神的なものか、それもわからない。原因がわからなければ治療のしようがないと……。

　それでも彼は生きていた。生きて目覚めてくれた、それだけで俺は嬉しかった。

　取り戻せないものを嘆いても仕方ないとセイル殿は冷静だった。だが、それが逆に彼にはよかったのかもしれない。

　彼は――エンジュはその一言で何か吹っ切れたようにすら見えた。

　だがそれからのエンジュが生きていくためにしなければならない訓練は、傍らから見ていても辛そうだった。

　長い年月で失ったものを取り戻していくための、それは必然のことであるのだが……。

　俺はその手伝いを申し出た。

　最初は俺が獣人であることに、そもそも何故俺が彼をここに連れて来たのかとても不思議そうで不安げだった。あの日、何故彼の前に現れたのか……。臆病な俺は全てを話すことができなかった。

　それでもセイル殿達のとりなしもあって次第に彼は心を開いてくれた。

　エンジュの口から俺の名が――ロムルスさんと申し訳なさそうに紡がれるたびに俺の心は高鳴った。

　エンジュがセイル殿のもとで学びたいと言った時にはその選択を支持した。

　セイル殿が扱うのは異世界の者がこの世界にもたらしたという新しい医療技術。

　目の見えぬ彼がそれを学ぶのは並大抵のことではなかった。それでも彼がやりたいと言うならば、俺は全力でそれを助けるだけだ。

　エンジュが生きる希望を見いだしてくれるだけでいい。得られるはずだった未来を手に入れてくれたら、それでいい。

　彼に名を呼ばれ、彼の手となり足となり、時には勉学の手助けをする。そんな日々はあまりに幸せすぎた。

俺は彼の笑顔を見るのが好きだった、だがその頃のエンジュが笑うことは稀《まれ》。いつでも歯を食い縛り、失ったものを取り戻そうとし続けているように見えた。

できれば眠っている間に失った時を、今はゆっくりと焦らず取り戻していければいいと思わなかったと言えば嘘になる。

だが一歩ずつ、自分の立ち位置を確かめるように未来に、前にと進む彼に俺は休むようには言えなかった。それがどれほど苦難の道だとしても、俺には止められない。

止める資格などないのだから。

彼が一歩前に進むたびに、俺の中に悔恨が積み重なる。

彼が俺の名を呼ぶたびに、罪悪感が膨れ上がる。

エンジュに幾度となくされた問いかけ、「どうしてあなたは僕にここまでしてくれるんですか？　あなたにばかり頼ってしまって、僕はあなたに何をしてあげることもできないのに何故……？」と、それに俺はいつも頭を撫でてやるだけで誠実な答えを返してやることができなかった。

だが、その一方でエンジュが頼れるのは俺だけなのだという薄暗い悦びも同時に俺の中へと芽生え始める。

もっと、いくらでも選ぶことができた彼の未来。笑顔溢れる家族とともに、幸せに暮らしていた過去。

それら全てを奪い去った俺がこれ以上エンジュから何を奪おうというのか……。俺の許されざる罪と向き合うたびに、あの日チェルシャ畑で見たエンジュの泣き顔が脳裏に甦る。

俺はそんな相反する感情を常に抱え続け、それでもエンジュのそばを離れることができなかった。

そして俺は再び罪を犯すことになる。

ようやく独り立ちできるほどの技術と知識を身につけたエンジュは、リョダンからほど近いベッセへと向かうことにしたのだ。

その頃のエンジュは幸せそうに見えた。よく笑うようになり、鈍い俺でも俺に心を許してくれていることに気づいてはいた。これから始まる新たな生活に、来るべき未来に希望を持っているように見えた。

何よりもエンジュから「迷惑でなければ……いえ、あなたが嫌でなければ……僕と一緒にベッセに行ってくれませんか？　その、何もお返しはできませんけど僕はあなたとこれからも一緒にいたいなと思っていて……」と請われた時は、この先どんなことがあろうとエンジュを守り支えると心に誓ったほどだ。

だから俺は、今のうちに話しておかなければならないと思った。

俺が犯した罪、あの事件の真相を、エンジュの家族や友人達がどうなってしまったのか……それをエンジュは知っておくべきだと信じて——それは誤った選択なのだと、俺は想像すらしなかった。

いや、これ以上は隠し切れないと、自らの罪の重さに耐えかねて全てをエンジュに告げてしまった。

エンジュから向けられる信頼以上の好意。それを自覚してしまったからこそ、俺は。

エンジュのことを愛していた。世界中の誰よりも愛していた。だが、俺はそんなエンジュに愛される資格はない。エンジュに愛される価値などないと本気で思っていた。

それがエンジュをどれほど傷つけるかもわからずに……。

俺が全てを話し終えた時、エンジュは泣くことも俺を罵倒することもなくただ笑っていた。

その笑顔はあまりに美しかった。

柔らかな笑みを浮かべるエンジュが瞳を閉じたままで俺に言葉を紡ぐ。

俺はこの時初めて世界にこれほど美しく恐ろしいものが存在することを知った。

そして俺はその美しさに魂まで囚われてしまったのだ。

俺の罪がさらに加わったと自覚した時にはもう遅かった。人を救いたいとセイル殿に教えを請うたエンジュが復讐の道を選ぶほどに、俺の告白は彼の心へ影を落としてしまった。

だからこそ、俺はエンジュに従うことを選んだ。エンジュが望むことなら俺はどんなことでもやってやるとそう彼の笑顔に誓ってしまった。

たとえそれが昔の騎士仲間を生贄に捧げることであったとしても、俺にはそうすることでしかエンジュに報いることができなかったのだ。

まずはエンジュが自らを囮《おとり》にして実験に使う獣人を

おびき寄せた。

それが成功すれば、次は双子の子を一人で育てていると言ったバルガ、冒険者として真に民の役に立ちたいのだと自らの身の危険すら厭わなかったフレド。

そんな彼らまで俺は罠に嵌《は》めて『擬獣病《ぎじゅうびょう》』に罹患させた。

一度始めた復讐をやめることなどできなかった。

エンジュの心の闇はますます広がりを見せていく、いずれはこの国の獣人全てが『擬獣病』になってしまうのではないかと思うほどに……。

そうなればこの事件の真相に気づいた者にエンジュや俺という存在が知られる日が来てしまうかもしれない。

だが、その時は戦おう。

エンジュを守り、この生命が果てたとしても俺はエンジュとともにあると決めたのだから。

しかし、俺のその覚悟が現実のものとなる前に俺とエンジュは救われることになる。

レオニダスからやってきた黒髪のヒト族の青年、赤毛の竜族、そしてワイアット村の住人であったエンジュの旧知の青年とランドルフ隊長。

彼らのおかげで俺達は復讐と憎しみの連鎖からようやく解き放たれた。いや、救われたと言ってもいい。

やはりエンジュを追い詰めてしまったのは俺だった。

それでもエンジュは俺を愛してくれていた……。

美しい輝きを取り戻した紅玉から涙を流しながら、俺の気持ちを受け止めてくれたことを俺は生涯忘れることはないだろう。エンジュへの俺の気持ちは、もちろん変わりはない。

犯した罪の報いを受けなければと俺もエンジュも覚悟はしていたが、世界はそんな俺達に優しかった。

合わす顔すら持ち合わせていないと思っていたフレドとバルガにも直接謝罪をする機会を与えられ、古き友人でもある二人は俺とエンジュの未来を心配すらしてくれた。

俺とエンジュは流す涙を止めることができなかった。

そして、彼らは俺に『今度は守ってやってくれ。俺達の分もだ』と告げ、俺は小さくこづかれた。

そうして俺とエンジュはようやく今に至る。

贖罪を兼ねたキャタルトンの過疎地を巡る診療の旅。

俺がすべきだったのは、エンジュへと向き合いその気持ちを知り、受け止めることだったのだと今更ながらに思う。

それができなかった。いや、それから逃げたのが俺の最大の過ちだ。

エンジュを恋しいと、愛しいと思う気持ちはあの日から何も変わっていない。

エンジュのためであればこの生命を喜んで捧げよう、だが俺はもう二度と間違うことはない。いや、間違ってはいけないのだ。

⁂

過去へと意識が囚われている間にずいぶんと時間が経ってしまったようで、ふと気がつけばエンジュが俺をその紅玉色の瞳で見つめていた。

「ん、どうした?」

「どうしたってロムルスさん、診察は終わりましたよ?」

「あっ、ああ、そうか。わかった、片付けるから少し待っていてくれ」

「ええ、お願いします。そっちの方はもうロムルスさんじゃないとわからないものもありますから」

慌てる俺を見たエンジュが口元をほころばせる。その笑みはとても愛らしく、俺の心を簡単に揺さぶってしまう。

目元を覆う前髪が俺の動揺を隠してくれたことを願う。手元にある鞄の中身を整理するのに俯いたことも、それの助けになっただろう。

だがそんなことはお見通しとばかりに、俺をエンジュは見つめたままだったが……。

「ありがとうございます。よかった……。父さん、治るんですね」

この家の息子があげた弾んだ声に、エンジュの意識がそちらに逸れた。

「はい、大丈夫ですよ。先ほども言いましたが栄養と休息をしっかりととってください。出したお薬を飲んでもらうことも大事ですが、一番大切なのは無理をしないことです」

病人本人は時としてこれぐらいは……と無茶をする。これはここまでエンジュとともに診療の旅をして嫌というほど見てきたことだ。だがそこに家族の協力を取りつけることでその無茶は驚くほどに減っていくというのも知っている。

うんうんと頷く息子にエンジュは医師としての笑みを浮かべていたが、俺はその息子の年齢がエンジュと同じぐらいだなとふとそんなことを考えていた。そして寝台で伏せている父親は、俺と大差ないだろう。

つまり親子ほどの年齢の違いが俺とエンジュの間にはあるということで……。

そんなことをつい考えてしまうのはよくない癖だとわかっていても、ふとした拍子に現実を突きつけられたような気がしてしまう。


「あのまま少しでも休んでくれればいいのですが……」

「おまえがあれだけ言ったのだ。問題はないだろう」

「貧しい村の方はどうしても無理をされる方が多いですから心配で。うちの村も……」


エンジュはそこまで言葉を紡いで何かに気づいたように俺の方を見る。そんなエンジュに気にするなと視線で返せば、一転して顔をほころばせた。

以前であれば絶対に避けていたであろうワイアット村の話題、それが無意識にでも口に出るというのは非常にいい傾向だと俺は思う。

だが、それでもエンジュは俺に対して気を遣ってしまう。それは互いに多かれ少なかれある部分で、時間が解決してくれるのを待つしかないだろう。

表情を緩めたエンジュからは少し疲れた様子が垣間見え、俺はエンジュの小さな手を握り、寄り添うようにこの村での借家へと急いだ。

エンジュの身体に触れることで甦るのは先ほどの自問自答。

俺達は気持ちを確かめ合った。互いに愛を口にし、この先の生涯をともにすると約束もした。世間であれば恋人や伴侶と呼ばれる関係なのだろう。

それは復讐という歪《いびつ》なもので繋がれた関係ではなく、互いに愛しいと思う強い感情に従ってようやく辿り着いた場所だ。

だが、と俺は眼下の艶やかな朱色の頭を見下ろし、内心で唸っていた。

獣人である俺とヒト族としてのエンジュ。どちらも長命種であることに違いはなく、年齢差はさほど問題にならないとはいえ……、先ほどと同じ思考の迷路に再び迷い込んでしまったようだ。

彼が少年から青年への過渡期を迎えている頃から見守り続けているせいだろうか、それとも長年寝たきりの彼の世話をし続けていたせいだろうか。

伴侶となった今でも、どうしてもその一歩先へと踏み出すことに躊躇いが出てしまう。

だが思い出すのはあのランドルフ隊長とウィルフレド殿の関係。

『番』であることを誇りに思い、互いを認め合う、尊重の中にも存在する甘さのある関係は俺とエンジュにとっても理想の姿なのだと、彼らを見ていると僅かな嫉妬心すら芽生えてしまうのはどうしたものか。

彼らの間には子が二人もいて、互いによく似ていると惚気《のろけ》にも似た言葉を聞かされて、俺とエンジュならどんな子が生まれるだろうかという想像さえしてしまっていたのだ、この俺が。

エンジュの腕の中にいる俺達の色を持つ小さな赤子。とんだ絵空事だとは思うのだが、それを望む俺も確かに存在している。

だが……、子を成すためには、俺がエンジュと……身体を繋げるということになる。

いや、言葉を濁しても仕方がない。獣人のアニマである俺がヒト族のアニムスであるエンジュを抱くことになるのだ。

親子ほどの年の差、体格差、愛情と庇護欲の境界線、いくつもの問題はあるものの、何よりも俺にその一歩を踏み出させないのはエンジュの過去。

過去を乗り越えたといってもエンジュが自らの身体を数多の獣人に蹂躙《じゅうりん》されたという事実が消えることはない。

俺が手を出すことでエンジュは恐怖を覚えるのではないか、過去の思い出したくもない記憶と向かい合うことになってしまうのではないだろうか……。

ようやく復讐や誰かを憎まなければという焦燥からエンジュを解放してやれたというのに、俺の行為でその全てが無に帰してしまう可能性がある。

それを考えてしまうと己の欲望や希望とそれの重さ

は天秤にかけるまでもなく……。

　患者が重い病でなかったことに安堵し、足取り軽いエンジュの姿を微笑ましく思いながらも、俺は悩んでいたのだ。

　情けないことにエンジュに直接問うこともできずにずいぶんと前から悩み続けている。

　心の奥底ではわかっている。エンジュはそんなに弱い子ではない、きっと大丈夫だ……と。だが……、だが……、今更おまえが欲しいと、おまえを抱いてもいいかと問いかけるのが恥ずかしくて、恥ずかしくてたまらないのだ。

　どちらかといえば恋愛については奥手だった俺。

　俺に似た気質のランドルフ隊長がどうやってウィルフレド殿へとそれを乞うたのか聞いておくべきだったと今更ながらに心の底から後悔しているのだ……。

　だからこそこうして家路についた二人だけの時間というのは、俺にとってエンジュとの貴重な時間となっている。

　村長が俺達のために手配してくれた家は、長年空き家だったとはいえ朽ち果てているわけでもなく、簡単な掃除をすれば見違えるようにキレイになった。住み心地も決して悪くなかったが俺達が常に身につけ持ち込んでいるものは簡単な野営道具やエンジュの医療器具に医薬品で、日用品は最低限しかない。

　村から村へと渡り歩く旅を続ける暮らしであれば、この方が身軽で何かと都合もいいのだ。

　それでもエンジュという医者の存在はこんな田舎の村々にも伝わっているらしく、どの村でも歓迎され、必要な物は村人が揃えてくれるため不便はなかった。

　己の情けなさから意識を切り替え、そういえば村人から預かった荷物を早く片付けなければと思案していると、エンジュの足がふと止まった。

「あれはなんでしょうか？」

　問われるままに俺も視線を向ければ、そこは小さな黄色い花の群生が周囲を飾る村の広場。そこには、敷物を地べたに広げた人々がその上に様々な雑貨や衣服、食料品などを並べていた。

「市、のようだな」

近くにある獣車の様子からして行商人がやってきたのか。

彼らは定期的に地方の村々を回り、珍しい品物を目当てにやってくる村人達相手に商売をする。時には村の特産品を買いつけて別の村で売ってということを繰り返して利益を得ていた。村人達にとっては貴重な現金収入の場となり、また普段は手に入らないものを手に入れる場ともなるのだ。

「行ってみるか？」

「かまいませんか？　ロムルスさんがよければ、ちょっと見てみたいです」

子供のようにはしゃぐ様子はなくても、いつもより高い声に興味を引かれているのだということが伝わってくる。

エンジュの世界はあまりに狭かった。視力を失ってからはもちろんだが、視力を失う前でも自由に街に出ることができたわけもなく、この規模の市を見たとしてもそれはきっと幼い頃の思い出のはず。

視力が戻ってから、エンジュは物を見てその色を楽しむことを非常に好むようになった。一面を黒で塗り潰された闇の世界で何年も生きてきたのだ、それは当たり前のことだろう。

その中でも特に原色に近い、色鮮やかなものを見つけると飽きることなくいつまでも見入っている。この広場の黄色の花もそのひとつだ。

俺から見ればただの黄色い花なのだが。まるでその花びらが色を次々と変えてエンジュを楽しませているのではないかと、そんなふうに思うほどそれを見ている時の笑顔は無邪気に俺の目に映る。

それはあの日、背筋が凍りつくほどに美しいと恐れすら感じた笑みとは違うエンジュの生来の優しさが溢れ出たもの。そんなエンジュを見るたびに、この笑顔を決して曇らすことなく永久に守っていきたいと、俺は強く願う。

本来なら成長していく過程でゆっくりと時間をかけて積み重ねていくはずのもの。その機会を永久に失ってしまったのだ。それらを取り戻すかのように、今のエンジュは真綿に水を染み込ませるかのごとく視界から得るものを吸収し続けているように見える。

「見たことがないものもたくさんありますね」

「行商人達がどこから来たのかで品揃えが変わるからな」

「そういうものなんですか？」

「ああ、南の国フィシュリードから来た行商人であれば干した海産物や見たこともない海の生物を、西のウルフェアからであればこのあたりにはない薬草や香草を持ってくることが多いな」

「薬草もあるんですか、ウルフェア産であればセイル先生の書庫で見た書物に載っていたものとかもきっと……。機会があればぜひ見てみたいです」

「ウルフェアの行商人はキャタルトンへもよく来るからな。必ず機会はある」

エンジュから返ってきた反応は予想通り。それがおかしくて自分でも頬が緩んでしまっているのがわかる。

「……そういえばロムルスさん、また髪の毛伸びましたね」

「ん……、そういえばそうだな」

言われて気づくのは、己の視界に僅かにかかる前髪の存在。

エンジュに向き合うと決めた時に一度ばっさりと切ったそれが今ではすっかり伸び放題になってしまっている。

忙しさを理由にしたいが、エンジュの髪はキレイに切り揃えてある。それに比べると俺の伸びた髪は生来の癖っ毛のせいで撥《は》ねており、顎を触ればざらりとした無精髭の感覚。

決して不潔にしているわけではないが不精が過ぎたかもしれない。

「すまない。気をつけておこう」

「あっいえ、そういうつもりじゃなかったんですけど……。ただ、ロムルスさんの瞳が見えないのが……いえ、なんでもないです」

最後までよく聞き取れなかった言葉を残してエンジュは、近くの露店へと駆けていってしまった。

俺は慌ててそれを追う。

エンジュが向かったのは青果を扱う露店で、野菜や果物が所狭しと並べてあった。

「何かいるものがあれば買っていくか？」

「え、……ですが野菜は村の方からたくさんいただいていますし。あまり無駄遣いするのも……」

このような辺境の村では医者として治療を行っても現金での収入は僅かしかない。多少なりとも現金を払ってもらえればいい方で、現物支給となることの方が多い。

エンジュ自身贖罪の旅だとはいっても、自分が無料で診療をすればそれが当たり前だと浸透してしまい、他の医師や薬師に迷惑がかかることをいつも悩んでいる。だが、現状俺達が旅をして回っている地域はキャタルトンの中でも特に発展が遅れている地域。

レオニダスのような民が皆ある程度の生活水準を維持している国とは違う。

まずは救いの手を差し伸べること、即《すなわ》ちエンジュやセイル殿のような存在は存在自体が貴重なのだ。

そもそも金銭面だけでいえば、俺の蓄えや兄から押しつけられたラスティン家の財産、そしてカナン様からこれは民のためになることだからと断ることを許されなかった準備金。

正直言って何もしなくとも遊んで暮らせる程度にはあるのだ。

それに金が足りなくなるようであれば、これでも腕っぷしには自信がある。冒険者稼業で稼げばいいだけの話。

だが、エンジュはもしもの時のためにそのお金はとっておいてくださいと使うことにあまりいい顔をしない。

食料や衣服、身の回りの品は最低限に、嗜好品などもってのほか、多少診療で稼いだ金が集まればそれは医薬品へと姿を変えてしまう。

「無駄遣いではない。野菜だけでなく果実からとる栄養も人間には必要なのだろう？」

もっともらしく理由をつけてエンジュの視線の先にあるいくつかの果実を手に取る。

俺はエンジュの返答を待たずにそれらを店主から購

入した。
目の前のピルシェをふたつとその隣にある小さな木の実に見える果実も籠《かご》ひとつ分。
ひと山いくらの硬い鱗模様の皮を持つ果物は、そのひとつひとつは小さくとも中の果肉は柔らかく果汁が豊富で甘みも強い。

「ラレイの実だ。この辺の森や山では珍しくない果実だが、収穫してからの傷みが早い。キャタルトンの都やレオニダスでは高級品だ」
「高級品なんですか？」
「俺の払った金額を見ただろう？　都ではだ。このあたりでは子供も菓子代わりに食べている」
「そうなんですね。それなら……、ありがたくちょうだいします」

指先に力を入れてつるりと皮を剝《む》き、エンジュに差し出す。手で受け取ろうとしているのを制して、口を開けるように促した。

「果汁が多いからな、ほら」

エンジュの前へと差し出せば、躊躇うように口元を震わせたが、やがておずおずと開いた小さな口へと俺はラレイの実を滑り込ませた。
他意はなかったのだ。
甘い汁がこぼれるのは勿体ないと、エンジュに食べさせてやりたいとそのことばかりを考えていた。視力を失っていた頃のエンジュを世話していた癖もある。
だが、柔らかな唇と僅かにエンジュの熱を持った舌が俺の指に触れたこと、そしてエンジュのなんとも言えない表情で自分が何をしたのかに気がつく始末。

「あー……、美味い……か？」

つい視線を逸らしつつ問いかけてはみたものの、俺達の様子を黙って見ていた行商人の生温かい視線がいたたまれない。

「は、はい。美味しいです」

エンジュもまた困ったような、恥ずかしそうな微妙

な表情をしていた。口元を掌で覆い、耳元まで赤くなっている。

視界の片隅の行商人が、なんとかしろと何度も目配せを送ってくる。その唇と指先をチュッチュッと近づけるのは止めてくれ。

この村の人間は大丈夫だとしても、行商人の中によからぬ思いを抱く者がいないとも限らない。

あまりこのような姿を外で見せるべきではなかったと反省し、俺はエンジュへとラレイの実が入った袋を手渡した。決して俺以外にエンジュのこんな表情を見せたくないという俺の心の狭さの問題ではない。絶対に。

気がつけば行商人の連れ合いらしき獣人が、行商人の獣耳を強く引っ張っている。その様子に苦笑いを浮かべながらも、俺はエンジュに謝った。

「すまない。こんな往来で子供にするようなことをしてしまった」

「え……、あ、大丈夫……です」

そう言いつつも、その表情はどこか拗《す》ねたようなものに感じる。

最近エンジュがたまにするようになった表情で、俺はまた何か失敗したのかと考えるが、やはり先ほどの子供のような扱いが気に入らなかったのだろうと結論づけた。

「ラレイは二、三日は保つ。だが、日陰の涼しいところに置いておいた方がいい」

「……あ、あの、ありがとうございます。口の中でぷるっとした実がじゅわって弾けて、その果汁がとても甘くって、とても美味しかったです。ラレイの実、また僕の好きなものがひとつ増えました」

そう答えるエンジュの表情はすでに笑顔。その胸元にラレイが入った袋を抱きしめていた。

「気に入ったなら何よりだ。エンジュはもっと食べて体力をつける必要があるからな」

「十分食べているつもりなんですが……、ロムルスさんのような獣人とは身体の作りから違いますから限界が……」

「いや、エンジュはもう少し食べないと駄目だ。おまえと同じヒト族のウィルフレド殿はとてもよく食べていた」

「ウィル兄さんはヒト族の中でも体格がいい人ですから。それにこれでも食べるようになったというのは、ロムルスさんが一番よく知っているでしょう?」

そう言われればそうなのだが。

「なればこそ、こういう果実を食後にとるべきだ。その細さは少し心配になる」

「はぁ……。僕、ロムルスさんが過保護なんだってことをこの旅で改めて知りました」

くすくすと笑うエンジュ。

「それとも『番』っていうのはそういうものなんでしょうか。あのランドルフさんも見た目は少し怖いのにウィル兄さんのことになると……。ウィル兄さんがああいう人だからというのもあるかもしれませんが」

確かにランドルフ隊長のウィルフレド殿への接し方は隊長の過去を知る人間が見れば皆一様に驚くだろう。だが、それは俺も同じなのだとエンジュは気づいていないのだろうか。

それでも、『番』であるというそのことだけで俺達は愛する人を決めるのだとは思いたくない。

俺はエンジュだから、エンジュでなければ好きにならなかった。これが『番』という本能からの欲求だけだと断じられるのはあまりに悲しい。

そんな俺の気持ちをエンジュはわかっていますというように頷いて、先を歩き出す。

小さな木彫りの人形、複雑な模様の織物、敷布。少し変わった意匠の服は、フィシュリードのものか。

俺が知る限りの知識で説明すれば、エンジュはそのたびに目を瞬かせ聞き入ってくれる。

そのころころと変わる表情を行商人や他の客達がちらちら見ていることが気になるが、親子のように見える俺が抱きしめて隠すのも変な話。

それならばと、好奇の視線からエンジュの姿を隠すように俺は彼の頭に鞄から取り出した布をかぶせた。

「これは？」

「日差しが強い。このあたりの強さでは油断するとおまえの肌が焼ける」

「ああ、そうでした。ありがとうございます」


布の陰から笑顔が覗く。

そうだ、その笑顔を知るのは俺だけでいい。

そんなことを考える俺のそばで、エンジュは次の品へと興味が移ったようだ。

それほど広くない広場でも、様々な物が数多く並んでいて時間はすぐに経つ。

ぐるりと広場を一回りし、日が落ちる前には帰らねばと考えた時、エンジュの足と視線が止まっていることに気がついた。

その先にあるのは深皿とスプーンのセットが二組。どちらも透明感のある硝子《ガラス》製のもので薄い白で色付けがされている。よく見ると白の下地に花模様が描かれており、店主に断りを入れて持ってみれば薄いが重さは陶器のそれと変わらない。

間違いない。これは金属の上に硝子の釉薬《ゆうやく》を塗ったもので、確か北のドラグネア近くの街が原産の琺瑯《ほうろう》というものだ。

描かれた花はヒルデキュイア。本来真っ白な花弁のその花を金線で表した意匠は俺が見ても美しい。確か『清純』という意味を持つその花は、想い人へと捧げられることが多いと聞く。

そこまで深い意味があってエンジュがそれを見ているとは思えない。だがその表情からは明らかにこの皿が気に入ったということが読み取れる。

俺自身も決して嫌いではなくむしろ好みだ、これでエンジュとともに食事ができればと考えてしまう。

互いの視線が深皿の上で絡むが、そのすぐ前にある値札を見て同時に溜息がこぼれた。

自身を着飾るものすら買わせてくれないエンジュがこの値段の食器の購入を望むはずがない。俺が買うと言ってもそこは絶対に譲らないのはわかっている。

だから俺達は二人で同時に別の意味合いをもった溜息をついてしまったのだ。

さっきのラレイの実とは比べものにならない値段の食器は確かに俺達にとっては贅沢品に違いなく、旅暮らしには不必要だ。

だが、引き寄せられた視線が未だに外れないということは、それだけ気に入ったということ。それでも彼が欲しいと言うことは決してない。

もし俺がどうしてもこれを買うと言い張れば、エンジュはそのお金をこれよりは医療道具か薬へ回して欲しいと言い出すだろう。彼が最近レオニダスで生み出された体内に薬液を入れる硝子筒に針がついた注射器と呼ばれる道具一式を欲しがっていることを知っている。

キャタルトンではまだ貴重なその品は田舎では手に入りにくく、今度王都から送ってもらおうかと相談したばかり。

診療に必要なものであるかどうか、それがエンジュにとっての基準。

「いい物なのだと思うんですけど、食器は落として割ったりしても勿体ないですしね」

「そうだな……」

エンジュがそう言って立ち上がる。その視線が名残惜しそうだと思うのは気のせいではないだろう。

俺もつられて立ち上がりながら、再度その皿を見つめた。

先ほどのラレイとは違う。ここで俺が無理にでもというのはエンジュの心に添わない。

こんな村では不釣り合いな値段のそれは多分ここでは売れない。いや、売れないで欲しいと思いながら、俺はその場を離れるエンジュの後を追った。

そろそろ夕暮れ時で、市も終わりの時間。

だんだんと人が減る帰路を行きながら俺はまだ考えていた。

流れの行商人と今度またここで会えるとは限らず、もう二度とあれが俺達の前に現れることはないだろう。

そう思うとエンジュの表情が頭から離れない。

あの行商人の名前や次の行き先ぐらいは聞いておいてもいいかもしれないと、俺はエンジュに少しだけ待つように伝え、急ぎ市へと駆け戻った。


あっという間に着いた市場は妙に騒がしかった。

人々のざわめきとあがった声に何事かと駆けつけた先で、俺は先ほどの食器を売っていた熊の商人が倒れ伏しているのを見つけた。

周りの村人や他の商人達も慌てた様子で、俺を見つけた途端に駆け寄ってくる。
そばにへたり込み行商人を必死に揺さぶり声をかけている猫の獣人は、行商人の仲間だろうか。

「どうした？」
「先生っ！」

エンジュと一緒にいるせいで俺まで村人から「先生」と呼ばれるのには慣れないが、違うと説明する時間は今はなかった。

「何があった。詳しく聞かせてくれ」
「わからないんだ。急にふらついたと思ったらここに倒れ込んで……。触ったら熱があるみたいで、顔にも何か赤いものがあって……。あっ俺はこいつと一緒に商売してるんだけど……」

戸惑い焦る彼から症状を聞く。

「赤いもの……」

言われて覗き込めば、短い髪に長いもみあげの熊族の顔には鮮紅色の小さな湿疹がいくつもできていた。

「見せてもらうぞ」

そう告げ、返事を待つことなく腕を取って袖をまくり上げれば、腕の内側——皮膚の柔らかい部分にさらに多くの発疹が見て取れて俺は嫌な予感がした。
エンジュに読み聞かせるうちに俺も知った数多の病気の中にはこのような発疹を持つものもよく出てきた。だが、その多くは強い感染性があったからだ。
本当は危険なものにエンジュを近づけたくはない。だが、それはエンジュの意思に反することだ。

「誰か、エンジュを呼んできてくれ。市を出てすぐ、山の方へ向かう道にいる」
「俺がっ」

勢いよく答え、走り去る村人を視線で追い、急ぎ野次馬のように群がる村人達を見回した。
彼らはまだ元気そうだが、どうするべきだろうか？

俺の知識では病名まではわからない。この場から離して家に帰らせることで感染を拡大させてしまう可能性。それを考えるとこの状況で下手に彼らを下がらせない方がいいかもしれない。

「とにかく横になれる場所に連れて行こう。できれば、明るい場所がいい……、あと新鮮な水を汲《く》んできてくれ」

「ああ、わかった。獣車の中に休むところがあるからそこに」

返事をした猫族の彼と村人達が協力して、横たわったままの熊の行商人を運んでいく。

俺はその獣車の横でエンジュを待ちながら、これが感染する類のものではないことをただ祈っていた。

✦✦✦

「……これは……」

俺は患者を診たエンジュの沈んだ声で全てを察した。

「他にこれと同じ病状の方はいませんか？　特徴は高熱と、顔と腕、背中に出る赤い湿疹です」

「エンジュ、それは俺が確認してこよう。だがひとつ聞かせてくれ。この病、おまえの身に危険が及ぶことはないのか？」

「それは……、全くないとは言えません。ですが誰彼かまわず感染するような病でもありません。僕やロムルスさんのような健康体であればまず大丈夫です」

「そうか、それならいい。だが、おまえの自身の安全を第一に考えるのを忘れるな。行ってくる」

身を翻《ひるがえ》し村長の家へと獣体で駆けようとした俺だったが逆に村長がこちらへとやってきた。市場で起きた騒ぎを聞いて慌てて駆けつけてきたようだ。エンジュからの言葉を村長へと伝えて調べたところ、すでに五名の村人が同じ症状を訴えていた。

ただの風邪だと思って寝込んでいたらしく、皆明日にでもエンジュに診てもらおうと思っていたらしい。

だがその状況にエンジュの顔色は冴えない。

「この病の特徴は高熱と赤い湿疹。人から人へとうつりますがその対象は限定的です。かかるのはほとんどが老人か子供、そして栄養失調や体力が著しく落ちている人」

その言葉に何か思い当たる節があったのか、熊族の行商人の連れだという猫族の表情が変わる。

「症状自体もとても風邪に似ているので見落とされやすいんです。たちが悪いのはその病が発生した時々でその強さが全く違うこと、本当にただの風邪のような症状で終わることも多いのですが……」

村長達を前にして説明するエンジュの言葉は深刻なものだ。今彼からいつも漂う薬草の爽やかな香りはしない。強い酒精の消毒液の匂いが強い。

「あいつは最近まで別の病気にかかって寝込んでたんだ。少しずつよくなってやっと店も出せるようになったばかりで……。それで先生、悪いのかい？」

猫族の問いかけにエンジュはこくりと頷いた。

「弱いものであれば風邪と同じように栄養をとって休んでいれば治ります。ただ診察してわかったのですが喉の奥にも湿疹がありました。これは重症化の前兆です」

「悪くなるとどうなるのか、それも教えてくれ」

「それは、村の者達も悪いということなのじゃろうか？」

エンジュへと繰り出される二人からの質問に、一度エンジュは目を閉じる。

「同じ場所で同じ時期に発生したということは村の皆さんも彼と同じような状態でしょう。問題は喉の奥の湿疹です。症状が進むとこの湿疹はさらに増え、そして大きくなります。そうなれば呼吸が阻害され、息をすることすらできなくなる。最悪の事態もあり得ます」

猫族の表情が一気に悲壮なものへと変わっていく、

村長の顔色も明らかに悪い。

「村長さん、症状のある五名の方の中にあの方と同じぐらいの年の人。あとは、子供……そうですね十歳前後の子供はいますか？」

「働き盛りの者はおりませんが三人ほど、まだ十にも満たない子供がおります」

「そうですか……」

「エンジュ、伝えることがあるなら彼らには伝えておいた方がいいだろう」

エンジュの戸惑いを感じて俺は、つい口を出してしまう。診察の場ではエンジュに全てを任せると決めていたのだが、エンジュの表情がその心の揺れを俺にあまりに悲痛に伝えてきていたからだ。

俺の言葉にエンジュはもう一度、今度は大きく頷いた。

「お年を召した方はゆっくりと症状が進むので焦る必要はありません。今からでもレオニダスかキャタルトン、それかリョダンへこのことを伝えて特効薬を届けてもらえば十分に間に合います」

「特効薬があるのですか？」

「はい、カガヅキという薬草の一種なのですがその実がこの病の特効薬です。乾燥させたものは日持ちがするのできっと大きい診療所のあるところならば……」

その言葉に、薬の本の中に赤い表皮に黒い点状の模様の袋を持つ親指の先ほどの草の実があったことを思い出した。だが山奥に育つその草の実――カガヅキはラレイと同じように日持ちがしない上に乾燥させるにも特殊な製法となるため高価であり、俺達の手持ちにはない。

「待ってくれ。逆に子供やあいつはどうなるんだ？」

「正直に言います。あの方や子供達は他の方に比べて遙かに症状の進行が速いはずです。手持ちの薬でできるだけ症状の進行を抑えてみようとは思いますが薬が届くまでもつかどうか……、今はなんとも言えません」

ここはキャタルトンの辺境の地。レオニダスはもとより、キャタルトンの都やセイル殿の診療所があるリヨダンへは獣車や獣体で駆けたとしても往復で一週間はかかる距離だ。

最悪なことに各地へと急ぎの書状を届けてくれるレンス鳥もこの村にはいなかった。

つまり、特効薬がこの村へと届くそれまでに行商人や子供達はその生命を失ってしまう可能性があるということ。

エンジュの表情の意味がようやく理解できた。

「そうか……あいつ死んじまうのか……」

諦め切った猫族に対して俺は慰めの言葉すら浮かばない。

「何とかならんのですか!?　子供達をこのまま失うことになるかもなぞと儂《わし》はとても伝えられませんぞ!!」

「カガヅキさえあれば、あの実さえあれば彼も子供達も助けられるんです！　ですが僕達はその実を……その薬を持っていません……」

どうして診療の旅に出る時にカガヅキの実を持ってこなかったのかと、エンジュの表情に浮かぶのはただただ強い後悔の念。

だがそれも仕方のないことだ、薬ひとつひとつは嵩《かさ》張《ば》らないといっても塵《ちり》も積もれば山となる。よく使われる薬を優先的に、そして値が張るものはどうしても優先度が下がってしまう。

だが今俺の中にはあるひとつの考えが浮かんでいた。

「エンジュ、カガヅキの特性を覚えているか？　セイル殿のところで書き写した中にあったはずだ、その薬効ではなく植生を」

「ロムルスさん……？　カガヅキの植生ですか……？　えっと、……生息地は主にキャタルトンの西方。あとは……、雨がたくさん降る場所で深い山の奥……その中でも特に水気が多い場所を好んで滝のそばや湖の近くに自生していることが多い。刃に似た鋭い葉を持ち、その実は真紅で表面に黒い点状の模様を持つ同じ色の袋で包まれていることが特徴……」

「さすがだ。よく覚えていたな。どうだエンジュ、この場所はある程度その条件に当て嵌まっていると思わないか？」

ここはキャタルトンの中でももっとも西に位置している。近くには緑が鮮やかな深い山がそびえ、通り雨のように突然雨が降ってはやみ、それは長雨となることもある。

だが俺の言葉に反応したのはエンジュではなく村長だった。

「待ってくだされ！　そのような草がここから西の山の奥、滝つぼのそばに生えているのを見たことがありますぞ。赤と黒の斑点がある袋を破った中に丸くて真っ赤な実がありましてな、その実は食べることができたはずじゃが……」

「カガヅキは食用です。そのまま食べれば少し渋みがありますが強い甘みもあるんです」

「その通りですじゃ、渋みがあったので子供達は嫌っておりました。昔はあの近くまでキノコを収穫に行くことがあったのじゃが、今は近くにもっといい群生地が見つかり、滝まで行く機会はなくなりました。だが確かにそのカガヅキと言われるような実があったのは儂がこの目で見ております」

「それならば希望はあります。その場所はここからどれくらいかかるのですか？」

身を乗り出したエンジュがある種の確信を持って頷く。

「ここから人の足では丸一日はかかります。しかも、もう何年も人の手が入っておりませぬ。道といえる道があるかどうか……。当時から獣道というか道とは言えないようなところで、村の者を使いに出したとしても一体どれほどかかるのかも……」

それにと村長の視線に促されるように外を見やれば、雲行きが怪しい。

湿気った空気の匂いを嗅いで、俺は雨が迫っていることを知った。

「それであれば俺が行こう。獣体で駆ければ獣道でも問題はない。詳しい場所を教えてくれ。できれば地図のようなものがあればそれも頼む」

村長は俺の言葉に従って飛び出していく。きっと地図を探しに行ってくれたのだろう。

「ありがたいが本当にいいのかい？　この様子じゃ外は荒れるぞ、しかももう日が沈む。せめて夜が明けてからの方が……」

「一刻でも早い方がいいだろう。山では何があるかわからん。これでも、山には何かと縁があってな。俺は夜目が利くし、こういう悪天候にも慣れている」

嘘ではない。ラスティン家の領地は山が多い。何度も父の視察には付き合っているし、雨の中を獣の姿で駆けたことなど数え切れぬほどだ。

「そうか……ありがとう。いや、頼むよ。こいつのこと助けてやってくれ……。俺にとっては大事な奴なんだ」

「ああ、わかっている。心配しなくてもいい、俺が戻るまではエンジュが――」

「ロムルスさん僕も行ってもかまいませんか？　カガヅキの実物を見たことがあるのは僕だけですから」

俺の言葉を遮り、エンジュがはっきりと告げる。いや、そう言うのはわかっていた。

本当は少しでも危険がある場所に連れて行きたくはない。だが俺がエンジュの立場であっても同じことを言ったはずだ。

「わかった、俺はすぐに出発の準備をする」

「はい、僕は他の患者さんにも薬の処方と看病の仕方を……えっと、教えますので伝えて頂けますか？」

「あっ、ああ。もちろんだ」

俺達のやり取りを見て、何故かあっけに取られた様子だった猫族の彼がエンジュから指示を受けている。そんな彼らを残し、俺は必要なものを取るため借りている家への道を急ぐ。

薄暗闇の中、吹きつける風は強さを増し、空気はどんどんと湿り気を帯びてきていた。村長が感じていた通り、どうやらこの先はずいぶんと荒れそうだ。

それでも、エンジュを守り、エンジュが助けたいと望んだ者を俺は必ず助けてやる。

そう思えば不安など何ひとつありはしなかった。

俺が用意した雨よけのついた服にエンジュは着替え、必要な物を入れた背のうを俺の槍とともに背負っていく。

重さのある俺の槍をエンジュに持たせることは忍びなかったが、俺が獣体となり背に背負うよりは自分が持った方がいいだろうというエンジュの選択だった。

だが、獣体というのはある意味獣人にとってはその本性を丸出しにする行為。特に俺のような大型種の獣人の獣体は獣気と呼ばれる強い圧を放ってしまう。

獣体に接し慣れていないエンジュには負担だろうと今まであまり獣体をエンジュに見せることなく過ごしてきた。だからこそ僅かな不安が俺には残る。エンジュが俺を『怖い』と思ってしまうのではないかという、臆病な俺が抱く思い。

俺が虎へと姿を変えると伝えても、エンジュは目を閉じることも逸らすこともなく俺の変化を見届けていた。

魔力の輝きが消え失せて、エンジュの紅玉の瞳に映るのは本性をさらけ出した俺の姿。僅かに赤みがかった茶色の体毛に黒い縞が幾重にも走る身体。

虎族の中でも巨軀の獣体はエンジュの腰よりも体高があり、威圧感は相当なもののはずだ。獣気もできる限り抑えてはいるが、全く出さないというのは無理だ。

『大丈夫か？』

少しでも小さく見せるようにとその場に蹲《うずくま》り低い位置からエンジュを見上げた。

いつもと違う位置関係でエンジュが俺を見下ろしている。その彼に恐る恐る聞いてみれば「もちろんです」と返された。

「そんなに心配しなくても大丈夫ですよ。とても格好いいですし、キレイな毛皮です。虎のロムルスさんのことも僕は好きですから」

エンジュは俺の傍らに跪くと、背の毛並みを整えるようにその指で梳《す》いた。

人の姿とは違い、前髪がないせいであらわになった俺の瞳。その瞳を覗き込みながら、エンジュが嬉しそうに微笑む。

「久しぶりですね、ロムルスさんの瞳を見るのは」

その笑みに俺の視線が泳いだ。そういえばこんなふうに覗き込まれたのはいつ以来だろうか。

『出発するぞ』

ごまかすようにエンジュへ告げれば、最後の確認のためエンジュがもう一度荷物へと手を伸ばす。

エンジュが離れて温もりが失せる。それがたまらなく惜しいと感じるのに俺は手をのばすことができない。追いかけることができない。

本当に大丈夫なのか、我慢しているのではないか。そして、どうして俺はこんなに臆病なのだろうかという複雑な思い。

「お待たせしました、それでは乗らせてもらいますね」

『ああ、しっかり俺の身体に摑まっていてくれ』

エンジュが俺の背に乗ったことをその重さと温もりで確認し、俺は地面を蹴った。

今は余計なことを考えている場合ではない。移動は夜を徹してすることになる。しかも天候は荒れるだろう。

エンジュへの負担を考えれば、どこか雨風をしのげる場所で一度休憩を取る必要もある。

暗くなり始めた山の雑木を掻き分ければ、うっそうと茂った草木が獣道に覆いかぶさり、村長が言ったように道と呼べるものは確かになかった。それでも獣体となった俺にかかればそんな山も街中の道と同じとまでは言わないがさしたる支障があるものでもない。

だが跳躍《ちょうやく》には制限がかかってしまう。背中にエンジュや荷物を乗せているからだ。

下手にエンジュを乗せたまま跳躍すれば、その着地の震動で彼が振り落とされるのは明白。強い跳躍ができないぶん安全なところを見計らいながら進むことになる。それでも人型で進むよりは遙かに速いが。

『エンジュ、少し跳ぶぞ』

「はい」

俺の言葉にエンジュが俺を掴む力が強くなる。跳躍の際に波打つ背の上からエンジュの緊張が伝わってくる。

着地の衝撃に小さく呻《うめ》く声が響き慌てるが、「大丈夫です」と笑い混じりの言葉が返された。

「足手まといなのはわかっていたのに、ついてきてしまってすみません……。ですが、ロムルスさん、どうして駄目だと言わなかったんですか？」

そう言われて答えに窮《きゅう》した。それだけおまえが大切なのだと言いたいところだが、こういう時に限って俺の口は動かない。

「すみません。走っている時にこんなことを聞いてしまって……。ロムルスさんならきっと僕がいなくともカガヅキを見極めて必ず持ち帰ってくれる……わかっていたんです。僕がいたら足手まといだということもですが……」

『わかっている。言わなくていい』


その言葉にエンジュが俺の背中で毛を握る力が僅かに強まった。それ以上俺は言葉を返さず、首をひとつ振って山の中を駆けた。

目的地は山ひとつを越えた先の滝つぼ近く。村長から地図のようなものは借り受けたが何分初めての場所で土地勘は一切ない。しかも空は厚い雲が覆っていて月明かりすら望めない始末。暗闇の中の行動は俺の五感が頼りのようなものだったが。


「雨……」


ぽつりとエンジュがこぼした言葉に、俺は脚を止めて空を見上げた。ポツ、ポツとまだ間隔は空いていても、確かに雨粒が落ちてきている。

その雨粒を見上げたまま俺もエンジュもそれ以上の言葉を紡がなかった。

雨はいつも俺達によくないことを連れて来た。過去を乗り越えたといっても嫌な記憶は簡単なきっかけで思い起こされ積み重なり、胸の奥がざわついて落ち着かない。

だが山の中でいつまでも佇んでいるわけにもいかず、

俺は雨を振り払うように頭を振って駆けた。

ずいぶんと長いこと駆けたように思う。暗闇の中では時間の感覚も曖昧《あいまい》になってしまい、今がいつ頃かはわからない。だが朝日が昇るまでそう時間はかからないだろう。

闇の中、夜目が利く俺の目に特徴的な形をした巨木が映る。

村長から聞いた話ではこのあたりに、せり出した巨石でできた洞窟があって雨を避けることができるというのだ。

幸いなことにその場所はすぐに見つかり、俺達はそこで一旦休憩を取ることにする。

その頃になると雨はずいぶんと強さを増していた。

一刻でも早い方がいいからと出発したものの夜の闇の中を走るのはある種の賭けでもあった。だが朝を待って出発していたのではここまでの道のりすら雨に阻まれていたかもしれない。

しかしそれはこれから状況が悪くなる一方であるということでもあり、なおさら慎重に事を運ぶ必要があるだろう。

エンジュが手探りで種火から薪《まき》へと火を移すのを、尻尾で煽いで助ける。炎が大きくなれば石の壁に暖かな光が広がり明るくなった。その明かりにエンジュが酷く安堵したのがわかる。

夜目の利かないヒト族であるエンジュ。そして視力を失っていたエンジュにとって闇は恐怖の象徴なのかもしれない。

『エンジュ、ここで腹ごしらえと休憩だ』

「わかりました。いけませんね。気ばかりせいてしまいます」

『身体は大丈夫か？　ずいぶんと冷えただろう』

「自分で決めたことですから、それよりもロムルスさんこそ僕は重くありませんでしたか？」

そう言いながら、エンジュは荷物の中にあった大きな布で俺の身体を拭き出した。

『いやいい、俺の獣毛は人の姿に戻ればすぐに乾く。自分の髪と身体を先に拭くんだ』

「そうなんですね。毛についていた水はどこに行ってしまうんでしょう？　髪の毛に集まるんですかね？」

そんなことを心底不思議そうに呟くエンジュ。

だがその雨で濡れた朱色の髪も額を伝う雨の雫も、長いまつげの下で灯火に照らされた紅玉の瞳も俺にとっては全てが目の毒だ。

腹の奥がちりちりと疼《うず》く。そんな場合ではないというのに己の本性というのは正直だ。

獣の姿で見つめるエンジュの姿がこれほどに獣欲をそそられるものだとは思いもしなかった。

俺の欲望はエンジュを求め、守りたいという理性とは裏腹に喰らい尽くしたいという欲求が勝りそうになる。

俺はエンジュから少し離れて、人の姿へと戻った。瞬く光の渦《うず》が消える前に、エンジュが俺の服を差し出してくれた。


「本当に髪の毛しか濡れていませんね」

「ああ、そういうものだ」

「そういうものなんですね……。ですが、やっぱり不思議……あっ待ってください。ここに切り傷が」

そう言われて左腕に目をやれば、石か岩で傷つけたのだろう。キレイにぱっくりと切れて赤い肉が見えていた。


「痛みませんか？」

「大丈夫だ」

「ですが、このままというわけには……。手当てしますのでちょっと待ってくださいね」

エンジュはそう言って鞄の中を漁り始める。痛みはないのだが傷口をどうにかしてもらえるのであればそれはありがたい。

俺は荷物から水を弾く魔獣の毛を使った大きめの布を取り出して、雨が吹き込みそうな岩の間に布を張る。幸いにも地面はまだ濡れておらず、柔らかな草の寝床は布一枚追加しただけでも座り心地は悪くない。

座った俺の左腕にエンジュが慣れた手つきで薬を塗り、その上から包帯を巻いていく。適度な力で巻かれた布は心地よさすら感じた。

「すまないな。いや、エンジュ。おまえは足手まといではないな、こうして俺を助けてくれた」

「そんな、こんなことで……」

「おまえがいなければ一人ではどうしようもなかった。ありがとう」

そう言ってエンジュの頭を撫でるとエンジュの頬に朱が差した。

「あのっ、何かお腹に入れましょうか」

「ああ、そうだな」

焚き火から火花と木の爆ぜる音が風に乗って宙を舞っては消えていく。

炎によってあたりの岩が朱色に染まる中、その傍らでエンジュとともに簡単な食事をとる。火で炙った干し肉、それと乾燥させた携帯食を分け合って。

「ロムルスさんに買ってもらったラレイの実も持ってきたんです。あのまま置いてくるよりはと思って」

エンジュの手で袋から掌に落とされたのはラレイの実。

それを摘んでエンジュが器用に皮を剥く。茶色の皮に真っ白な実。エンジュの繊細な指に溢れた果汁が伝い、落ちた。

「うわ、本当に果汁が多いですね。ロムルスさん、どうぞ食べてください」

白い実がエンジュの手で直接口元に差し出されて俺は面食らってしまう。どうしたものかと惑う間にエンジュが口元へと押しつけてくる。

「早く食べてください。果汁が垂れてきてますよ」

再び促されて仕方なく口を開ければ、半開きのそこに勢いよく差し込まれた。

小さな実は俺の舌に乗り、果実とともに入ってきた指先が舌に触れる。途端に背中に甘くも焦《じ》れったいような疼きが走り、息が詰まる。震えた身体はさすがにごまかしが利かず、何事かとエンジュが俺を見上げてきた。

至近距離にある紅玉の瞳。

初めてその瞳をしっかりと見たのはこんな雨の中だった。

そんなことまで頭に浮かんだのは、エンジュの思いがけない行動のせいか。

「お返しですよ」

不意に聞こえたエンジュの声に、俺は理解できずに目を見張った。

「お返し？」

「あの市場で食べさせてくれたお返しです」

ああとそのことを思い出したのだが、エンジュはというと俺の反応が不満だったようで視線を逸らして拗ねたように唇を尖らせていた。

その頬が先ほどよりもさらに赤いのは、焚き火のせいだろうか。

「ん？」


そんなエンジュの様子に気を取られていた俺だったが、不意に耳が異質な音を拾い上げる。それは木々を揺する、風ではない生き物が立てる音。

自然と視線が闇の彼方へと向き、聞き取れなかった他の音を拾おうと耳が蠢《うごめ》く。それと同時に気配を察した尻尾の毛が逆立った。

「ロムルスさん？」

俺の様子にエンジュの身体が緊張に強張ったのがわかる。ヒト族には届かない音を獣人である俺の耳が拾うことを彼は知っていた。

雨だからと臭い付けをしてまで俺の気配を示さなかったのがマズかったか、放っておけばこちらにやってきかねないところにいるモノに意識を集中する。

幸い音はまだ遠く、こちらに気づいている様子はない。

「エンジュ、ここでじっとしていてくれ」

押し殺した俺の言葉に、エンジュは事態を察したのか口を開くことなく頷いた。

俺はエンジュに運んでもらった槍を手に取った。エンジュの身の丈近い柄の先端に二の腕の長さほどの金属製の穂先を取りつけたこれが俺の得物《えもの》。両刃を覆う鞘を外し、曇りひとつない切っ先の具合を確かめる。

硬い柄を握りしめると、最近感じることのなかった獣人としての戦いへの闘争心がふつふつと身の内に湧いてきた。

エンジュに視線で合図を送り、俺は慣れぬ笑顔を作り、見せた。

もっと自然に笑ってやりたいのに、大丈夫だと安心させてやりたいのに、それができない自分が歯がゆい。

エンジュの視線を背後に感じながら俺は闇の中へと進んでいった。

俺は足音を立てないよう、木々の間を抜けながら、意識を魔獣へと向ける。雑木に擦れる音が静かな山の中に響くのは諦めよう。もともと俺のような虎族は隠密行動に向いた種族ではなく、力任せに敵を薙ぎ払うことを得意とする一族だ。魔獣もどうやら俺の存在に気がついたようで、警戒の唸り声が響いてきた。

気配からして厄介な魔獣でないことは分かるが、響く足音の重さから重量級なのは確か。

俺は身をかがめて雑木の隙間からあたりをうかがった。

思ったより近くに来ていた魔獣はどうやらピーグの一種。家畜として育てられているフォレストピーグの原種だ。口元に鋭い牙があり、凶暴な性質で標的を見つけると急に荒ぶり突進してくる、狩りに慣れていない者にとっては厄介な魔獣。

だがあらかじめその姿を捉えて準備ができれば俺の槍とは相性がいい。

標的を見つけると突進する性質を持つピーグ種との戦いは、適切な位置で待つことが肝要。体当たりを受ける寸前でかわし、すぐには止まれぬピーグをすれ違いざまに貫けばいいだけだ。

それほど難しくもない狩りだが、木々を薙ぎ倒し疾走してくるピーグの突撃は強烈で、慣れぬうちはその鋭い牙の餌食になる者もいる。

だが俺の槍は難なくピーグの首筋にある血管を貫いた。

脈打つように吹き出す血が雨水の流れとともに消え

ていく。あたりに充満する血の臭いも幸いにして雨が流してくれるだろう。

俺はその場で槍を一振りし、血を振り払ってエンジュのもとへと戻った。

「ロムルスさんっ！」

俺が戻ってくる気配を感じたのか岩場の入口近くに身を潜《ひそ》めていたエンジュが、安堵したように顔をほころばせる。だが次の瞬間顔色を変え、酷く慌てて雨に濡れるのも厭わず、俺に近寄り腕を掴んできた。

「どこか、怪我をされましたか？」

「いや、これは返り血を浴びただけだ」

エンジュの視線の先にあるのはエンジュがその手で巻いてくれた包帯。真っ白だったそれに今は赤い染みができてしまっている。力任せに首筋を貫いたせいで、吹き出すピーグの血液が飛び散ってしまったのだろう。

「すまない。心配させてしまったな」

「いえ、ロムルスさんが強いのは知っていますから。それでも万が一のことを考えてしまって……、ふふ僕もロムルスさんを過保護と笑えませんね」

「ああ、俺達は二人とも同じだな。それより焚き火の近くへ、濡れてしまっている」

岩場から出たせいで、エンジュの朱色の髪がしっとりとまた雫をこぼしていた。

「ロムルスさんの方こそ、服と身体を乾かしてください」

互いに先に火のそばへ行けと譲り合いながら、俺達は二人で焚き火を囲む。

焚き火を挟んで真正面にいるエンジュは濡れた髪の水気を切るために、指で髪を掻き上げていた。朱色の髪が炎に照らされていつもより明るく見え、その色もエンジュによく似合う。

俺はこういうふうに垣間見えるエンジュの様々な姿を見るのが好きだ。

そう考えて俺はふと思う。俺のこの好きの感覚とは違うものだろうが、エンジュが好きなものとはなんなのだろうか……。

装飾品や衣服へのこだわりのなさは、先日の市でそれらにほとんど興味を示さなかったことからわかる。ラレイは喜んでくれた……。だがあれが大好物とも思えない。

薬草や医療器具には強い関心を示すがそれは職業意識からだろう。

ならば彼が個人的に好きと言えるものはなんなのだろうか……。

俺は彼が俺を愛していると言ってくれたその言葉に酔いしれ、エンジュのもっと根本的な部分を蔑《ないがし》ろにしてしまっていたのかもしれない。

エンジュはどんな味のお茶が好きなのだろうか？

エンジュはもし何かひとつ装飾品を身に着けるなら何を選ぶだろうか？

甘いもの、辛いもの、酸っぱいもの、エンジュが一番好きな味はなんだ？

エンジュの好きな色は？

あまりに基本的すぎて、今まで意識すらしていなかったことが次々と浮かび上がってくる。


いや、ひとつだけ知っている。あの行商人のところで見た深皿をエンジュは絶対に好きなはずだ。

今更の後悔が心の奥で燻った。

そんな俺の心と同じように灰色に燻る煙が岩場から外へと流れていく。だが外に導かれた煙は降り続く雨がすぐに消し去った。

次第に勢いを増す雨は、今はもう耳障りな音を立てるほどに強くなっている。降り注いだ雨水はその勢いを消すことなく山の中に川を作るだろう。

その様子を頭に描いた俺の心には嫌な予感が生まれ、エンジュも俺の様子を眺めて思案顔だ。

土質はあの山とは違うようだが、あまりに多すぎる水は土に染み込み、表層の土を流して山肌を脆くする。

このあたりの土壌が強そうだったのは安心材料ではあるのだが……。

いや、考えたところで結論は出ない。ならば俺達は今できることをやるしかないのだ。

「エンジュ、夜が明けるまであまり時間もないが少しだけでも眠ってくれ。今は気が張っていても今日の強行軍はおまえに確実に負担をかけている」

明日も雨は続くだろう。続かないで欲しいが、獣の本能がこの雨は止まないと予感している。

「そう……ですよね。少しでも眠らないと駄目ですよね」

先を急ぐ気持ちとこの雨への不安。様々なものが入り交じった瞳が俺を見る。

「眠れないか？」

「ええ、どうも気が立ってしまっていて……。いえ、横になって目を閉じるだけでも違いますね」

「ああ、俺もそうしよう」

「でも、ああそうだ」

何やら思案していたエンジュが不意に俺を見た。

「ロムルスさん。その、できればでいいんですが……」

酷く言葉にすることが難しそうなその様子に、俺は無言で先を促した。

「できれば獣体に、虎のロムルスさんになってもらえませんか？」

「何故だ……」

「虎のロムルスさんの背中に乗せてもらった時、とても温かくて柔らかくて安心することができたんです。それこそ、ロムルスさんがあれほど駆けているのにその上で微睡《まどろ》みそうになるほどに」

「そうだったのか……？」

「はい」

確かにあの時、口数は少ないと感じていたがそのような理由だったとは夢にも思わなかった。それが決して嘘ではないことは、その真摯な瞳を見ればわかる。

そんな可愛らしい願い事をどうして俺が拒絶できようか。いや、拒絶する理由などどこにもありはしない。

俺はすぐさま獣体へと姿を変えた。

幸いなことに俺の巨体でも焚き火からほどよい距離を取れるほどにその場は広く、俺が横たわった場所にエンジュが寄ってくる。

『寝るのであれば腹のこのあたりがいいだろう』

「はい、ありがとうございます」

どこかそわそわと楽しそうなエンジュの様子に、心から安堵する。エンジュが本心から望んでくれているという事実が何よりも嬉しかった。

ゆっくりと、エンジュが俺の胸元に顔を埋めるように身体を寄せてくる。

「ロムルスさんの香り……獣体になっても変わらないんですね。いえ、人の姿の時より強いかもしれません」

『おまえもいい香りだ』

清涼感に満ちた薬草を寄せ集めたような香り。他のどんな薬草を扱っていたとしても、俺の鼻はエンジュのこの香りだけは確実に嗅ぎ取ることができた。

「それに本当に温かい。ロムルスさんの鼓動の音、とても落ち着きます」

『そうか……』

俺もおまえの命の鼓動が刻まれている音を聞くのが好きだ。そう言ってやりたかったがそれを言葉にすることができなかった。

それは、生きているという証の音。過去に何度その音を確かめただろうか。

エンジュの頭に鼻先を寄せ、身体を丸めて彼を包み込むようにした。

小さな身体だ。昔に比べればずいぶんと成長したはずなのに、どうしても俺の中のエンジュはチェルシャの畑の中に立ち、その紅玉の瞳でこちらを見ている姿のまま。

あの頃のおまえをこうして毛皮で包んでやりたかったという思いと同時に、今のエンジュの全てを喰らい尽くしたいと願う情動が襲ってくる。

そのどちらも俺の感情であることは間違いないのだが、情動はなんとか理性で押しとどめた。

「不思議ですね。こうやってロムルスさんの胸の音を聞くのは初めてなのに……ずっと昔から知っているような気がします」

そう話しながらも、エンジュがゆっくりと微睡みへと誘われているのがわかった。

やはり疲れていたのだろう。温もりを得て緊張がほぐれた身体は次第に力が抜け、呼吸は規則正しくなっていく。だらりと垂れた腕を前脚でできる限り優しく引き寄せて、身体もろとも包み込んだ。

無防備な表情で眠るエンジュの頬、それに舌を伸ばしてぺろりと舐める。


『エンジュ、いい夢を』

その言葉は眠ったエンジュにはもう聞こえていないはずなのに、その口元がほころんだように見えたのはきっと気のせいではないだろう。


山の頂きが白み始めた頃、俺達は短い時間を過ごした洞窟を出発した。

雨はまだ続いている。弱まったかと思えば嵐のように強まり、全く先を読むことができない。大空に広く枝葉を広げた木の幹からは、まるで小さな滝のように雨水が流れ落ちていた。それが何本もの木で同じように起きている。大きな葉が受け皿になって水を溜め、それが枝を伝い幹へと流れているのだ。

落ちてきた水は木の根本を伝いながら集まって、山肌を抉りながら次第に大きな川となっていく。それを何本乗り越えただろうか。

獣体で駆けていると脚がとられそうになるほどに水の流れが強い。小さな木が根本の地面を抉り取られて根ごと倒れている姿も見えた。


『ここの地盤はそれほど緩くはないと思っていたのだが……』


どうやら先ほどの岩場付近と谷底に近いこの付近では土質がずいぶんと違うようだ。まるで粘土のように脚が沈み込む感覚に、ここもかと自然と眉間に皺が寄る。

そういえば最近どのぐらい雨が降ったかを村長に聞いてなかったなと、今更ながらに思い出すがここまで来て引き返すこともできなかった。

村長が言っていた滝まではあと少し。

できるだけ手早くカガヅキの実を採取して、すぐにでもこの地を去ろう。

そんなことを考えながら走っていた俺の耳は、まだ遠いが雨音とは違う滝特有の水音を聞き取っていた。だがそれよりも気になるのは流れる水の音と、そして悲鳴をあげるかのようにざわめく木々と大地。

嫌な予感に肌がざわめく。


「ロムルスさん、どうかしました？」

『少し、山の様子がおかしいと思わないか』

「僕には雨が強いなとしか……。ですが、ロムルスさんがそう感じたのなら急がなくてはなりませんね」

二人揃って空を見上げる。山と雨、どうしても過去に経験した苦い経験が甦る。

『しっかり摑まっていてくれ、少し揺れるぞ』

「わかりました」

エンジュの言葉に俺は頷き、今までは時間と安全を秤《はかり》にかけて避けていた道を選んで跳んだ。

背中から毛皮にしがみつく感触が伝わってくる。エンジュの身体は強張り、喉の奥が鳴るような声が肌越しに響いた。

沢に出ればあとは北上するだけと、白い石がたくさん転がるそこに足を踏み入れたその時だった。

大地を踏みしめた四本の脚の足裏に強い震動を感じた。

まるで木々が立てる悲鳴のような音を俺の耳は聞き取った。


「山がっ！」

エンジュが左手の山を見上げて声をあげた。

咄嗟に振り返ったその先で、山肌がずるりと動いていた。それはまるで意思を持っているかのように、俺達の方へと迫っている。

『ちっ！』

大規模な地滑りが起きていると頭が理解するより早く、俺は全力で四肢に力を込めて跳んでいた。

「うぁっ！」

『しっかり摑まっていろ！』

一回の跳躍では間に合わない。俺は着地と同時に力を込めて再度跳躍、それを幾度も繰り返した。

助走をつけることもままならない跳躍に全身の筋肉が悲鳴をあげ続けた。

だが、守らなければ。俺はもう同じ過ちを繰り返すわけにはいかない。

俺の背中を必死に摑むエンジュの温もりを再び失うことなど決して許されない。

大量の水を含んだ土砂はそれでも無慈悲に俺達を飲み込もうと追ってくる。

生き物のように動く山。

まるで追われるかのようにして俺は僅かに駆けては跳躍、また駆けては跳躍と幾度も同じことを繰り返す。

獣人の俺でも短時間でここまでの激しい動きを行えば徐々に息が切れてくる。だが身体は自然と動き続けた。限界を超え、それでも俺は跳躍を続けた。

激しい震動と轟音の果てに、先ほどまで俺達がいた沢は今や土砂とそれに飲み込まれた木々とで完全に埋まって跡形もなくなっていた。

力尽きる前に、なんとか土砂から逃れて視界の端に捉えた土砂よりも高い位置にある洞窟へと逃れる。そこへと足を踏み入れた途端、俺の全身の筋肉はがくがくと痙攣し続け、その場に倒れ込んで動けなくなっていた。

「ロムルスさんっ？　どこか怪我を!?　ロムルスさん!?」

背中からエンジュが滑り降りてきて、荒い息を吐き続ける俺の顔にそっと触れる。

『……問題はない。脚と体力が限界なだけだ』

覗き込むエンジュの顔色は蒼白と言っていいほどで、その身体は俺の脚どころではなく震えていた。

『おまえこそ……、座って休んだ方がいい……』

俺の背中で振り回された衝撃のせいか、頭を覆っていた雨よけの外套が外れ、エンジュの朱色の髪があらわになっていた。長い髪の先からは雫がポタポタと落ちて肩まで濡らしている。

「ロムルスさん、そのまま動かないでくださいね」

おもむろにエンジュが俺の鼻先へと自らの顔を寄せ、そして手を添えた。

『エンジュ……、一体何を』

最後まで言い終えることなく、エンジュから流れ込んでくるのは温かな力。これはエンジュの魔力に違いない。

「僕は治癒術があまり得意ではありませんでしたが、今は医術を知っていますから……。スイさんに教えてもらったんです。『番』の魔力と知識があればこんなことができるのだと」

俺の全身を包み込むエンジュの魔力。その力が俺を癒していくのを感じる。これは他人から施される治癒術ではなく、ただの魔力の授受でもない。『番』であるエンジュという存在から与えられる奇跡の力だ。

あれほど震え、痛みすら感じていた脚も、荒かった呼吸もあっという間に元に戻った。

「ありがとう、もう十分だ。魔力の消耗は体力の消耗に繋がる」

俺は未だに魔力を流し続けるエンジュへと告げる。

人の姿へと戻り、エンジュの前で急ぎ服を着なければと慌てたが、エンジュが外套を差し出してくれた。

「しかし、いつの間にこんなことを教わったんだ？　すごいなこれは……」

「スイさんが次代の『至上の癒し手』と呼ばれていることはロムルスさんも知っているでしょう？　それがどういうことなのか気になっていたので教えてもらい

ました。スイさんのように誰にでもというわけにはいかないけれど、僕はロムルスさん専属の『至上の癒し手』です」

そう言ってエンジュは俺に笑顔を向けてくれる。それは、どこかはにかんだ誇らしげな笑顔だった。

俺が頷きながらその濡れた頭にそっと手を置けば、エンジュが俺の腕の傷に視線をやった。

「そういえば、腕の怪我もこうやって治してしまえばよかったですね」

「駄目だ。こんな掠り傷程度、おまえの負担になることはしなくてもいい」

俺は人の手となった腕で、エンジュを抱きしめる。その身体はまだ僅かに震えていた。

「すまない。守ると誓ったのに、またおまえを危険な目にあわせてしまった」

しかもあの時と同じような地滑りで。

その言葉に、エンジュが顔を上げて俺の顔を覗き込んできた。

伸びた手が俺の落ちた前髪を掻き上げる。目の前が開けたその先にはあの日、土砂に飲み込まれる直前にも見た紅玉色の瞳。

そして一度は光を失ったそれ。

だが今、俺の愛するエンジュの瞳は開かれ、しっかりと俺を映している。

「いいえ、僕はロムルスさんに守られてばかりです。それに今度はロムルスさんの顔が、その夕焼け色の瞳が……僕の大好きな色がはっきりと見えていますから」

安堵したかのようにエンジュが何度も繰り返す。考えることは俺もエンジュもやはり同じか。

そんなエンジュに煽られたように、俺も彼の頬へと手を伸ばした。親指で流れる雫を拭ってやれば、くすぐったげに笑みを浮かべた。

「もともと、足手まといの僕がついてきたのがよくなかったですね」

「そんなことはないと言っただろう。おまえがいようといまいと地滑りは起きていた。むしろおまえを守るという目的があったから俺はあれから逃れられた。それに……」

「それに？」

「エンジュの力は俺を癒してくれた。『癒し手』であるおまえを知れたことが何よりも嬉しい」

俺はエンジュをもう一度強く抱きしめ、何度もエンジュの濡れた髪に口づけを落とした。

「ロムルスさん？」

触れた感触に気がついたのか、エンジュが俺を見上げてくる。

その薄く開いた唇を目にすれば俺はもう止まらなかった。濡れた吐息が互いの口内で混じり合い、見開かれていた紅玉色の瞳が震えを残して閉じていく。

そこに拒絶はなく、それどころか縋りつく指先が俺の腕を優しく摑んできた。

甘い触れ合いを邪魔するものはこの場にはなく、冷たい雨も今は遠く感じる。

俺は互いを暖め合うようにエンジュを抱きしめながら、徐々に静かになりつつある雨音の中で何度も甘い口づけを交わした。

その口づけはずいぶんと長い時間交わしていたように思う。だが、もしかすると一瞬のことだったのかもしれない。

己の吐息を感じながら、互いの唇が離れれば透明な糸を引いて離れ切れた。

前より赤みが強くなった唇に、俺は再び食いつきそうになったのをなんとか堪え、エンジュがゆっくりと開いた瞳を覗き込んだ。

紅玉の瞳に映る俺。そこに俺がいるということがとにかく嬉しい。

愛しいエンジュとの甘く蠱惑《こわく》的な時間をこのまま永遠に感じていたかった。

だが、ここに来た目的を忘れてはならない。

「エンジュ、外も落ち着いたはずだ。行くか」

「はい、行きましょう。皆さんが待ってますから」

再び獣体へと姿を変え、エンジュをその背に乗せて洞窟を出る。

俺達は二人、眼下に広がる光景に唖然と口を開いていた。地滑りとは言い得て妙で、山肌がそのまま下へと大きくずれていたのだ。一番上の層では茶色の地肌を大きく晒し、そこから下の層の木々は生えたまま。

そして、俺達のいた沢は流れてきた土砂と倒れた木々や岩石が乱雑に重なって完全に覆い尽くされていた。あのままあそこにいたら多量の土砂に押し潰されていたはずだ。

我ながらあの勢いの土石流といってもいいものからよく逃れられたものだと、背中の愛しい命に再度意識を傾け、地面を蹴る。

滝まではあと少しのはず、被害を受けていないことを願いながらカガヅキの実を求めて俺はエンジュとともに霧雨の中を力強く駆けた。

❖❖❖

件のカガヅキの実は、村長の言った通り滝の横に群生していた。幸いにも地滑りと土砂の影響は受けておらず、その滝の周りだけ不自然なほどに静けさを保っていた。

カガヅキはちょうど結実の時を迎えたばかりで魔獣の餌にもなっておらず、俺とエンジュ二人がかりで採取すれば、あっという間に必要十分な量が手に入った。

試しに口に入れてみれば、甘さの中に確かに癖のある苦みがある。

これがカガヅキなのは間違いない。

採っているさなかに霧雨もやみ、帰りは滑りやすくなっている足場にさえ気をつければ日が落ちきるまでには村に戻ることができた。

そのままエンジュは患者の診察に入り、俺と村長が手分けをして発症者へとカガヅキを飲ませていく。エンジュの話によると特に深刻だったのはあの熊族の行商人、喉の湿疹が肥大化しており、あと少し遅ければカガヅキを飲ませることすら難しくなっていただろうと胸を撫で下ろしていた。

エンジュがそれぞれの患者の症状に合わせた薬を処方し、家族や健康な村人へと後を託す。ようやく全てをやり終えて、仮の住まいへと辿り着いた俺達はお湯を使って身体を清め、気がつけば二人して倒れるようにして眠りについていた。

その後、感染が爆発的に広がることはなかったが、老人や子供達の患者は多少増えた。

それでもカガヅキの効果は確かなものだったようで、特に熊族の行商人の回復は著しい。そんな彼の猫族の相棒は、俺とエンジュに涙を流して頭を下げる。

長年ともにいる相棒だがまだ自分の思いは告げていないのだと、自分はアニムスで彼はアニマ、相棒という立場が崩れ去ることが恐ろしかったと。そして、思いを告げぬままに彼を失うことがそれ以上に恐ろしかったのだと。

そんな彼にエンジュは『その気持ちはとてもよくわかります、僕も同じでしたから……。ですが、言葉でなければ伝わらないものがあることも僕は知っています。難しいですよね』と複雑そうな笑みを浮かべていた。

まるでその言葉は俺にも向けられているようにも思えて、チクリと胸が痛んだものだ。

そんな彼らのもとへとエンジュは足繁く通い治療と投薬、それに加えて今までと同じ通常の診察も行う。

俺や村人達もそれを手伝ったが、全ての事態がようやく落ち着いたのは一週間後。

念のため別の街へとカガヅキを調達しにやった使いの村人が戻ってきたのと同じ頃だった。


エンジュは今日も腰の悪い村人に頼まれていた塗り薬を届けに行っている。

あの病のように大規模なものではないものの、小さな怪我から身体の不調までエンジュを求める村人が途絶えることはなく彼が休んでいる暇はない。

それぐらいなら俺が持っていこうと伝えたのだが、自分の目で状態も確認したいからロムルスさんは少しでも休んでいてくださいと笑うエンジュを見送るしかなかった。

俺はエンジュの判断で投薬を行い、エンジュの指示で処置をする。あくまでエンジュの補佐であり、エンジュの代わりにはなってやれないことを歯がゆく思う。

それならば何か依頼を受けて魔獣でも狩ろうかと考えてもみたが、それも何かが違う。

ふと思い立った俺は、見舞いという理由をつけてあの行商人のもとへと足を運んだ。

そして、そこで得たのは思っていた以上の収穫。

その収穫物を使って、エンジュに俺のある決心を伝えるために借家の狭い台所に立って、包丁と鍋を相手に俺は孤軍奮闘中だ。

コトコトと弱火で時間をかけて煮込む鍋の中身は、村人達が治療のお礼にと届けてくれたよく熟《う》れて真っ赤になったトメーラとギウのすね肉。大きな塊《かたまり》のままで煮込み始めたものもそろそろ柔らかくなってきたようで、漂う香りは前に嗅いだものと同じ。

味も、これなら及第点と言えるだろうか。

これはエンジュの故郷の味、そして思い出の味。

以前食べた時、俺は深い闇の底に意識を囚われていて、十分に味わうことはできなかった。

だが、エンジュにとっては復讐のさなかにありながら、懐かしいと過去への思いを馳せさせた大切な味。

そのことが強く印象に残っていて、俺はエンジュの古い知り合いであるウィルフレド殿から作り方を教わった。

それでも今までこれを作る機会がなかったのは、エンジュの大切な思い出であるこの料理を俺が作っていいものかずっと躊躇いがあったからだ。

それを作ろうと思ったのはここ最近の出来事でエンジュとの向き合い方を改めて考えさせられたから。

弱火でじっくりと焦がさないように何度も掻き混ぜる。鍋の中で赤茶色のシチューがふつふつと小さな気泡を作る。トメーラはすっかりその姿を溶かしてしまい、ギウのすね肉と一緒に入れた根菜が柔らかく色づいている。

漂う濃厚な香りは外まで届いているだろうか。そろそろ帰ってくるだろうエンジュはこれを食べてどう思うだろうか。

余計なことを考えても仕方ないと、何度目かの味見をした時だった。

「ただいま帰りました」

あまり建てつけのよくない扉が音を立てて開き、エンジュが姿を見せる。

「おかえり、もうすぐ夕飯ができる」

「とてもいい匂いがしますね。今日はシチューですか？」

「ああ、ウィルフレド殿に教えてもらったあのシチューだ」

俺の言葉に驚いた様子を見せたエンジュだが何も言わずこちらへ近づいてきた。鍋を覗き込むのかと思えば、俺を見上げながら問いかける。

「ロムルスさん、何かありましたか？」

「いや、そういうわけではない」

「ですが……」

「すまない、テーブルの方の準備を頼めるか？　すぐにこれも持っていく、座って待っていてくれ」

「わかりました」

俺がはっきりと伝えれば、エンジュは素直に食卓へと向かう。

背後でカチャカチャと食器が食卓に並べられる音が聞こえる。

俺はそれを聞きながら、真新しい琺瑯の器へとシチューを盛りつけ食卓へと運ぶ。エンジュはすでに椅子に座って、不思議そうな表情でこちらを眺めていた。

いつも通りにしていたつもりだが俺の態度はやはり不自然だったのだろうか……。

「今日はこれを使って食べないか」

そう言って差し出したのは、あの市で買うことを諦めた深皿とスプーンが二組。

深皿にはすでにシチューを盛っているが、シチューの濃い色と食器の白、そして美しいヒルデキュイアの花が確かにそこには存在していた。

今日行商人を見舞った時、本当は俺が買い受けるつもりだった。それを目的に訪ねたのだが結局、金は受け取ってもらえずこれは今ここにある。

「これは……、どうされたんですか？」

「あの商人達から譲り受けた。金を払うつもりだったのだが命の恩人のおまえへの礼だと言っていた」

「そんな、すでに十分にお礼はいただいていたのに……」

エンジュの言う通り、商人達からは規定の料金をもらっている。払うことのできる余裕がある者からは払ってもらう、これは商売をしている彼らが一番大事にしていることだというのは俺でも理解できる。

「地滑りのことを知ったらしく、危険手当てだそうだ。それと、猫族の彼がエンジュ、おまえに感謝していると」

俺の言葉がエンジュには一瞬なんのことかわからなかったようだ。

だが、すぐにエンジュは表情を緩めて納得した様子。

「じゃあ、お二人は」

「幸せそうに見えたぞ」

俺が席に着き、エンジュへとスプーンを差し出す。

エンジュはそれを受け取って満足げに微笑んだ。

「冷めないうちに食べるか」

「はい。今度改めてお礼に行かないといけませんね」

まだ湯気を立てているシチューからは、トメーラの酸味と甘みが混じり合う食欲をそそる香りが漂っていた。ともに並ぶラレイの実や堅焼きパン、野菜のサラダも村人からのお礼の品だ。

そして、エンジュが手に取った白いスプーン。少し大きく見えるが、それでも繊細な形がエンジュの細い手によく馴染む。

エンジュはそのままスプーンでシチューを掬い、ひと口飲み込んで声をあげた。

「とても、美味しいです。ウィル兄さんが作ってくれたのと同じ味……」

「そうか、よかった」

エンジュの言葉でようやく肩から力が抜けて、自然と安堵の吐息がこぼれる。どうやら俺は自分で思っていた以上に緊張していたらしい。

「おまえの故郷の、いやおまえの思い出に俺が踏み入っていいものか悩みもした」

「ロムルスさん、それは……」

「わかっている。俺の考えすぎだということは、それでも答えて欲しい。俺はおまえのことをもっと知ってもいいか？　おまえの過去や思い出をもっと知りたいと願ってもいいだろうか？」

エンジュの紅玉が俺を見つめている。だが、そこに拒絶の色は見えない。

「その答えはロムルスさんが考えている通りです。ですが、そうですね……。僕はロムルスさんのことが大好きで、この世界で一番の存在はあなたです。それは僕の変わらない気持ちです。それなのに、僕達は互いのことを知らなさすぎるのかもしれません」

「ああ」

エンジュの言葉に俺は反射的に頷いた。

エンジュの言葉が嬉しかった。大好きだと言われたことが何よりも幸せだった。そして、エンジュが俺と同じことを感じているということが俺の喜びをさらに際立たせる。

「僕はロムルスさんと出会ってからこんなに長い時間を過ごしてきたというのに、どうして……と思ってはいけないんでしょうね」

それは、と声に出すことはできなかった。ともに過ごした時間は長い、だが本当の意味で俺とエンジュが対《つい》の存在となれたのはほんの最近のこと。

「このシチュー、本当に美味しいです。思い出の中の味よりもずっと……。だから、これを食べながら僕のことを聞いてもらえますか？」

「ああ、頼む」

「そんな大した話ではありません。僕が覚えていることなんてそんなに多くないんです。それでも忘れられないのは父と母と、そしてマルクス――僕の一番仲がよかった幼馴染みとウィル兄さん、そんな人達と遊んだこと、この料理を食べたこと。そんな他愛のないことばかりで……。裕福というわけではなかったですけど、それを辛いと思ったことはありませんでした」

微笑みながら、エンジュはシチューをまたひと掬いして、口へと運ぶ。

だがその瞳から透明な雫が溢れて流れて落ちた。

「エンジュ、無理をする必要はない」

「いえ、これは違います。すみません、どうしても感情が昂ってしまって……。でも最後まで聞いてくださ い」

「ああ、おまえがそう言うのであれば……」

「父は山猫族で獣人にしては小柄な身体を気にしていました。でもすごく身が軽くて、高い山の上にある木の実をたくさん採ってきてくれるんです」

初めて聞くエンジュの家族の話。俺はあの日あの時、すでに両親から引き離されたエンジュしか知らない。

「母はヒト族で僕と同じ赤い髪をしていました。とても優しい人でしたけど料理があまり上手じゃなくて、だからウィル兄さんの家で食べたこのシチューが一番好きな料理でした」

エンジュの両親があの後どのような境遇に置かれたかたやすく想像できるこの世界に、俺は奥歯を嚙みしめて机の下で強く手を握った。

「ロムルスさん、僕よりあなたの方が酷い顔をしていますよ」

苦笑いを浮かべたエンジュがパンを千切《ちぎ》ってシチューへと浸して一口食んだ。

「この食べ方はマルクスが僕に教えてくれたんです。固いパンもこうして食べると柔らかくなって美味しいって、ウィル兄さんからは行儀が悪いとよく二人して叱られました」

俺もエンジュの真似をして、パンを千切ってシチューとともに口へと含む。少しシチューが冷えてきたせいか、酸味が僅かに強くなっているがそれでも美味い。

エンジュはそれから故郷の話をゆっくりと俺に聞かせてくれた。

どんな農作物を育てていたのか。どんなことをして遊んでいたのか。冬の寒さ、夏の暑さのしのぎ方。父親のこと、母親のこと。あの村で何を感じ、どのように生きていたのか。

　エンジュの口から語られる、エンジュの過去。俺の知らないそれが不思議と情景となって次々と目の前に現れる。

　互いに食事に手をつけながら、ゆっくりと。ようやくエンジュが語り終えたのは二人で食後の茶を飲む頃だった。

　エンジュが淹《い》れてくれた薬草茶を一口含めば、その温もりがざわついた心を鎮めてくれる。

「もう僕の中で気持ちの整理はついているんです。過去の幸せな記憶。それはもう楽しかった思い出として僕の中で生き続けています。今まで話さなかったのはロムルスさん、あなたにそんな顔をさせたくなかったから」

「……俺の表情はそんなにわかりやすいか?」

「ええ、あなたのことならなんでも僕はわかるんです」


　俺の感情や表情の変化がわかりづらいことは兄や騎士仲間のお墨付き。だが今のエンジュがそう言うのならその通りなのだろう。

「ご馳走様です。本当に美味しいシチューでした。また作ってもらえますか?」

「おまえが望むのであれば」

「ありがとうございます。今日は僕の話ばかりしてしまいましたけど、次はロムルスさんの番ですよ。僕もあなたのことが知りたいんです」

「ああ、もとよりそのつもりだ」

　エンジュは満足げに頷いて、その場から立ち上がろうとする。俺はそんな彼より早く立ち上がりエンジュの前で片膝をつく。

「ロムルスさん?」

　驚くエンジュの手を取り、彼の美しい瞳を見つめてはっきりと伝える。

「エンジュ……これを受け取って欲しい」

握りしめた手に俺自身の額を当て、祈るように伝えた。

手放してしまった日、守れなかった日、そんなことがたくさんあった。だが俺はもう二度とこの手を離さない。

片手でエンジュの手を握りしめたまま、俺は服の袷《あわせ》にしまい込んでいた『それ』を取り出した。

「えっ、指輪ですか？」

「ああ、これは母の形見だ」

その言葉にエンジュの瞳が揺れて俺を見つめてくる。

これは最後に兄に会った時に渡されたもの。母が亡くなる前に父に渡し、父から兄へと母からの言葉とともに遺《のこ》された品。

『あの子が本当に大切な相手を見つけた時にこれを渡して欲しい。そして、私は幸せだった』と伝えてくれと。

罪を犯した俺への手痛い殴打と苦言の後に兄から渡されたのが夕焼け色の小さな石がついたこの指輪とその言葉だった。

俺の瞳の色は母譲り。だからこそ、この石の色は俺の色でもあった。

世界から隠されるようにして暮らしていた母。

それでも遺された言葉の通り、母は幸せだったのだろう。俺と同じ不器用な父に愛されて、小さな世界で最後まで幸せに生きたのだ。

幼くして亡くした母との思い出は多くはない、だが兄の頭を穏やかに微笑みながら撫でる母の指にこの指輪があったことは覚えている。

これは母が生きたその証。

だからこそ、俺はどうしてもこれをエンジュに受け取って欲しかった。

「俺の母はヒト族だった。父が母へと贈り、その母が遺したものだ。いや、そうだな……俺の母がヒト族だということすら俺はおまえに話していなかったのか……」

「いえ、それは……。ですがそんな大事なものを」

「エンジュ、おまえのことを愛している。これは俺の想いの証だと思ってくれ。そして、どうかともにこの先を歩むともう一度、誓って欲しい。俺もこの先何があろうとおまえを守り、ともに生きると誓う」

俺の言葉にエンジュの顔が泣き笑いに崩れた。

何度も口を開けては閉じるその顔は、耳の先まで真っ赤に染まっている。その口元を空いている手で覆ったエンジュは、小さな声で呟いた。

「……ロムルスさん、僕もあなたを愛しています。たくさん回り道して、今でも本当はどうしていいかわからないことがたくさんあります。でも僕がロムルスさんを好きだという気持ち、これだけは間違いないことだってわかっているんです」

濡れた瞳に映る俺。

身体から湧き立つ香りは、爽やかな薬草のような匂い。嗅ぐだけで心が洗われるようなエンジュの、俺達『番』の匂い。

エンジュの指に指輪を嵌める。不思議なことにその寸法はぴったりで指へと収まったそれを見つめたエンジュは言った。

「さっき約束したばかりですけど、この指輪をされていたロムルスさんのお母さんのことを……いえ、ロムルスさんのご家族のことやロムルスさんの持っている思い出を僕にもっと教えてくださいね」

「ああ、もちろんだ」

強く頷けば、笑顔で返される。

だがその頬はまだ涙に濡れていて、俺は思わずその頬へと口づけた。

「あ、あの……」

「エンジュ、今日俺はおまえを俺のモノにしたい。いいか？」

初めて口にして伝えた己の欲望に、エンジュの顔が瞬く間に朱に染まる。

だが、エンジュの逡巡は一瞬だった。

「あ……はい……、ロムルスさん。僕もあなたと同じ気持ちです」

俺からの欲に満ちた問いかけに頷いたエンジュ。もう止まってやることはできない。

エンジュの過去も俺の過去もここへと至るために必要な第一歩だった。

ようやくエンジュとひとつになれるという喜び、そしてそれを押しとどめる理由はすでにどこにもない。

俺はエンジュの身体を抱きかかえて寝台へと運んだ。

俺の身体の下にすっぽりと収まる身体は華奢で、強い力で掴めば骨が折れてしまいそうなほど。

その身体から簡素な服を外して体重をかけないように覆いかぶさる。頭を掻き抱き、至近距離で瞳を合わせれば、エンジュが俺の顔を両手で包み込んできた。

「ロムルスさん……言わなければならないことがもうひとつ」

そう言って俺の唇に触れてくる。

「僕も、もっとあなたと早くこうしたかったです」

触れてすぐに離れたエンジュがはにかみながら言った一言に、俺は自然と獣のように唸った。

「エンジュ、それは今言うべきではなかったな。後悔するぞ」

獣人のアニマを……いや、俺を煽ったらどうなるかわかっていない。腹の底から込み上げる衝動をなんとか逃し、俺はエンジュの肩に顔を埋めながら抱きしめた。

「そんなつもりはないんですけど……でも、大丈夫です。後悔はしません。ロムルスさん、愛してます」

「……っ！」

無邪気な子供のように俺を煽るエンジュ。

俺はそれ以上我慢することができず、深い口づけを施した。

「っ、あっ」

唇の合間から舌を入れ、驚きに隠れた小さな舌を探し出す。吸いついて絡めたそこから音が響くたびにエンジュの身体が小さく震え、無意識のうちに擦りつけ合う下腹で互いのものが存在を強く主張し始めた。

細い身体を抱きしめて長い口づけから解放すれば、エンジュが荒い呼吸を繰り返す。震える喉元に吸いつけば、それだけで柔らかな肌は小刻みに震えて朱に染まった。

舌先でゆっくりと愛しい身体を辿り、まず触れたのは胸の小さな粒。

それを舌先で弾くように転がせば、身悶えるように身体がよじれ、なだらかな腰を辿る手はちょうどエンジュの背後へと至る。

丸い双丘は手にちょうどよく、俺は揉みしだくようにその感触を味わった。

「んあっ……、ロムルスさん……」

「エンジュ、エンジュ……」

愛しい名を何度も呼び、触れるだけで心地よい身体に舌鼓を打つ。

触れ合うたびに薬草のような香りは強く、芳《かぐわ》しく俺を包み込み、腹の奥の欲情が大きく膨れ上がっていった。

「エンジュ、この匂いがわかるか？」

「にお、い？　この薬草のような爽やかな香り……」

「そうだ、その匂いだ」

俺と同じ匂いを感じてくれているエンジュが嬉しくて、俺は鼻先を腹に擦りつけながら囁いた。

「これが俺とおまえの運命だ。俺達だけが同じ匂いを感じる、この世にふたつとない匂い」

その相手が今はこの手にある。

この歓喜の感情は誰にも渡せない。もう二度と離してやることはできない。俺の欲望のままにエンジュの奥底まで味わって、その全てを喰らい尽くそう。

俺という獣に見初《みそ》められた憐れで愛しいエンジュ。

「エンジュ、すまん。おまえを俺は食らう」

その言葉に応えるかのようにエンジュの腕が腹の上の俺の頭を強く掻き抱く。

俺の視線のすぐ先にあるエンジュのもの、その淡い色をした先端に俺は誘われるように舌で触れた。

「あっ……んっ」

快楽を拾うエンジュの声に煽られて、今度は強く大きくそれを舐めた。

下腹がびくびくと震え、俺の頭を摑むエンジュの手の力が強くなる。髪の毛が引っ張られるが、そのささやかな痛みすら愛おしくてたまらない。

立ち上るエンジュの匂いは強くなり、俺は両手で双丘を揉みながら小ぶりな性器を咥《くわ》え込んだ。

「や、あっ、ああっ」

喉の奥まで飲み込んで、口内と舌そして歯先で丹念に愛撫する。俺は俺の手でエンジュを快楽に喘がす楽しみに夢中だった。声はもちろんのこと、何かに耐えるように悶える身体も、肌の震えも、何もかもが俺の中の獣性を煽り、さらなる欲を駆り立てる。

「あうっ、も、もう駄目っ、イくっ」

口の中でエンジュの性器が大きく跳ねた。押さえつけた身体が痙攣し、手の甲を強く口に当てたエンジュの顔は切なげに歪んでから弛緩していった。

俺はエンジュのものを飲み込み、残ったもの全てを味わってから口から離した。

「ロ、ムルスさん、そんなこと……」

エンジュが真っ赤に染まった顔で俺を睨みつけている。

「言っただろう。俺はおまえを食らうと」

エンジュが吐き出した白濁も涙も、それこそ血も肉も何ひとつ無駄にしたくない。全ては俺のもので、俺だけが味わえる。

そんなことを考えるだけで俺のものはさらに熱量を増してしまう。自然と舌なめずりをしてエンジュを見下ろせば、恥ずかしげに顔を背けるエンジュの朱に染まった首筋が見えた。

長い髪が左右に分かれ、そこから覗く肌が酷くそそる。

ごくりと音がするほどに喉を鳴らし、俺はエンジュの脇に手をついて身体の上に再び覆いかぶさった。

「ロムルス、さん」

「エンジュ、力を抜いていろ」

俺の興奮を感じ取ったのか惑うエンジュの足を抱え上げ、身体を割り込ませる。剝き出しの太腿を指先で辿れば大きく身体が震え、一度達したはずの性器がゆるりと立ち上がり始めた。

さらにその下、会陰《えいん》を辿り俺を迎え入れてくれる場所まで滑らせて、終着点を指先で突く。

「んんっ」

慎ましい蕾は未だ固く閉じたまま。

俺はエンジュの先端から滴る白濁の力を借りて、ゆっくりと指をそこに収めていった。

「あうっ」

身悶える身体を押さえつけ愛しい相手を征服しているという興奮は、俺の獣欲をさらに煽る。エンジュはか細く喘ぎ、俺に必死にしがみつく。

「ああ、ロムルスさん、そこ……は、ああっ」

指の数をゆっくりと増やし、内部を探る指先がエンジュの強く感じるところを捉える。途端にあがる嬌声の艶やかさが心地よい。

だが、ふと俺の中の理性が告げる。この身体を過去に蹂躙した者がいる。俺もその一人となってしまうのかと。

グルルルと喉の奥が獣のごとく激しく鳴った。

それをエンジュに気づかれてしまったのか、その指が俺の頰に触れてくる。快楽に身悶えながらも、その表情は驚くほどに優しく美しい。

「あなたは、っ……違い……ます。ロムル……スさん、あなたは……僕が望んだ……ただ一人の……」

ああ……、俺のことならなんでもわかると言ったエンジュの言葉は真実だった。

エンジュの言葉を頭が理解したのと、頭の中で何かの音がしたのは同時だった。

それは俺の理性という箍がキレイさっぱり外れた音だと、その時の俺は気づかなかった。

ただ身体が求めるままにエンジュの腰を抱え上げ、俺の性器の先端を彼の双丘の狭間に向けた。

エンジュのものと比べれば太く長い性器の先端はすでに雫が溢れ出し、下生えが覆う根本まで垂れていた。そんな先端が彼の尻の間に触れて粘液の跡を残しながら、その先の蕾へと向かう。

指を受け入れてほころびを見せる蕾の上、俺は数度切っ先でそれを突きながらエンジュの耳朶《じだ》を食むように囁いた。

「いれるぞ」

言葉を発してから固く目を瞑って刺激に耐えていたエンジュが、その時ばかりは薄目を開けてにっこりと微笑んだ。

「ん……、は……い、ロムルス……さん」

しかも無意識なのか足を俺の腰に絡める。その動きは俺を求めているようにすら感じた。そんな愛らしいことをされては一瞬たりとも待つことなどできず、そのまま切っ先を押しつけ進んだ。

「んっああっっ」

目の前で汗ばんだ喉がのけ反った。弓なりに反った背を抱え、身体を押さえつけて腰を進める。

俺のものを受け入れて道を開こうとしてくれているが、時折締めつけるようにエンジュの中が絡みつき、背筋が震えるほどの甘い快感に己の声が漏れた。

「……っ、入ったぞ」

今すぐにでも奥深くまで突き進みたいという衝動をなんとか堪えて、エンジュを壊さないようにと進めていく。

だがそれも、エンジュの次の言葉を聞くまでの僅かな間。

「ああ、……やっとロムルス……さん、とひとつ……に」

うっとり嬉しそうに微笑まれたその笑顔と、言葉に腹の底から込み上げる衝動が迸《ほとばし》る咆哮とともに暴れ出す。

「エンジュっ、くそっ」

「あ、ああっ、ふかっ、あァ――――っ！」

華奢な身体は俺の腕の中で激しくのけ反って俺の下腹と強く密着した。肌と肌が打ちつけ合う音が高く響き、触れ合う肌から汗が吹き出している。

眼下ではエンジュの紅玉から涙が溢れ、俺の頭に両手を添えたまま激しく揺さぶられていた。彼の歓喜に満ちた嬌声が、極上の旋律となって俺の快感と情欲をさらに高めていく。

「愛している、エンジュ。もう俺のものだ、俺だけのもの」

ようやく手に入れたエンジュ。

もう離さない、離れることは許さない。

引き抜こうとすれば絡みつき、貫けば柔らかく受け止める身体はまるで俺のためだけのものだと訴えるかのようにあっという間に馴染んでいった。

小さく薄い舌が喘ぐように揺れて、誘われるように俺は深く口づけた。どちらからともなく絡み合い互いの唇を貪った。

大きく身体を震わせるエンジュは、俺が貫くたびに何度も絶頂を迎えているようだ。響き渡る嬌声は絶え間なく、締めつけはさらにきつく俺を誘い込む。

「くっ、うっ、エン、ジュっ、エンジュッ！」

「待っ、あ、あぁ――っ！」

渦の中心を駆け上がるように快感が一気に頂点に達する。さらにその先、天へと突き抜けるほどの衝動に目の前が白く爆ぜた。

その間も腰が勝手に動いて、何度でも何度でもエンジュの奥へと飛沫を散らす。

それは過去のどんな行為よりも激しく、そして深い快感を俺にもたらしてくれた。

✦✦✦

気がつけば明るい日差しが窓の日除け越しに差し込んできていた。

甲高い小鳥の鳴き声も俺の目覚めを手助けし、俺は重い瞼を開いて何度か瞬いた。

腕に感じる僅かな重みに視線をやれば、朱色の髪を寝具に広げて昨夜初めて抱いた愛しいエンジュが穏やかな寝息を立てている。

その閉ざされた瞼の下、紅玉の瞳を見ることができないのは残念だが今はまだ眠らせておいてやりたい。

エンジュと結ばれた悦びがあまりに強すぎて、まさに理性を失って抱き続けてしまったのだ。それでもエンジュはずっと俺に縋り、俺の想いと行為に応えてくれた。愛していると互いに何度も囁き合った。

そして、二人揃って迎えた幸せで穏やかな時間。

俺が充足と幸福感に包まれていると、抱きしめた腕の中でその身体が小さく蠢いた。

ゆっくりと開かれる瞼の向こう、俺の愛しい紅玉の瞳が覗く。

「……ロムルスさん……おはようございます」

「すまない。起こしてしまったか、その……身体は大丈夫か？」

「えっと、はい、大丈夫……です。ですが、もう少しこうしていたい気分です」

すりすりと鼻先で胸を擦られて、俺はくぐもった声で唸った。

「煽るな。また後悔するぞ」

「ふふ、後悔なんてこれっぽっちもしていませんから」

そう言って笑うエンジュの可愛らしさに思わず天を仰ぎたくなる。

本当に後悔させてしまう前に己の欲望をなんとか抑えなければと必死に理性を働かせた。

そのせいかずいぶんと深い溜息が勝手にこぼれ、申し訳なさそうな表情をしたエンジュが上目遣いに見てくる。

「ロムルスさん」

「どうした?」

俺の返事は無意識のもの。だが続いたエンジュの言葉に、一気に意識がそちらに向いた。

「今度一緒に僕の故郷へ行ってみませんか?」

「……ワイアット村か、ランドルフ隊長達が住んでいるという」

それは一度失われたエンジュの故郷の村の名前。

俺を見つめていたエンジュが不意に視線を逸らした。

その首筋が少し赤くなっている。

「昨日の話だけではなく、僕の大切な故郷をあなたに見てもらいたいんです」

「本当に……俺が行ってもいいのだろうか?」

それはすでに答えのわかっていた問いかけ。

「はい。僕と一緒に行ってください。と言ってもまだまだやるべきことも行かなければならないところもたくさんありますし、自分のしたことへのけじめがついたらですけど」

「それは……、エンジュの望むようにすればいい。俺はおまえの行く道をともに歩む」

そう言えばエンジュは嬉しそうに破顔した。

「よかった、ウィル兄さんには教えてもらうことがたくさん残っているんです」

「教えて……もらうこと?」

なんのことだ、と首を傾げた俺に、エンジュがちらりと俺を見た。

「ウィル兄さんは、子供がいると言っていましたよね？　それも二人も」

「ああ」

「そういうことです」

どういうことだとエンジュの含んだ物言いに頭に疑問符が自然と浮かぶ。

「えっと、わかりませんか？」

「すまない」

その表情が少し不貞腐れたように見えて、何か怒らせてしまったのかと不安が湧き上がる。だが、そんな気持ちも次の言葉で吹き飛んだ。

「僕は愛している人とこうして結ばれて本当に幸せです。だから、欲張りになってしまったのかもしれません。今よりその先を……、許されるのであればロムルスさんと二人、もっと幸せになることを願っています。もちろん、それももう少し先の話ですよ？」

エンジュのその横顔は赤い。そこまで言われてようやく理解に至った。

エンジュが俺達の子供を望んでくれているということに。

仏頂面が多く強面《こわもて》だという自覚はある。だが、自分の顔が次第に笑み崩れていくのが止められない。

何よりも大切な相手が俺とのこの先の未来を望んでくれている。こんなに嬉しいことはないだろう。

「笑わないでくださいよ。自分で言っていて僕も恥ずかしいんですから。あっ、ロムルスさん。もうひとつだけお願いがあるんです」

「なんだ？」

おまえの願いならなんでも叶えてやる。そう言う前にエンジュの手が俺の前髪を掻き上げ、その紅玉の瞳が目の前まで迫っていた。

「ロムルスさんの髪を切らせてもらってもいいですか？　特にこの前髪を……」

「かまわないが何故だ？」

「だって見えないと寂しいじゃないですか……、僕の大好きなこの夕焼け色の瞳が」


そう言ってエンジュは笑みを深めた。

ああ、俺の大切なエンジュはどうしてここまで……。

俺の中が温かく優しい何かで満たされていくのがわかる。

ようやく、ようやく俺達はここまで来られたのだ。

俺はエンジュを抱きしめ、彼の唇にそっと口づける。


「エンジュ、愛している」

触れるだけの口づけをして離れようとすれば、今度はエンジュから求められた。

「愛しています、ロムルスさん」

蕩《とろ》けるような愛しい笑顔、俺のもっとも大切なもの。

俺の大切な人、俺の全て。この先、俺はもう決して間違えない。


俺達を巡り合わせたのはあまりに惨《むご》い運命だった。

再会した俺達を待ち受けていたのも過酷な道のりだった。

リヨダンのベッドの横で、俺は祈り続けた。

復讐を決意した彼の思いを叶えるためならともに滅びの道を歩んでもいいとすら考えた。

だが今、俺は腕の中に優しい温もりを感じていた。

この愛しいエンジュとともに、俺は未来を築いていこう。

Fin.

スイと双子とある遊戯

目の前の食卓を埋め尽くすのは派手さはないけれど、どれも丁寧に作られていることがわかるワショクの数々。

カラアゲにトンカツ、鳥の照り焼きにお手製のつくねと肉料理が何品も。他にも、煮魚や根菜の煮物、野菜の煮浸しが大皿に。小鉢には、山菜や魚介を使った酒の肴《さかな》があり、その盛りつけで目も楽しませてくれる。

獣人四人にヒト族二人。料理の種類も量もぱっと見多すぎる気がするけれど、獣人が四人とも大型種だということを思えば、この食卓の上の料理も数時間後にはキレイに消えることだろう。

そんなことを考えながら、僕は目の前の料理へと箸をのばす。

「っ！　ヨファ君、本当に腕を上げたね……！　どれを食べても本当に美味しいし、調味料の合わせ方とか丁寧な下ごしらえがされてるんだなっていうのが僕にでもわかって、ヨファ君なりのひと工夫がどの料理にもされているのが本当にすごいよ！　チカさんが広めたワショクをただそのまま真似るだけじゃなくて、『ヨファ君のワショク』になってるのはさすがプロの料理人だね！」

「ほ、本当ですか!?　チカユキさんのご飯を食べて育ったスイさんにそう言って頂けるなんて、とっても光栄です！」

「本職でもない僕が偉そうなことを言うのもあれだけど、これはチカさんや父さん達にも食べさせてあげて欲しいなぁって思うぐらい本当に美味しいからっ！　っていうか、今度うちでもぜひ作ってよ！　チカさんもきっと喜ぶと思うよー。あっ、ヨファ君のお店にも今度寄らせてもらうね！」

「そっ、そう言ってもらえると本当に嬉しいです！　スイさんが言ってくれたようにただチカユキさんの真似をしているだけじゃ駄目だと思っていろいろ工夫を重ねてるんです。それをわかってもらえるなんて……。ありがとうございます！」

そう、僕とガルリスは今ヨファ君お手製の料理に舌鼓を打っている。この場には、アーデとゼルファさん、そしてベルクとヨファ君もいて、兄弟水入らずでベルクの新居に集まりヨファ君による手作りの晩餐を楽しんでいるのだ。

僕の発案で『たまには兄弟揃って食事でも』となったのだが、運悪くヒカル兄は王妃としてテオ兄のフィシュリードでの外交に同行しており、リヒト兄とヨハンはその護衛でレオニダスを離れてしまっていた。残念だけど、多忙な二人だから仕方ない。

近いうちに、皆で集まりたいとリヒト兄とヒカル兄から返事が来ているのでできるだけ早く企画をしたいとは思っている。

ちなみに我が家で飼っている魔獣のクロは、実家でチカさんに預けてきた。多分、今日は夜通し飲むことになる予感がしたからだ。

「確かに美味いなぁ！　このトンカツに掛かっているソース！　すり下ろしたラディーシャとソイソ、それにレモーネか!?　サクサクの衣と肉汁が溢れ出てくるトンカツに目茶苦茶合うな！　濃厚な旨味があるのにサッパリしてて、いくらでも肉が食えるぞ！」

「定番のソースにソイソを少しとレモーネとペイプルの果汁、同じくペイプルから作ったお酢を加えてみました。柔らかく優しい酸味が出せたと思います」

「なるほどな！　肉がなくても、このソースだけでラヒシュがどんぶり十杯は食える美味さだ！　お代わりあるか!?」

「ガルリスはさぁ、少しは遠慮しなよ。ってか、相変わらず食レポになるとガルリスの脳みそ急に働き出すよね……」

美味い美味いと箸を上手に動かし続けるガルリスに、毎度のことながら僕は呆れてしまう。ただ、普通の人が見ればその体格や精悍《せいかん》で整っているが肉食獣の凶暴さを孕《はら》む容姿に怯む人が多いのだけど、ヨファ君は大丈夫なようで一安心。それは、誰とでも秒で打ち解けることのできるガルリスの大らかさや人当たりのよさとヨファ君のそばにはベルクという存在が常にいるというのも大きいのだろう。

「いや、ガルリスさん、ヨファが作ってくれる飯は世界一です。どうか遠慮なく食べてください」

そんなガルリスに向かって、ベルクは自分のことのように得意気――というか惚気《のろけ》というか、そんな表情を見せることに今でも慣れることができない。『鋼《はがね》のベルク』と呼ばれていたベルクだが、ヨファ君と一緒になってからは、ずいぶんと表情が豊かになった。『愛ってなんですか？』と真顔で問いかける息子を心配していたチカさんは、涙を流してベルクの変化を喜んでいたっけ……。

「そんな、一番だなんてとんでもないです！　まだまだチカユキさんやセバスチャンさんの足元にも及びませんから」

チカユキ印のワショクに感動して料理人を志《こころざ》したヨファ君にとって、チカさんは永遠の憧れの存在だ。それはある意味、医師としてのチカさんを見る僕と同じなのかもしれない。そんな彼がベルクに見初《みそ》められたんだから、この世の縁は面白い。

「そうかな？　謙虚なのもヨファ君のいいところだと思うけど、ヨファ君の料理にはヨファ君独自の料理人としての努力と技術がハッキリと出ている。未だに母さんの真似事がやっとの俺からすれば、すごいことだと思うよ」

口の中で蕩《とろ》けるほどに滑らかでありながら、コクのある出汁《だし》の味わいをしっかりと舌の上に残していく絶品の茶碗蒸しを味わいながら、アーデがしみじみと呟く。

「だが私はアーデが時間をやりくりして作ってくれた食事や、休みの日に淹《い》れてくれるお茶も大好きだよ。先日持たせてくれた手作り弁当も、美味すぎてあっという間に食べてしまったぐらいだからね」

「ゼルファ……ちょ、恥ずかしいから！　でっ、でも俺も、俺が忙しい時はゼルファが料理だけじゃなくて家事をやってくれるの本当にありがたいと思ってるよ」

「はいはい、ご馳走様ご馳走様」

ヒト族のヨファ君を娶《めと》ったベルクに負けず劣らず、鷹族のゼルファさんと結ばれたアーデも幸せそうで何よりだ。

自分と同じ熊族のアニムスであるアーデを、誰よりも心配していたリカム婆ちゃんも、これでようやく安心できるだろう。

美味しい食事とお酒に舌鼓を打ちながら、僕達は互いの近況を報告し合い楽しい時間を過ごす。

ベルクは相変わらずの騎士団勤めだけど、近衛兵への推薦を蹴ってゼルファさんの下に残ることを希望。ゼルファさんは、せっかくの昇進なのに勿体ない！と嘆いているが、僕はいかにもベルクらしい選択だと思う。ヨファ君のおかげでずいぶん人馴れしたとはいえ、どこまでいってもベルクはベルクなのだ。きらびやかな式典への出席や貴人のお相手、果ては人前での挨拶《あいさつ》といった社交を多く求められる近衛兵など、不向き以外の何物でもない。辺境討伐隊という凶暴な魔物と戦わなければならない職務は危険とは隣り合わせだけれど、強いものと戦うことを生き甲斐にするベルクのような獣人にとってはぴったりの職場だと思う。

命の危険があるということは兄としては心配だけど、今はアーデという軍医がついてくれているのは安心材料の一つとなっている。

そういうゼルファさんも、実は今はまだ現場にいたいと昇進を断り続けているというのをアーデからこっそり聞いた。ベルクとゼルファさん、その性格は全く似てないが騎士としてはどこか同じものを持っているのかもしれない。

これればっかりは、騎士でもなく、戦うことを好まないヒト族の僕にはわからないことだ。

一方ヨファ君の和食料理店はかなりの盛況っぷりで、店の規模を広げ人を雇うことも検討しているという。これほどの食事を手頃な値段で食べられるのだ。流行《はや》らない方がおかしい。

僕が今食べている煮魚も、魚の旨味を逃さない火加減と、タレの甘辛さが絶妙すぎて箸が止まらない。確かかわりとクセの強い魚だったはずだけど生臭さやそのクセが一切感じられないのは、下処理や何か煮込む時に工夫をしていることは間違いない。

外科医であるアーデは軍医として騎士団に所属。ベルクとゼルファさんが昇進を固辞している原因の一つ……かもしれないと勝手に邪推している。

軍医はその職務の性質上、医局勤務の医者に比べて危険が多い。それでも己の生きる道はそこにあると日々生き生きと職務にあたっている。

僕が臨床医ではなく研究職の道を選んだように、アーデもまた自分の意思で進むべき道を見つけたのだろう。

なんてことをぼんやり考えていると双子から声をかけられる。

「スイ兄さんは、最近どうなんだ？」

「研究室に引きこもっているわけでもなさそうだし、何か論文でもまとめてたりする？」

「うーん……まぁ、いろいろと相変わらずかなぁ」

「兄さんの相変わらずは普通じゃないからね？　フィシュリードとキャタルトンでわりととんでもないことに巻き込まれたの忘れてないよね？」

アーデはチカさんに似て心配性なんだよねぇ。まぁ、心配をかけている自覚もあるにはあるんだけど……。

それに人の近況を聞くのは好きなんだけど、自分のことを話すのって、なんだか妙に照れくさいんだよね。

「俺とスイは、この前ドラグネアまでひとっ飛びして、キャタルトンのリョダンにも顔を出して、ついでにベスティエルにも寄ってきたぞ」

もちろん、ガルリスにそんなデリカシーというものはない。

「ちょっと兄さん！　また、危険なことに首突っ込んでるんじゃないよな？　いや、絶対突っ込んでるよね!?」

「ドラグネアにベスティエル……！　どちらも簡単には行けない幻の国じゃないですか！　すごいなぁ」

「私も飛べるには飛べるが……さすがにその距離をひとっ飛びというのは無理だな」

さっそくアーデに突っ込まれ、ヨファ君に感動され、何故かゼルファさんには少し悔しがられた。

「今回は特に何をしに行ったってわけじゃなくて、ちょっとガルリスの家族に用事があって、あとは医師の先輩に興味深い症例を紹介されたのと、ベスティエルはスバルさんと薬剤についての打ち合わせをしに行っただけだから。アーデが心配するようなことはないからね？」

他愛のない互いの近況を語り合っているうちにテー

ブルの上にあった山盛りの料理はあらかた食欲旺盛な獣人達の胃袋へと収まり、僕達はデザートを摘《つま》みつつ……何故かお茶ではなくお酒を飲んでいた。

だからきっと、僕が突然こんな提案をしてしまったのは、ヨファ君特製のスパイス入りのとても飲みやすい果実酒のせいでちょっとほろ酔い気分になっていたから、絶対にそう。


「ねぇねぇ皆、せっかくの機会だし王様ゲームでもやらない？」

「王様ゲーム？　初めて聞くゲームですね」

「ユーキさんっていうチカさんと同郷の人に教えてもらった遊びなんだけどね。ルールはすっごく簡単なんだ。まず人数分のクジを作って、この中から一人『王様』を決めるの。で、選ばれた王様はこの場にいる全員に、なんでもひとつだけ命令できるんだ」

「一歩間違えれば不敬罪に問われそうな名前だが……。まぁ、それはいいとしてこの面子《メンツ》で『なんでも』は、危険ではないのか？」

「私もいささか不安を感じるが……」


首を傾げるヨファ君に僕が説明すると、生真面目なベルクと常識人のゼルファさんが『待った』をかけてきた。


「もちろん、そこは僕も考えてるよ。だから今回は、『屋根から飛び降りろ』とか、『三分間息を止めろ』とか何かをさせるような命令はなし。本当はクジに番号振って指名したりするらしいんだけどそれもなし！　王様が考えた質問に、全員が正直に答えること！　これなら問題ないでしょ？　兄弟とその伴侶が集まってるわけだし、いろいろ面白そうだと思わない？」

「いいね、面白そうだ！　スイ兄さんはイカサマしそうだから、クジは俺が作るよ！」

普段なら止めに入りそうなアーデだが、酔うと普段の生真面目さがなりを潜《ひそ》め格段に陽気になる。さらりと失礼なことを言いながら手早くクジを作ってくれた。

「ま、いいんじゃないか？　質問に答えるくらいなら」

そう言いながら、さっそくガルリスはクジを引く。

「そうだな……」

「そういうことなら」

ベルクとゼルファさんもそれ以上は反対せずに、一枚ずつクジをひいた。

「あ！　王様俺だ！」

そして王様ゲーム一回戦の王様は、琥珀色の蜂蜜酒を片手に残った一枚を開いたアーデが引き当てた。蜂蜜酒は飲みやすいが、その分酔いが回るのも速い。

アーデは酒に強くないから、今は相当気持ちよく酔っている状態だろう。

「うわ……どうしよう？　皆が答えられることだよな？　そうなると何を聞けばいいのか悩むよなぁ」

「王様はアーデだ、なんでも好きに聞くといい。俺は何を聞かれても嘘偽りなく答えよう」

「き、緊張します……ッ！」

「大丈夫だヨファ。君のどんな真実を知っても、俺の愛は変わらない。むしろ深まるだけだ」

「ありがとう、ベルクさん……」

いやいや、王様ゲームってそんなに真剣にやるもんじゃないからね？　ユーキさんも気心の知れた相手と親交を深めるためのゲームだって言ってたし。

っていうか、ベルクとヨファ君も『二人だけの世界』に行っちゃうタイプだったのか。

リヒト兄とテオ兄ほどじゃないけど、我が両親の血の濃さが時々恐ろしくなる。

僕とガルリスは……やってないよ……？　やってないはず……。今度、一番理性的なアーデにこっそり聞いてみなきゃ……。

「おいおいアーデ、お手柔らかに頼むぞ？」

「俺は何を聞かれても大丈夫だ！」

それに比べてゼルファさんは大人の余裕の笑みを浮かべ、ガルリスは……多分何も考えてない。ある意味、こういう天然が一番怖い。

「じゃあまずは無難に、それぞれのパートナーの好きなところを教えて欲しいかな？」

　こういう時、定石をしっかりと押さえてくるのが安心と信頼のアーデだ。これがベルクだったら、『何を目的に生きているのか、人生について聞かせてくれ』とか、真顔で言い出しかねないからね。

「じゃ、言い出しっぺの僕から答えるね？　ガルリスの好きなところは、ズバリ顔と身体とまぁ性格も。あとは、あっちの相性のよさかなぁ。僕を好きっていうのがわかりやすいところもポイントかな！」

「ス、ス、ス、ス、スイさん!?」

　アルコールでほのかに赤くなっていた顔をさらに赤くして、ヨファ君が悲鳴のような声をあげた。ベルクと結ばれてそれなりに経つってのに、相変わらず初心《うぶ》で可愛い。

「スイ兄さんらしいけど、ガルリスさんはそれでいいんですか？」

「ん？　何がだ？　ああ、スイの答えか。かまわないぞ。俺もスイと同じだからな」

「ガルリスさんらしいというか、さすがあのスイ兄さんの『半身』ですね……」

「ちょっとアーデ、どういう意味だよ。まぁ他にもいろいろ………わりと全部好きだよ」

「俺もだ。スイの全部が大好きだぞ」

「ちょ……ガルリス！　飲みすぎじゃない!?」

「俺はこの程度の酒では酔わん。そんなことは、おまえが一番よく知ってるだろ？」

「まぁ、そうなんだけどさぁ……」

　浴びるほど様々な種類の酒を飲んでいながら、実際ガルリスはほとんど酔っていない。つまり、ガルリスは限りなく素でこれを言っているのだ。

　僕のは僕らしさを考えた計算ずくの回答だから、それに直球で返されるとなんとも気恥ずかしさが芽生えてしまう。

　そういうところがガルリスらしいとわかってはいるんだけど、ここだけはいつまで経っても上手く受け流せない自分がちょっと恥ずかしい。

「ふむ……つまり義兄上《あにうえ》とガルリス殿は似た者同士、同じ強さで惹《ひ》かれ合っているということなんですね」
「ゼルファさんまで……！」

こんな時まで冷静沈着に物事を分析するゼルファさんが、今ばかりは恨めしかった。彼もヨファ君の料理を食べながら、フィシュリード産の酒を相当量飲んでいるはずだが、その顔色はまるで変わらない。

「ベルクは？」
「うむ……数え上げればキリがないのだが、あえてその一部を語るなら……」

アーデに水を向けられたベルクは、手元にあった蜂蜜酒を一気に飲み干し呼吸を整える。

「まずヨファは、誰がどこから見ても愛くるしいヒト族のアニムスだ。少し幼くも見えるが、その心根は芯が通っていて強い意思を持っている。そして、常に好奇心を宿した大きな瞳。ヨファの善良さや優しさを象徴する素朴な形の眉。それでであって、控え目な性格を示す小さな鼻と口。唇はふっくらとして情の深さを感じさせる。俺が腕を一振りすれば、簡単に折れてしまう脆弱《ぜいじゃく》な首筋に華奢な手足を見てしまえば、この世の全ての悪意から守らずにはいられない。そんな存在でありながら、決して他者の好意に甘えず依存せず、可能な限り自立して生きようとする気高い心。そうした精神が生み出す毅然《きぜん》とした表情と振る舞い。そんなヨファが、俺にだけは弱さを見せ甘えてくれる愛おしさは……とてもではないが言葉だけでは表現できない。そして、ヨファが日々試行錯誤を繰り返して生み出す料理の数々は、世界で一番美味い。どれも素晴らしい出来で無限に食べられる。惜しむことなく努力できることこそ、ヨファの最大の才能だと俺は思う。何より俺の腕の中で愛らしく啼《な》くヨファは、この世のものとは思えぬほど愛らしい。健康的な色の肌が汗を滲《にじ》ませ紅《あか》く火照《ほて》って、俺の掌に吸いついて離れないんだ。重ねた唇も熱くて甘くて、俺の全てを捧げ尽くしてまだ足りない。どれだけ抱いても、抱き足りない」
「ベッ！　ベルクさん！　何言ってんですか!?!?　止まって！　止まって！」

「すっすごいな、ベルク……おまえ……」

「それなりに付き合いは長いんだが、こんなに喋《しゃべ》るベルクを私は初めて見たぞ」

「今、ベルク息継ぎしてた……？　お兄ちゃんは、弟の新たな一面を見てちょっと身体が小刻みに震えてるんだけど」

早口で熱くヨファ君について語るベルクに、アーデとゼルファさんが唖然として呟く。僕だってびっくりだよ。ゲイル父さんに似て無口なベルクが、ヨファ君のことになるとこんなに多弁になるなんて。

……いや、そういえばゲイル父さんもチカさんのことになると、ダグラス父さん以上に恥ずかしいことを真顔で熱弁することがあるな……。

「も、もうやめてください！　ぼ、僕、恥ずかしくて死んじゃいますっ！」

ベルクの膝の上で真っ赤になって悶絶《もんぜつ》するヨファ君が、僕の目にはチカさんに重なって見えた。ベルク一人でこれなんだから、ゲイル父さんとダグラス父さん、二人分の重すぎる愛を受け止めるチカさんは、まぁいろいろとすごいんだなと改めて感じる。

「この流れで死ぬほど言いづらいとは思うんだけど。ヨファ君は、ベルクのどんなところが好きなのかな？」

「そ、それは、皆さんと代わり映《ば》えがしない答えになっちゃうんですけど……ぜっ……全部です。ベルクさんに嫌いなところなんてないし。でも、あえて具体的に言うなら……」

「言うなら？」

ヨファ君に答えを迫るベルクの目と圧が怖い。

「優しくて強くて温かくて責任感があって礼儀正しくて……それから、いつでも僕を大切に思ってくれるから……」

ベルクの膝の上で身体を縮こまらせながら必死に答えるヨファ君。

その姿はベルクでなくとも、いやアニマでなくとも愛らしさと強い庇護欲を掻き立てるには十分で。

「ヨファ君……知っていたけど、君はなんていいコなんだ！　ありがとう！　君みたいな子がベルクと一緒になってくれて、俺は本当に嬉しいよ！」

「僕もだよ、ヨファ君。こんな可愛くて素直な義弟ができて、僕もすごく嬉しい！」

ヨファ君のあまりの健気《けなげ》さに、僕とアーデは左右から彼を抱きしめ頭を撫でずにはいられなかった。これは、ベルクがメロメロになるのも無理はない。

「二人とも……そんなにヨファに触らないでくれ」

「なんだよベルク、触るぐらい、いいじゃないか。減るもんじゃないのにケチだなぁ」

「そうだぞベルク。俺達は兄弟、しかも俺とスイ兄さんとヨファ君はアニムス同士じゃないか」

「いや、たとえ兄弟でもアニムスでも駄目だ。ヨファと触れ合っていいのは、この世で俺一人だけだ」

「うわぁ、出たよ。独占欲の塊《かたまり》じゃん！　ゲイル父さんやバージル爺ちゃんで知ってたけど、やっぱり熊族の執着こわーい」

「いや、俺も熊族だけどね？」

「アーデはまぁ……ほら、一般的な熊族の範疇《はんちゅう》というか理性が強いから……」

そうなのだ。種族的な特性として、熊族は家族への情愛が極めて深い。ことに『番《つがい》』や『伴侶』へのそれは、もはや病的なまでに強く執着と呼ぶに相応《ふさわ》しい。

だけど、そういう特性を持つ熊族の中にあってさえ、フォレスター家のアニマ三代のそれは突出している。

リカム婆ちゃんを手に入れるためなら、誘拐・監禁も辞さなかったバージル爺ちゃん。チカさんのためなら比喩的表現でなくまさに『なんでもする』……してしまうゲイル父さん。そして飲まず食わずでヨファ君を追い求め、最後は温泉まで獣体で押しかけ『伴侶』になると誓わせたベルク。

生まれてきたことを血溜まりで後悔したくなければ、仮に冗談でも彼らの『伴侶』に手を出してはならない。

「じゃあ、最後にゼルファ。ゼルファは俺のどこが好き？」

ヨファ君をベルクに取り上げられてしまったアーデは、ゼルファさんの透き通るような青い瞳を見つめて問う。その様子からはアニムスの艶めいた色気が滲んでいた。ヨファ君を得てベルクが変わったように、アーデもまたゼルファさんに愛されて変わったのだ。

「重すぎる家名に潰されることも甘えることもなく、己の意思で進むべき道を選び、一歩一歩自力で歩き続ける意志の強さ。その姿はどこまでも眩《まぶ》しく、出会った日から私は目が離せなくなった」

「え……ちょ、お、俺はそんな大層な人間じゃないよ!? 俺が何不自由のない環境で安心して勉強できたのも、父さんや母さんや兄さん、爺ちゃんや婆ちゃん達のおかげだからね!?」

ゼルファさんが思いの外、情熱的な直球をアーデに投げ返していて少し驚いてしまった。

僕の知るゼルファさんは、礼儀正しく、冷静で理性的。本能がとても強い大型種のアニマばかりを見てきた僕にとってはとても新鮮な存在だった。だからこそ、アーデの本質を突いた真正面からの言葉がその口から紡がれるとは思ってても見なかったからだ。

そんなゼルファさんの言葉に、アーデは真っ赤になって首をブンブンと横に振っているけれど、僕はアーデがどれだけ努力してきたかを、ゼルファさんの言葉が間違っていないことを知っている。

ここはひとつ、兄として助け舟を出さなきゃね。

「アーデ、それを言うなら、僕達兄弟は皆そうだからね。レオニダス王家とフォレスター家の恩恵――もっとハッキリ言うなら特権を享受して生きてきたし、生きている。僕を見なよ? ヘクトル爺ちゃんとバージル爺ちゃんにヤバイくらい溺愛されて、好き勝手にやってるのを知ってるでしょう? だけど、アーデはそれに甘えてただけじゃない。ゼルファさんが言ったように、アーデがどれだけ努力を重ねて、誰よりも真面目に生きてきたかは兄である僕もよく知ってるから」

「そうだな。俺達が恵まれた環境にあったことに違いはない。だが、それに甘んじて努力を怠《おこた》った者はいない。皆が自慢の兄弟だ。もちろん、アーデおまえもだ」

「そ、それはそうかもしれないけど……。まっ、まずいな……自分で聞いておいて目茶苦茶恥ずかしくなってきたぞこれ！」

僕とベルクの援護射撃に、何故かアーデはさらに困ったように照れたように次々と表情を変えていく。僕の弟は身体は大きいけど本当に可愛い。

「なぁ、俺ら竜族はぶっちゃけ『親子』って感覚が薄い。生まれさえすれば、放っておいてもなんとなく育つからな。それでもチカユキ達を見てたら、親は子を無条件に可愛がって守るもんだって理解できたぞ？　おまえが家族に愛されて育ったなら、それは胸を張って誇るべきことなんじゃないか？」

「ガルリスがなんかいいこと言ってる!?」

繊細さの欠片《かけら》もない天然の脳筋のくせに、ガルリスは時に最短最速で真実を射貫《いぬ》く。このスリリングな鋭さも、彼の魅力のひとつだ。僕はそれに射貫かれるたびに、背骨が震えて腰の奥が疼《うず》いてたまらなくなる。

「ふふ、アーデのそういうところを含めて全てを愛しているよ。ただ、自分に対する自信や評価はもっと高くもってもいいと思っているんだけどね。それと、入団式のたびに見ていた木彫りの仔熊が、こんなにも強く愛らしく聡明に育ったのを見ると、私は親戚のおじさん感覚で感動せずにいられない」

「それは忘れて！」

「……ッ！」

ゼルファさんが双子熊の木彫りについて言及した途端、アーデは首筋から顔までを真っ赤に染め上げ、ベルクは無言で窓の外へと視線を向けてどこか遠い目をしている。

通りに名前をつけられたり、等身大の木彫りの像を飾られたり……アーデとベルクも大変だよね。僕は自分の名前が公共施設につけられることを防いでくれた両親に、今一度心の底から感謝した。

まぁ、知らないだけでどっかに川とか山とか平原とかの名前になって存在している可能性はあるんだけど……。

「王様の回答が聞けないのは酷く残念だね。ゲームだからしょうがないといえばしょうがないのだけど。そうだね、私の可愛い熊さんが、私のどこを好いてくれているのかは……二人だけでゆっくりと聞かせてもらおうかな」

「ゼルファ……！」

アーデの髪を撫でながら、低い声で甘く囁くゼルファさんは、いっそ嫌味なほどに洗練された大人のアニマだ。

うーん、外面が完璧なだけでゼルファさんも実は父さん達と本質はそう変わらないのかもしれない。

やっぱりこの王様ゲームは、兄弟とそしてそのパートナーの新たな面を見れるという点ではとてもいいものを選択したと自分を褒めてやりたいと思う。

「はいはい！　ひとつ目でずいぶん長引いちゃったけど、ゲームの続きするよ。次の王様だーれだ!?」

「あ……僕、です」

おずおずと手を上げたのはヨファ君だった。一体彼はどんな質問をするのだろう。

質問の内容に困っているのだろうか、あらぬ方向に視線をやりながらいろいろなことを考えているのが見ているこちらに丸わかりで、これは何か助けてあげないとと思ったその時、ヨファくんが口を開いた。

「あの、えっと……もし、本当に『もし』ですよ？　お相手に『少し距離を置きたい』と言われたら、どうしますか？」

「な……ッ!?」

その質問を聞いただけで、ベルクがカッと目を見開き硬直する。我が弟ながらその顔はちょっと怖すぎるでしょ……。

なるほど……実際に『ちょっと時間と距離を置こうとした』だけで、エライ目にあったヨファ君らしい質問だ。

「うーん……難しい質問だね。もしゼルファにそんなことを言われたら、もちろん俺はショックだよ。だけど、人には一人になりたいことだってあるし、一旦はゼルファの気持ちを尊重するかな？　もちろん、何か悩んでいるなら話は聞くし、俺にできることならなんでもすると言い聞かせた上でね」

自分の意見をゴリ押ししない、アーデらしい優しさと理性に裏打ちされた返答だ。

「ゼルファさんはどうですか？」

「私はまず、アーデにそんな言葉を言わせてしまった己を恥じる。アーデは多少のことでは愚痴《ぐち》や弱音を吐いたりしない。そんな彼がそこまで言うとしたら、何かよほど辛いことがあったか、私に不甲斐ないところがあったに違いない。寝食をともにしながらそこに気づきもせず、愛する伴侶を追いつめてしまったのは我が身の不徳。そんな私は、距離を取られて当然だ。誠心誠意謝罪した上でアーデの気持ちを尊重する。ただし、行き先の把握と連絡手段の確保、このふたつは譲れない」

なんというか……ものすごく『きちんと』している。若干責任感過多で自罰傾向が強すぎるけど、相手を拘束せず手放しもしない絶妙なバランス感覚がうかがえる。

「ガルリスさんは？」

「俺は気にしないな。スイにはスイのやりたいことがあるんだ。それは『伴侶』でも『半身』でも関係ない。一人の人間なんだから当たり前だ。竜族の寿命は気が遠くなるほど長い。俺の『半身』であるスイの寿命も、同じだ。スイが望むならしたいようにすればいい。何年でも何十年でも……その間、俺は居眠りでもしてるさ」

さすがは数百年を一人で生きることを苦にしない竜族。もう僕達とは根本的に感性の物差しが違う。でもさ……少しは寂しがってくれてもいいんじゃないかなぁ。

「そもそもどこで誰と何をしていようが、スイは必ず俺の所に帰ってくる。俺はそれを待てばいいいだけだからな。それに俺はスイの『半身』、スイの身に危険が迫れば必ずわかる。スイが俺を望めばすぐに気づく。その時には迷わずこの身を竜に変え、地の果てまでも飛んでいって俺の『半身』を迎えに行くだけだ」

「――――ッ」

不覚にも、僕は鼻の奥がツンとしてしまった。何故なら僕は、ガルリスの言葉が真実であることをすでに知っているから。かつて異国の地で拐《さら》われた愚かな子供の目に焼きついた、怒りに燃える紅き竜。あの姿を思い出すと、今でも僕は胸の奥が熱くなる。

「僕も一応はガルリスの気持ちを尊重するかな。居場所がわかるように、僕にしか外せない魔法の首輪はするけどね。ただ、ガルリスが僕のそばを離れるっていうのが仮定としてもちょっと考えにくいんだよね。ほら、ガルリスって僕のこと大好きだから」

「おい、せめて腕輪にしてくれ」

「嫌だよ。僕は大事な持ち物には名前を書いておく主義なんだ。大きく目立つようにスイと彫り込んだ首輪をつけなきゃ、安心して放牧なんてできないからね」

「はは……スイさんって、やっぱりベルクさんのお兄さんですね」

あれ、おかしいな？　なんでヨファ君の顔は引きつってるんだろう。

「……ベルクさんは、どうしますか？」

「死ぬ」

ベルクのその言葉に、ちょうど全員が飲みかけていたものをその場に吹き出してしまう。

「そ、そんな簡単に死なないでください！」

「ヨファに必要とされなくなった俺に価値はない。この世から消えた方がいい。いや、ヨファにそんな思いを抱かせてしまったことが俺の罪だ。ならば、死ぬ前に今一度ヨファに俺の気持ちを知ってもらう機会を作って欲しい。騎士も辞めよう。二人きりで、俺とヨファ以外誰もいない場所で『俺』の全てを『ヨファ』にもう一度知ってもらいたい。そうだな、しっかりと俺のことを『わかってもらいたい』」

「ひぃ……ッ！」

光を失った瞳で凄まじい圧を放ちながら言い切ったベルクに、ヨファ君が短い悲鳴を漏らす。結婚して少しは落ち着いたかと思ったけど、やっぱりベルクはベルクだった。変わっていないどころか、むしろ悪化すらしている。

やっぱりベルクはゲイル父さんの血を濃く受け継いでいるのは間違いない、僕が生まれる直前にゲイル父さんも正気を失いかけたことがあるというぐらいだし……。

あー、冷静に分析してる場合じゃなかった。今こそヨファ君をフォローしてあげないと……なんだけどどう口を挟めばいいのか少し悩むな……。

「ヨファ……君は俺と距離を取りたいのか？」

「い、いえ、そういうことではなくて！」

「また俺の前から消えてしまうのか？」

ベルクの強面《こわもて》が泣き出す前の子供のように歪んだ。『鋼のベルク』のこんな表情は、めったに見られるものじゃない。

「俺に悪いところがあるなら言ってくれ！　ただちに直す！」

「ベルクさんに悪いところなんかないですよ!?」

「では、何か悩みがあるのか!?　だったら俺に言ってくれ！　それがどのようなものであっても、必ず俺が排除してやる！　手段は選ばん!!」

「しゅ、手段は選んでください！」

フォレスター家の一族、特に熊族のアニマはその執着心の強さ故に最終的に手段を選ばなくなる。これはもう、そういう血筋と言うより他にない。

「ヨファ……俺は一体どうすればいいんだ……？」

「どうかベルクさんは何もせず、ベルクさんのままでいてください」

「ならば何故、君はこんな質問をしたんだ？」

「そ、それは、他の皆さんならどうするのかなぁって……単純な好奇心からです。僕は、獣性の強い獣人のアニマの方をベルクさんしか知らないんです。だから、他のアニマの方はどんなふうに思われるのかなって、深い意味はなくて……ごめんなさい！」

「そうか、ならばかまわない。俺はまた君が消えてしまうのかと、勘違いをしてしまったようだ。すまない」

「いいえ、僕の方こそごめんなさい、ベルクさん。でも、僕はもう二度とベルクさんから離れたりしません。ずっとずっと、死ぬまで一緒です」

ひしと抱き合い互いの愛を確かめるベルクとヨファ君を見ながら、アーデが感極まって泣き出した。酔うと陽気になるタイプとばかり思っていたけれど、より正確に言えば感情の振り幅が大きくなるタイプかもしれない。

この後僕が王様になって、『相手のことが好きだと気づいたのはいつ？』と聞いたところ、ベルクとゼルファさんは『出会った瞬間』、ガルリスとアーデは『気がついたら』。

ヨファ君はお弁当を買いに来たベルクを見て『格好いい』と思い、危ないところを助けられて感謝し、短い言葉を交わすうちに惹かれていったという。

予想通りの答えすぎて、もうちょっと質問の内容をひねればよかったかもしれない。

なお、王様になったベルクは『子供を何人作りたいか？』と攻めた質問をして物議をかもし、ヨファ君の顔がまた熟《う》れたペイプルの実のように真っ赤になっていた。

ゼルファさんは『二人でこれからしたいことは？』と、誰もが答えやすい質問を紳士的に繰り出した。

僕達はそれぞれの質問について大いに盛り上がり、時に笑い、時に恥ずかしさで顔を朱に染め、時間を忘れて語り合った。

そして気がつけばその場で全員が酔い潰れて朝を迎えることになった。

翌朝、僕は背中にガルリスの鼓動を感じて目を覚ます。

ヨファ君はベルクの膝の上で、アーデはゼルファさんの大きな翼に包み込まれているのが視界に入り、少し身じろぎをすると聞き慣れた低音が耳をくすぐった。

「水飲むか？」
「うん」

そのままガルリスに抱き起こされて、近くの水を手渡される……と思ったら水を口に含んだガルリスが僕の唇を奪う。

舌をからめとられながら流し込まれる水は酷く甘く感じられて、僕からも舌を絡ませねだってしまった。


「まだ皆起きてないからいいけど、どうしたのさ……」

「ん……？　なんつうか、昨日こいつらと話してやっぱりおまえのことが好きだなって改めて感じたからだな」

「っ……もしかして、だいぶ我慢してる……？」

「そうだな、今すぐ貪りたいと思うぐらいにはな」


いっそ清々しいほどの爽やかさで伝えてくるガルリスに、周りに人がいるにもかかわらず僕の身体はほのかに熱を持つ。

そんなガルリスの耳元で僕が小さく囁けば、ガルリスは僕の言葉に答えるかのように、にやりと不敵な笑みを浮かべていた。

Fin.

ご無沙汰しております。茶柱でございます。

とうとう愛けもに続き、恋けももナンバリングとしては五巻目となりました。

愛けもとあわせると既に既刊も二桁に……思えば遠くへ来たものだと、未だに実感がわかずにふわふわしている今日このごろでございます。

今回の、長編二本はどちらもキャタルトンが舞台のお話となっております。特にカナンとエルネストのお話は恋けもの既刊の中でも時系列が過去に遡っておりまして、キャタルトンが国としてどう変わっていったのかをようやく書けたなぁと、書き終えた際にはなんとなく肩の荷がおりた気持ちになりました。

今まで散々出来事としては語られてきたキャタルトンでの革命前後のお話なのですが、『狂乱の戦鬼』という例の二人をどこまで出すべきか、いやいやこれはあくまでも恋けもで子世代の話だし、とスイを救出するために無双する溺愛パパ二人の姿を書きかけて、ある意味自分との戦いでもございました……！

そして今回のメインカップルであるエルネストとカナンの二人なのですが、今までのキャラの中でも、とにかく動かしづらく、そしてキャラが自由に動いてくれないとずいぶん頭を抱えることになった難産キャラでした。

これは、キャラクターイメージだけを先に作り上げてしまったことが失敗だったなと反省しております。（彼らが登場したお話を書いた時に、まさか続編を書くことになるとは思っていなかったもので……）

茶柱が最もよく書くカップリングといえば、どこまでも不憫でありつつ、その境遇にめげず頑張る健気で献身的な受けとその受けを肉体的にも精神的にもがっしりと包みこんでくれる包容力攻めだということは、読者の皆さんが一番よくおわかりだとは思います。あとは、体格差や年齢差、特に攻めは王道ボーイズラブ枠より若干年上で髭をはやした筋肉もりもりの肉体派が大多数を占めているのですが、今回のエルネストがその枠からだいぶ外れたキャラだったのも苦労した要因の一つでございました。（前回の恋けものゼルファでも同じようなことを言った覚えはあるのですが……）

エルネストをデザインした時は、あえて自分が書くパターンから外れた王道である金髪碧眼、誰が見ても納得できる王子様タイプの美形をイメージして書きました。

しかし、本編をお読みいただければおわかりになるかと思うのですが、書いていくうちに最初は王子様だったはずのエルネストが肉体的にもがっちりと王子様的な美形というにはちょっとあなた身体を鍛えすぎでは……？　というイメージが膨らんでいってしまいまして……。包容力はしっかりと備えているのですが、どちらかというとカナンに導かれる場面が多くなっているんじゃないかなと思います。本来であれば、何もわからない弱々しいカナンを包容力たっぷりのエルネストがその存在を利用するという後ろめたさを感じながらも、自らの目的のために導いていくという面が強くなるはずだったのですが、書き上げたものを見て正直どうしてこうなった？　と思ったのも事実です。

ですが、カナンもエルネストも書き終えた今となってはどちらもとても大切なキャラクターとなりました。お話の方も、革命のお話ということもあって革命部分と恋愛部分のバランスが非常に難しかったのですが、何度も書き直しと推敲を重ねて一生懸命書き上げましたので、ぜひ楽しんでいただければ幸いです。

また、同時収録の残り二本の一本は同人誌として出させていただいたロムルスとエンジュのお話です。恋けもの二巻目では重要な役どころでありながら書ききれなかった二人の関係性や思い、その後のお話を収録していただきました。

罪悪感や復讐、負の感情に囚われ続けていた二人の現在とその先に広がる明るい未来をお楽しみいただければと思っております。

最後の一本はスイと兄弟達がわちゃわちゃイチャコラしているだけのお話なのですが、ネタ出しもそこそこにあっという間に書けてしまい、楽しんで書くことができました！

あらためてチカユキ一族の動かしやすさを痛感しましたし、次はこの子達を書かねばと改めて思った次第です。

今回も素敵なイラストを描いてくださいましたむにお先生、いつも本当にありがとうございます。また未熟な私を導いてくださる担当様やリブレの皆様、デザイナー様、そして書店員の方までこの本に携わってくださった方全てに心から御礼申しあげます。

ここまでシリーズを続けてこられているのもひとえに読者の皆様の支えがあってこそだと常々感じております。

感謝の気持ちをお伝えするのと共に、どうか読者の皆様が心身ともにご健康に過ごされ、この物語が少しでも日々の心の安らぎになることを願っております。

どうぞこれからも茶柱の描く物語をよろしくお願いいたします。

令和六年　五月　茶柱一号

初出一覧

棄てられた王子と忠誠の騎士	書き下ろし
紅玉と守護者の贖罪	左記の作品は2021年12月に同人誌「恋に焦がれる獣達 番外編Ⅰ」に収録された作品を改稿したものです。
スイと双子とある遊戯	書き下ろし

なんと！
コミックスでも
「愛けも」が読める…!!!
松基羊先生の手によるコミカライズで、
ダグラスが、ゲイルが、そしてチカさんが
大活躍しています！
もちろん
セバスチャンも
大ハッスル♥
大好評発売中！
BBCDX
「愛を与える獣達　上」
「愛を与える獣達　下」
松基 羊
[原作]茶柱一号
協力／DeNIMO

弊社ノベルズをお買い上げいただきありがとうございます。
この本を読んでのご意見、ご感想など下記住所「編集部」宛までお寄せください。

リブレ公式サイトで、本書のアンケートを受け付けております。
サイトにアクセスし、TOPページの「アンケート」から
該当アンケートを選択してください。
ご協力お待ちしております。

「リブレ公式サイト」
https://libre-inc.co.jp

恋に焦がれる獣達5

棄てられた王子と忠誠の騎士

著者名　茶柱一号

発行日　2024年6月19日　第1刷発行

発行者　太田歳子

発行所　株式会社リブレ

〒162-0825 東京都新宿区神楽坂6-46
ローベル神楽坂ビル
電話03-3235-7405(営業)　03-3235-0317(編集)
FAX 03-3235-0342(営業)

印刷所　株式会社光邦

装丁・本文デザイン　円と球

Printed in Japan
ISBN978-4-7997-6507-4